Karl-Heinz Teichmann • Die Hostenmühle

Karl-Heinz Teichmann

Die Hostenmühle

Roman

FOUQUÉ PUBLISHERS NEW YORK

Copyright ©2011 by Fouqué Publishers New York
Originally published as *Die Hostenmühle, 2010*
by August von Goethe Literaturverlag

First American Edition
Printed on acid-free paper

Library of Congress Cataloging-in-Publication Data
Teichmann, Karl-Heinz
[Die Hostenmühle / Karl-Heinz Teichmann]
1st American ed.

ISBN 978-0-578-09036-8

Es war später Nachmittag. Die Sonne stand schon tief, da kam von Sachsen her ein robuster Reisewagen.

An den Zügeln saß Johann Gottfried Seiler. Der Mann trug einen feinen, grauen Anzug und bequeme, schwarze Lackschuhe mit grauen Wildledereinsätzen.

Johann Gottfried Seiler sah nach seiner Taschenuhr. Vor vier Stunden hast du noch letzte Besorgungen in Kamenz gemacht, überlegte er zufrieden, und nun ist das Zuhause bereits in Sichtweite. Die Pferde haben es eilig. Sie sehnen sich wohl nach ihrer vertrauten Umgebung, den sicheren Stall und der Extraportion Hafer.

In einer Tasche zwischen seinen Beinen wusste der Mann sicher verstaut den Lageplan. Im Wald an der Henkerswiese hatte er schon vor Jahren, nur Spatenstiche tief, weißen Sand gefunden. Abnehmer für das feine, schneeweiße Produkt der Natur gab es seit Kurzem genug. Wie Pilze wuchsen die Glas herstellenden Fabriken in der Umgebung aus dem Boden.

Das Geschäft des Lebens sollte es werden. Die Ausbeutung des Sandes mit Beteiligung am Gewinn war per Handschlag schon besiegelt. Nur die Unterschrift von Pauline, seiner Frau und eingeschriebenen Besitzerin des Anwesens, fehlte noch.

Unter den Eichen angekommen, zog Seiler die Zügel an. Augenblicklich stand das Gefährt.

Er war freudig erregt, kam er doch einen ganzen Tage eher nach Hause als mit Frau und Schwiegermutter vereinbart. Zufrieden sah er zum Mühlenrad hin, das ruhig drehte.

Bei dem Gedanken, dies alles mal wegtun zu wollen, schauderte dem Mann. Und das nur für ein wenig Ruhm und Anerkennung, für Händeschütteln und auf die Schultern klopfen. „Wart nur", hatte ihm die Schwiegermutter prophezeit, „wenn das Geld mal nicht mehr so lockersitzt, dann sind sie weg, die angeblichen ‚Freunde'." – Sie hatte recht behalten. Die Ehe war zerbrochen, und auch die Überschreibung des Besitzes wurde damals vom alten Pohle rückgängig gemacht.

Tebrich war für kurze Zeit in die Hostenmühle eingezogen und nach ihm Feuergarten – beide Fehlgriffe der resoluten Pauline.
Da kam er, Johann Gottfried, vorbei, abermals „rein geschäftlich". Zum Glück für alle, wie er glaubte.
Johann Gottfried Seiler sah zum Mutterteich hin. Der Wasserstand war über normal. War etwas mit der Mühle nicht in Ordnung? Joseph Bratke, der junge Müller, im vergangenen Sommer von Pauline in Dienst genommen, war doch sonst so umsichtig. Die Eigentumseinschränkung kam Seiler in den Sinn. „Aus dem gerichtlichen Anerkenntnisurteil des Vorbesitzers Friedrich Wilhelm Pohle vom 6. Juni 1845 darf der Besitzer dieser Mühle, welche ehemals nur durch herrschaftliche Vergünstigung erbaut wurde, zum Betriebe derselben nur das übrige Wasser aus dem Mutterteiche entnehmen und darf daher außer obigem weder beliebige Wasser aus diesem Teiche noch aus den weiter oben liegenden Teichen nehmen oder noch weniger diese Teiche mithilfe größeren Wasserzuflusses zu seiner Mühle aufmachen." Schwarz auf weiß lag es so festgehalten im Schrank. Johann Gottfried kraulte sich belustigt am Kinn.
„Manchmal muss man aber Vereinbartes außer Kraft setzen." Er erschrak der laut gesprochenen Worte. „Vom Schwiegervater übernommen", flüsterte er deshalb, „bei finsterer Nacht, zur zwölften Stunde ein Bettlaken über den Kopf gezogen und dem Wasser freien Lauf gelassen, lässt die Mühle arbeiten." Und nach einer Pause:
„Dass die Leute in der Umgebung von einem Mann ohne Kopf wissen, kann uns nur recht sein. Das verängstigt und hält Neugierige fern."

Doch die Ruhe um das Haus vor ihm gefiel Johann Gottfried nicht. Etwas stimmte nicht. So schnalzte er mit der Zunge. Die Pferde riss es aus ihrem Dösen. Verschreckt zuckten sie zusammen.

Am Ständer des nahen Teiches aber ging ihr ausholender Schritt in Tänzeln über. Trotzdem gelang es Johann Gottfried Seiler, das Gespann wohlbehalten über die Brücke des Mühlengrabens zu bringen. Doch dann zerstreuten sich seine Bedenken.

An der Haustür standen die vier Kinder und winkten ihm zu. Frau und Schwiegermutter traten aus dem Stall, wischten sich fast gleichzeitig die Hände an den Schürzen trocken und kamen ihm freudig erregt entgegen.

Nach den Umarmungen und Tränen der Freude sah sich Johann Gottfried suchend um. „Und Joseph?"

„Nicht was du denkst", beruhigte ihn Pauline, „ein Bekannter hat ihn in der Frühe aufgesucht. ‚Er soll es endlich erledigen', hat der Besucher verlangt. Und dann haben sie einen Krug zum Munde geführt."

„Vom Achtundachtziger?"

„Glaub schon."

„Frau, Frau! – Bist halt zu gut zum Gesinde. Aber gestern war auch was. Der Teich ist übervoll ..."

„Ein Baumstumpf hatte sich wohl im Mühlenrad verkeilt."

„Wirklich?" Johann Gottfried sprang vom Bock und ging schnellen Schrittes zur Mühle.

„Ist längst repariert", rief ihm Pauline nach.

„Sonst würde das Rad ja nicht drehen." Verärgert hastete der Mann die Stufen zum Mühlenrad hinunter.

Durch den Lärm erwacht, kroch der Müllerbursche aus dem Hafer des danebenliegenden Speichers. „Habe einen zur Brust genommen", sagte er entschuldigend zu Johann Gottfried, dem Herrn, „wird nicht gleich wieder vorkommen."

Johann Gottfrieds Ärger verflog. „Ach", sagte er beschwichtigend und winkte ab. Er suchte die Beschädigung am Rad, doch er fand nichts. Auch kein Baumstumpf lag herum.

„Die Reparatur brauchte ihre Zeit …"

Der Blick des Meisters ließ Bratke verstummen. „Kannst du den Frauen erzählen, aber nicht mir! Nirgends wurde etwas ausgebessert. Und wo ist der Baumstumpf? Für dumm verkaufen kannst du einen anderen!"

„Das war so … Mir war nicht gut. Der Magen …"

„Aber tags danach saufen, das geht. – Mach, dass du mir aus den Augen kommst! Morgen reden wir weiter."

„Ist recht, Meister."

„Packe dich ins Stroh und schlafe den Rausch aus!" Johann Gottfried stieg wieder hinauf und ging zu den Frauen auf den Hof. „Da glaubt man allen Ernstes, eine zuverlässige Kraft zu haben …"

„Bisher konnten wir uns nicht beschweren …"

„Nun ja, Schwamm drüber!" Johann Gottfried nahm die Tasche vom Wagen. „Es gibt Neues", sagte er dabei verschmitzt und blinzelte der Frau zu.

„Warst beim Schwager!"

„Nicht nur bei ihm. Ganz Rödental stattete ich einen Besuch ab."

„Und Coburg?"

„Lag auf dem Weg." Johann Gottfried suchte in der Tasche den bestätigten Lageplan.

„Was ist denn das? … Ach ja, die Pacht. – Über Jahre unverändert. Kann man sich nur wundern. Neunundzwanzig Taler, achtzehn Groschen." Er fand ein neues Schriftstück. „Das Beuckwitzer Gesinde bekommt den Weihnachtsheiligabend ein Gericht Erbsen, sofern sie vorhanden seien. Außerdem wird ihnen ein anderes Zugemüse davor gereicht. Ein Gericht gebackenes Obst und jeder Knecht und Magd einen ganzen Hering. Die Weihnachtsfeiertage eins und zwei bekommen sie ihr Fleisch nebst etwas Würze, nämlich am gleichen Tag jeder Knecht und Magd ein Pfund nebst einer Kanne Bier. Den dritten Tag bekommen sie nichts. – Und wie verwöhnen wir heutzutage unsere Leute!"

Pauline nahm den Mann in die Arme. „Will auch gar nicht widersprechen. – Aber sag: Wo hast du den Schrieb her? Das sind doch alte Geschichten."

„Sicher einhundertfünfzig Jahre alt. – War wegen der ausbleibenden Zahlungen für das Zaumzeug bei der Herrschaft. Und das hier packte man mir versehentlich mit ein." Johann Gottfried las weiter. „Das Gleiche zu Ostern, Pfingsten, Kirmes." „Steht da auch was?" „Du kennst die Herrschaft nicht! – Etwas gestampfte Hirse und etwas Safran auf die Kuchen zu schmieren, wird Selbiges zu Ostern und Kirmes, jedoch ohne Milch gegeben."

„Safran also ..."

„Das neue Jahr bekommt das Gesinde weder Fleisch noch Bier."

„Finde ich richtig."

„Ich nicht."

„Fandest du nun endlich, was du suchst?"

„Im Moment nicht – hier, das legen wir gleich mal raus. Für den Schäfer bei der Vollschur nebst seinen Leuten: Ein Gericht Fleisch, ein Zugemüse, Butter und Käse. Und eine halbe Kanne Branntwein zu jeder Mahlzeit."

„Das musste mal dem Niemtz zeigen bei der nächsten Schur. Da wird er sich gar nicht trauen, eine Rechnung zu stellen."

„Lieber nicht. Niemtz macht schon seine Arbeit. Und er versteht sein Geschäft. Kommt selten vor, dass er beim Scheren ein Schaf verletzt. – Hier geht es noch weiter: Bringen sie mit der Schur den ganzen Tag zu, wird selbiges abends eben wie zu Mittag gegeben."

„Da sieht's ja schon ganz anders aus."

„Sehe ich auch so. – Und nun zum Wichtigsten. Brauchst nur noch deinen Wilhelm daruntersetzen. Hier Frau, lies es in Ruhe. ,Die Ausbeutung des in der Erde liegenden Produktes' – in unserem Fall weißer Sand – ,über dreißig Jahre mit fünfzehn Prozent Beteiligung am Gewinn.' – Ist das was?"

Pauline wollte es nicht glauben. „Da haben wir ausgesorgt", sagte sie endlich, „und die Kinder auch."

Im Wagenschuppen lagen mehrere Strohbunde. Johann Gottfried Seiler sah es und ging hin. „Habt also begonnen ..."

Sein Ältester, der zwölfjährige Adolf, zog den Strohzopf vom Ackerwagen.

„Alle haben geholfen."

„So soll es wohl auch sein." Der Vater begutachtete das armstarke Produkt.

„Sauber geflochten."

„Von Großmutter Johanna", wusste Ida, die Zweitälteste.

„Dann musst du es schon richtig sagen. Unsere Großmutter, die Johanna Pohle, geborene Skorink aus Leippa, hat es vollbracht. Wir anderen waren nur Hilfspersonal", ergänzte der Bruder.

Alle lachten, bis Anna, die Erstklässlerin, den Vater fragte: „Wie kann das geflochtene Stroh die Temperatur im Keller eigentlich regulieren?"

Johann Gottfried Seilers Gesichtsausdruck zeigte Verwunderung.

„Was dich so alles interessiert ..." Er setzte sich auf die Futterkiste und zog das Kind auf den Schoß. „Pass mal auf! Zuerst rühren wir Lehm an und füllen damit die Schalung. Vielleicht zwei Handbreit hoch. Dann kommt die erste Reihe Feldsteine hinein. – Jeder Stein so groß wie ein Pferdekopf."

„Und danach der Strohzopf", ergänzte Ida.

„Richtig", stimmte ihr der Vater zu, „aber nicht einfach hinein, sondern von der Ecke außen beginnend, einmal um den zuerst liegenden Stein herum. Dann zum nächsten Stein und wieder herum. Und bei der hinteren Ecke zum äußeren der Wand hinaus. – Ein so gebauter Keller ist stets trocken und hat sommers wie winters fast konstant die gleiche Temperatur."

„Dann bauen wir noch so einen für das Auszugshaus!"

„Hand drauf!"

Die kleine Anna ging die Schräge hoch und sah von oben zur Windmühle auf Kochans Berg. „Die Flügel drehen! Und wie schnell. Stets am Sterz gegen den Wind."

Johann Gottfried Seiler nahm die Frau in die Arme. „Gerade mal sechs, die Anna, und so geschäftstüchtig."

„Anna kommt nach ihrem Vater." Pauline genoss die Zärtlichkeiten.

„Man soll nicht voreilig sein", flüsterte ihr der Mann ins Ohr, „aber ich bin mir fast sicher, den Besitz führt mal Anna weiter!"

„Wir haben einen Jungen, vergiss das nicht!"

„Junge hin, Junge her. Ein Träumer wird Adolf oder ein Geschichtensammler. Für mehr wird es mal nicht reichen."

„Magst wohl recht haben …"

Anna war zurückgekehrt. „Nun geh ich zum Sägewerk."

„Aber nicht alleine!" Die Mutter befreite sich aus den Armen des Mannes.

„Adolf wird dich begleiten."

„Immer ich", maulte der Junge.

Anna schüttelte den Kopf. „Nein. – Lieber nehme ich Ida mit. Adolf will immerzu Piepmätze gucken!"

Die Mutter fragte belustigt: „Ist das wahr, Adolf?"

Der Junge sah verlegen zu Boden. „Wenn sie doch so spaßig sind, die kleinen Meisen …"

„Dann muss man verweilen." Der Vater ging zu den Pferden und begann, die Tiere auszuspannen. Pauline folgte ihm und half. Und auch Johanna, die Schwiegermutter, fand sich ein.

Später sah Pauline von der Schwelle aus Bratke, den jungen Müllerburschen, mit einem Bündel unter dem Arm zur Windmühle auf Kochans Berg aufbrechen. „Ach, geht wohl wieder!" Verwundert sah sie dem Mann nach, bis dieser hinter den Bäumen auf dem Weg zur Schule aus ihrem Blickfeld verschwand.

Weil es Sonntag war, schmorte in der Pfanne eine Ente. „Als hätte ich es geahnt, dass der Ernährer heute kommt." Pauline war gut gelaunt. Sie zog die Pfanne ein wenig von dem Herdring. Vergreifen tue ich mich an Mutters Arbeit nicht, sagte sie sich. Sie hat es nicht gern, wenn jemand dazwischenfährt.

Da kam Adolf mit seinem Heft. „Wie war das, Mama, am 12. Oktober 1714?"

„Bist du schon wieder bei den alten Geschichten? Kind, Kind! Du lebst rein weg nur in der Vergangenheit. – 12. Oktober 1714 ... Das ist die Geschichte mit dem Captain ..."

„Bist auf dem richtigen Weg!"

„Wie stand es geschrieben: Ein Sprung von seinem Garten, und er ist erlöst worden."

„Das heißt, der Captain Michael Pohle, mein Urururururgroßvater sprang hier irgendwo runter und war auf der Stelle tot."

„So war es!"

„Wo aber sprang er runter? Kein Berg weit und breit. – Höchstens er sprang von der Schräge zur Kornkammer."

„Vielmehr bleibt nicht."

„Aber weshalb?"

Pauline trat verwundert näher. „Mit was du dich so beschäftigst, kleiner Adolf. Darüber steht nirgends etwas geschrieben. Da wäre auch noch offen: Wie kommt ein Captain hier in die Heide? Womöglich ein britischer Militär von der Insel."

„Oder ein Schwede! Vielleicht gar ein Römer? – Das werden wir wohl nie ergründen." Adolf überlegte: „Erbauen lassen hat der

Captain die Hostenmühle, das ist sicher. Gut fünfzig Jahre vor seinem Freitod. – Fand Papa heraus."

„Dann wird es auch so gewesen sein."

„Eins von uns Kindern wird alles mal erben. Als siebente Generation. – Ist das schlimm?"

„Aber Junge! – Weil es die siebente ist? Das ist eine Zahl wie jede andere." Adolf stand auf. „Will hoffen, dass du es richtig siehst!" Er war schon an der Tür. „Muss nur mal flink auf den Abort. – Sag, Mama, warum müssen wir seinetwegen über den Hof? Wir hätten doch Platz im Haus für ein stilles Örtchen. Meinetwegen unter der Treppe."

Pauline stellte die Tassen ins Regal und setzte sich danach an den Küchentisch. „Unter der Treppe, das geht nicht." Sie wusste nicht so recht, wie sie es dem Jungen erklären sollte. „Der Abort", sagte sie endlich, „ist von jeher ein Ort der Geister. Ein Ort des Verbotenen und die Wohnung des Teufels. Das kannst du glauben, dort treibt der Böse sein Unwesen. Horch doch mal, wenn du draufsitzt, und der Wind geht!"

„Du meinst, wenn es so pfeift?"

„Grad das meine ich."

„Und man kann nichts dagegen tun?"

„Wozu? Musst dich nur beeilen und nicht hinhören!"

„Gut, dass ich es jetzt weiß! Und dass der Abort draußen hinterm Stall steht, gefällt mir nun auch besser! – Hat ihn Papa dorthin gebaut?"

„Aber Kind! Schon immer ist er dort."

„Dann waren die früher schon schlau!"

„Das kannst du noch mal sagen!"

Adolf hielt es nicht mehr länger in der Küche. „Bin aufgeklärt." Im Flur stieß er fast mit den Schwestern zusammen. „Platz da!" Ida kicherte: „Tröpfelt wohl schon?"

13

„Sei nicht so frech!" Adolf riss die Haustür auf: „Man hat es eilig."

Es war ein geruhsamer Nachmittag, der die Kinder trotz des schönen Wetters in der Stube hielt.

Sie hatten die Tafel mit dem Dorf aus Kieferspänen neben das Sofa geschoben und ließen die vom Vater gefertigten Menschen samt Vieh und Futter ein Erntedankfest begehen.

Der Vater saß derweil über ihnen am Tisch und schrieb Rechnungen.

Adolf war mit den Gedanken beim Spiel, aber seine Lippen formten immerzu: „Geselle ist, der etwas kann, doch Lehrling bleibt jedermann!"

Ida war ein wenig abseits gerückt und ließ ihre Puppe tanzen. Hüpfend und schräg. „Wie Klara aus meiner Klasse", trillerte sie dabei übermütig.

„Darüber lacht man nicht!" Adolf war empört. „Und überhaupt", fuhr er fort, „die Klara kann nichts dafür, dass ihre Hüfte nicht geradesteht. Großmutter Johanna sagt, der liebe Gott im Himmel sieht es und erbarmt sich ihrer. Pass nur auf, er lässt was ganz Großes aus Klara werden!"

„Wenn es Großmutter sagt ..." Adolf ging und machte sich ein Glas Wasser mit Heidelbeeren. „Man bekommt durst", sagte er dabei, „aber dafür kann man nichts. – Durst ist nämlich eine Männerkrankheit."

„Könnte von Bratke sein", schmunzelte der Vater. „Wie sagte er neulich: Das bisschen, was ich esse, kann ich auch trinken." Er sah auf. „Ist er eigentlich zurück?"

„Schon lange."

„Dann ist es gut." Johann Gottfried schob das Schreibzeug von sich. „Genug für heute." Er kraulte Ida im Genick. „Du weißt doch sonst immer alles. Was gibt es Neues in Bucke?"

Ida wusste, was der Vater hören wollte. „Es gibt nichts Neues in Bucke."

„Das glaubst du doch selbst nicht, dass es nichts Neues in Bucke gibt", setzte der Vater das Spiel fort.

„Wirklich nicht! – Höchstens, dass dem alten Zeisig seine Katze starb."

„Die Katze von Zeisig ist tot? Aber weshalb?"

„Weil Beerdigung war und man sie vergaß."

„Was für eine Beerdigung?"

„Na, die vom alten Zeisig."

„Sag bloß. – Und weshalb starb der Mann?"

„Weil er sich geärgert hatte."

„Geärgert? – Über was?"

„Na, über seine Frau."

„Wieso denn das?"

„Weil man sie einsperrte."

„Was, die Zeisigen sitzt hinter Schloss und Riegel? – Sag – weshalb?"

„Sie hat Geld unterschlagen!"

„Geld unterschlagen? Das machte sie doch schon mehrmals. Das ist nichts Neues."

„Hab ich dir doch gesagt! – Es gibt nichts Neues in Bucke."

Johann Gottfried Seiler war stolz auf die Tochter. „Sogar die Betonung war richtig!"

„Hast du es mal gedichtet, Papa?", fragte Adolf.

„Gedichtet nicht gerade. Es fiel mir halt ein."

„Wie: ‚Fremder, vernimm die Kunde, hier ging eine Kuh zugrunde. Danke dem Schöpfer als Christ, dass du es nicht gewesen bist!'"

Der Vater rechtfertigte sich: „Dem ging eine wahre Begebenheit voraus! In einem der Torflöcher versank eine unserer besten Milchkühe."

„Hattet ihr denn keine Stricke parat?"

„Aber Junge, du kannst dir nicht vorstellen welche Kräfte im Torf walten. Das Tier saß fest wie in einem Schraubstock."

„Und das Geschriebene war als Mahnung gedacht."

„So ist es. – Auf den Schneeschieber gebrannt erinnert es uns seit Jahren an den Verlust der Kuh und warnt gleichzeitig Fremde vor der Gefahr der so harmlos wirkenden Wasserlöcher auf unseren Wiesen."

Pauline kam vom Stall. „Warst du auch beim Reiher Karl vorgefahren, Johann Gottfried?"

„Das wollte Hugo! Auf der Rücktour fuhr ich die Spelunke des Onkels an. – War ein Fehler. Kam fünf Tage nach seinem Abgang."

„Schade. Aber keine Überraschung nicht. Ging stetig mit Karl bergab, seitdem er alleine war. – Was haste denn diesbezüglich ins Heft geschrieben?"

Pauline suchte zwischen den Unterlagen auf dem Tisch das Notizbuch des Gatten. Endlich fand sie es.

„Drehe es herum! Von hinten auf der vorletzten Seite."

„Als wärst du ein geheimer ... Da ist es ja! – Hier liegt der Schankwirt Karl Reiher. Der Herr im Himmel nahm ihm sein Leben, er schuf es. Der Witwer starb als Opfer seines Berufes. – Hast du schön gemacht. Stimmt jedes Wort." Pauline blätterte weiter. „Was steht denn hier? – Hoch gestiegen, Äpfel gepflückt. Runtergefallen, weg gewesen. – Ach, ich weiß, im vorigen Jahr die Heinichen. War das wirklich beim Äpfelpflücken? – Kannst recht haben. Birnen sind eher griffig." Sie stutzte. ... „Wo ist dir denn das eingefallen? ‚Oh, wie spannt die Hose mir, sehe ich unter den Rock bei ihr.' – Wohl beim Heugabeln. Sei ehrlich!"

„Und wenn?"

„Oder galt es einer anderen?"

„Aber Pauline, für wen hältst du mich?"

„Könnte ja so sein ... Weißt du, Johann Gottfried, wenn du den Frauen die Säcke mit den Körnern vom Wagen nimmst und dabei mit ihnen schäkerst, kann ich richtig eifersüchtig werden."

Johann Gottfried sah die Frau verwundert an. „Sind wir nicht lange genug zusammen, Pauline, um voreinander keine Geheimnisse zu haben? – Und ganz ehrlich: Eifersucht ist eine Leidenschaft, die mit Eifer sucht, was Leiden schafft!"

„Woher nimmst du nur immer die Worte?"

„Das schreibe ich mir auf", rief Adolf dazwischen. „Morgen bekommt es kein Mensch mehr zusammen."

„Tue das", bestärkte die Mutter den Jungen. „Und auch das, was euer Papa nach dem Ausspannen von sich gab. Auch das gefällt mir. Warte mal ... Mit ‚glücklich' begann es."

„Glücklich ist nicht derjenige, der es ist", wusste Ida, „sondern der glaubt, es zu sein!"

„Das war's." Pauline schien zufrieden.

Es klapperte im Flur. Johanna schlürfte, vom Altenteil kommend, in die Futterküche. Die Kanne mit der warmen Milch schlug bei jedem ihrer Schritte auf den unebenen Steinfußboden. An der Truhe, die mit Riemen für die Schafe, Kühe und Pferde und den Netzen zum Fischen voll war, ließ sie sich nieder.

Ihre Finger schmerzten. „Verflixte Gicht ..." Sie sah zur Stube hin. „Adolf?"

Der Enkel war bald zur Stelle. „Soll ich was helfen?"

„Noch nicht. Wilde Kastanien könnte ich gebrauchen – du weißt, wo welche sind?"

Adolf nickte. „Unterm Wagenschuppen in der Kiepe sind welche." Er wollte los.

„Wie viel brauchst du, Großmutter Johanna?"

„Akkurat drei!"

„Wir haben aber nur Rosskastanie!"

„Ist dasselbige."

„Willst du sie wegen deinem Rheumatismus?"

„Wo denkst du hin! Bei Rheuma lässt man sich von Bienen stechen. Und zwar immer dorthin, wo der Schmerz steckt. Tut dir der linke Arm weh, setzt du die Biene auf den linken Arm. Tut dir der rechte Arm weh, machst du es dort. Wirst dich wundern, wie schnell die Wirkung eintritt. – Meine verkrüppelten Finger hier, das ist Gicht. Um sich davor zu schützen oder von diesem Übel zu befreien, muss man drei wilde Kastanien an sich nehmen, im Namen Gottes des Vaters, des Sohnes und des Heiligen Geistes."

„Gut, dass du es mir sagst!" Adolf war schon auf dem Weg.

Johanna schob die Kanne unter die Bank und rückte das Butterfass zur Seite. „Einmal frische Butter aller vierzehn Tage, das muss sein!" Sie wunderte sich. „Wo kommen die vielen Ameisen her?" Laut rief sie: „Pauline, ist noch was vom Karpfen übrig geblieben?"

„Weißt du doch! – Hast du gerade mal Appetit?"

„Das nicht, aber hier sind überall Ameisen. – Möchte nur bisschen Fisch auslegen."

Bald erfüllte der dumpfe Ton vom Stampfen der Kartoffeln die Futterküche.

„Hier, Mutter!" Pauline brachte die Reste vom vergangenen Abendessen. „Willst du es selber machen?"

„Muss nicht sein." Nur für einen Augenblick unterbrach Johanna das Stampfen. Ihre Gedanken waren beim Schwiegersohn. Eine eigenartige Unruhe hatte sie seit Tagen erfasst, und auch jetzt, wo der Mann zurück war, wollte die Spannung nicht weichen. Etwas Schlimmes würde kommen, da war sie sich sicher. Nur – was?

Es war Zeit, die Futterrüben mussten aus der Erde, und auch die Äpfel warteten an den Bäumen. Alles war gut gewachsen, man durfte zufrieden sein.

Die Nächte brachten jetzt Raureif, und der erste Frost stand vor der Tür. Es war gut, dass der Schwiegersohn rechtzeitig nach Hause gefunden hatte.

Adolf hielt Johanna drei Kastanien hin. „Gut so?"

Johanna langte mit der rechten Hand nach den blanken Früchten. „Gib sie her!" Die Kastanien verschwanden in ihrer Schürzentasche. „Im Namen des Vaters und des Sohnes und des Heiligen Geistes." Sie sah die Enttäuschung auf dem Gesicht des Enkels. „Mehr muss nicht gemacht werden. Nur ganz nahe mit den Kastanien an den bloßen Leib."

„Müssten sie nicht unter das Hemd?"

„Hab nicht viel auf dem Körper. Ist schon gut."

„Dachte halt nur ..."

„Freut mich, wenn du mitdenkst!"

Adolf war das Lob unangenehm. Er wechselte das Thema. „Das Stampfen hier, Großmutter, könnte man das nicht modernisieren?"

„Warum nicht?", fragte die erfahrene Frau zurück. „Braucht nur mal jemand einen gescheiten Einfall haben."

„Stimmt!"

„Aber welchen?"

„Tja, das ist die Frage."

„So eine Art Fleischwolf!"

„Das müsste man überdenken."

„Dann strenge dich mal an!"

Der Ton beim Stampfen hörte sich jetzt tiefer an. Adolf ging zum Sack mit der Kleie. „Drei Becher?"

„Ja, das reicht erst mal. Aber schön verteilen ..."

„Ich mach das schon."

Danach beobachtete Adolf am Fenster einen gelben Marienkäfer, der ohne Eile im Spalt zwischen Mauerwerk und Fensterrahmen einen Unterschlupf suchte.

Auch die Großmutter sah es. „Ein gutes Zeichen." Ohne beim Stampfen nachzulassen, fuhr sie fort: „Der kommende Winter wird nicht allzu kalt. Die Marienkäfer bleiben oben über Winter, wenn es nicht mehr als zehn Grad minus werden. – Und weißt du, irren tun die sich nie!"

Der Junge lehnte sich auf die Fensterbank und verfolgte interessiert das Tun der Tiere. „Prima", sagte er endlich, „da kann Papa das Geld für neue Stiefel sparen."

„Wollen wir vorsichtig sein!" Johanna sah man die Ungewissheit an. „Ein milder Winter bedeutet nicht wenig Schnee."

„Auch wahr. Gewöhnlich fällt Schnee, wenn es gar nicht so kalt ist."

„So ist es!" Johanna gefiel es, wenn sie von den Enkeln bei der Arbeit unterhalten wurde. Sie wies mit dem Kopf zur Kammer. „Hole mal das Säckchen mit dem Leinsamen!"

„Welches? – Das volle oder das fast leere?"

„Egal! Bring das, das dir zuerst ins Auge fällt. Oder beide. Mach, wie du denkst."

„Lass dich überraschen!" Adolf sah beim Vorübergehen die frische Butter im Regal stehen. Augenblicklich hatte er eine neuerliche Idee. „Könnte man die Butter nicht bunt machen?"

„Bringst einen direkt auf eine Idee. Bunte Butter ... Wäre rein was für das Geschäft."

„Die Farbe dürfte aber nicht giftig sein!"

Großmutter Johanna nickte. „Das ist klar!"

„Kohle wäre nicht das Richtige?"

„Glaube ich nicht. Vielleicht Blaubeeren."

„Oder schwarze Johannisbeeren!"

Die Großmutter wollte kein Spielverderber sein. „In einer freien Stunde", erklärte sie deshalb, „probieren wir, was geht."

Adolf strahlte: „Bist die beste Großmutter der Welt!"

Johanna stellte das Stampfen ein. Ohne Eile holte sie die drei Futternäpfe und stellte diese nebeneinander auf.

„Darf ich helfen?", fragte Adolf.

„Wenn du willst", Großmutter Johannas Augen verweilten sekundenlang auf den bereitstehenden Näpfen. „Aber gerecht teilen!"

Adolf nickte. „Mach ich doch!"

Adolf war noch beim Füllen der Futternäpfe, da kam einer nach dem anderen der Familie in die geräumige Futterküche. Diesmal sogar der Sägemüller mit seinen beiden Gehilfen. Nur Bratke, der junge Müller, blieb aus.

Pauline sah noch schnell nach den Petroleumlampen, danach schloss sie die Stubenfenster.

Johann Gottfried saß mit drei seiner Kinder auf der Bank neben dem Ofen. Sie spielten „Mensch ärgere dich nicht". Nur Adolf hielt sich raus. Er ging Johanna zur Hand. Behutsam zog er die Tücher von der Schüssel und kippte den Teig auf den Tisch. Ganz sacht, wie von der Großmutter gelernt.

Johanna war dicht herangetreten und begann mit dem Kneten. „Stets adagio, ohne Eile ..."

„Man sagt, gut durchkneten zahlt sich aus." Adolf war die freudige Erregung anzumerken.

Johanna schätzte die Teigmenge ab. „Wird recht sein. Für jeden erst einmal ein Vierpfundbrot." Sie richtete es so ein, dass die Teigklumpen etwa gleich groß wurden.

„Wer sagt dir, dass das jedes Mal vier Pfund sind?"

„Niemand, das habe ich im Gefühl!"

„Das könnte ich nicht."

„Mag sein." Johanna sah den Jungen an. „ Halte dich bereit."
„Jetzt schon? Musst du die Brotlaibe nicht erst einritzen?"
„Kommt gleich."
„Nur sechs Brote ... backst du sonst nicht mehr?", fragte Ida.
„Selten", erklärte Adam an Stelle der Großmutter.
Der alten Frau war das Gezeter zu viel. „Gebt Ruhe", befahl sie,
„sonst geht es ins Bett!" Gekonnt ritzte sie die Brotlaibe ein. „Wie
schön rund die Brote werden ..."
„So sehen sie jedes Mal aus." Ida konnte nicht anders, sie musste
das letzte Wort haben. Doch der strenge Blick des Vaters ließ sie
erschreckt die Hand zum Mund führen.

Plötzlich war ein blutroter Schimmer über dem Hasenteich.
Der Vater hatte es als Erster gesehen. Er wandte ungläubig das
Gesicht dem Fenster zu. Sein rechter Arm zeigte am Stuhl vorbei
nach draußen.
Doch dann sprang Johann Gottfried Seiler auf. „Das Sägewerk
brennt!" Ohne einen klaren Gedanken fassen zu können, lief der
Mann auf den Damm des Grabens dem Feuer entgegen. Doch
schon an den Haltern beim Zulauf des Hasenteiches wurden seine Schritte langsamer. Hier kommt jede Hilfe zu spät, gestand er
sich ein. Und er war im Innern froh, dass der Wind dem Haus
abgewandt stand, sodass für dessen Sicherheit gesorgt zu sein
schien.
Aus allen Richtungen kamen bald Helfer herbei. Doch außer
vier Hunten, beladen mit geschnittenen Dachbalken, fiel alles
den Flammen zum Opfer.
So standen die Leute bis in die Finsternis und starrten in das
teuflische Spektakel.

Johann Gottfried Seilers Gedanken waren derweil ganz woanders.
Es war in der Nacht vom vierzehnten zum fünfzehnten Februar,

vor nunmehr zwanzig Jahren, als er im Traum eine Pforte sah, nicht allzu groß, nur zwei Personen konnten sie nebeneinander passieren. – Und als er hindurchgeschritten war, stand dort ein Mann. Nicht sehr groß, im grauen Anzug, aber mit so viel Güte und Liebe im Wesen, wie Johann Gottfried es bisher noch nie verspürt hatte. Da wusste er, dass Jesus vor ihm stand. Johann Gottfried wollte etwas sagen, sich bedanken, dass er die Pforte durchschreiten durfte. Da verging der Herr ihm gegenüber im Nichts. Jahre danach, er ruhte gegen die Treppe gestützt, fühlte er plötzlich eine wohltuende Wärme. Bald auch Arme, die ihn umschlungen hielten. Das war abermals der Herr. Er wusste es im selben Moment. Doch er sah Jesus diesmal nicht. Nach diesem zweiten Erlebnis sagte er sich, das alles kommt nicht von ungefähr. Gläubig warst du nie, und trotzdem wirst du geführt. So hatte er sich von der Schwiegermutter die Heilige Schrift geholt und zu lesen begonnen. Mehr und mehr. Manches Gelesene gefiel ihm. Anderes kam ihm sonderbar vor. Aber er tat das Buch nicht weg. Er hinterfragte und bemühte sich, das Gelesene zu begreifen. Weshalb galt sein Augenmerk bisher nur irdischen Gütern? Trieb der Böse sein Spiel mit ihm? Musste er erst Schmerz und Ohnmacht spüren, damit er verstand?

Johann Gottfried Seiler fand wieder in die Wirklichkeit zurück. Er schwor sich: Ab sofort achtest du auf die Hinweise.
Da rief eine erregte Frauenstimme: „Hinterm Buckschen Berg brennt es auch!" Für Sekunden, die allen wie eine Ewigkeit vorkamen, hörte man nur das Atmen der Leute, bis Johann Gottfried die Hand hob. „Bleibt!" Seine Augen waren wirr, als er hinzufügte: „Bis wir dort sind, ist es geschehen. Die vom Vorwerk werden es richten."
„Zwei Feuer bei ein und demselben, an einen Tag ... Hier stimmt was nicht." Noack sprach aus, was alle dachten.

„Ich lauf hin!" Adolf wollte Gewissheit.

„Aber es ist weit und finster!"

„Man kennt sich aus!" Der Junge rannte los.

Verklärt sah ihm der Vater nach. Da erinnerte er sich, es geschah um die Weihnachtszeit vor drei Jahren. Es war in der Frühe. Frau und Kinder waren schon aufgestanden. Da spürte er jemanden in der Kammer. Ganz deutlich. – Die dritte wundersame Begebenheit in seinem Leben. Bedeutete es drei böse Überraschungen? Loderte bald auch das Haus? Von panischer Angst ergriffen, nahm Johann Gottfried die Schaufel. „Hier geht nichts mehr, verhüten wir Schlimmeres daheim!"

„Du denkst das Gleiche wie ich!" Jähnchen sprang auf und nach ihm viele andere.

Doch schon am Ständer des Hasenteiches wurde es Gewissheit: Auch die Hostenmühle stand in Flammen.

„Zuerst das Vieh aus den Ställen!" Die Worte des Müllers klangen wie aus weiter Ferne.

Von Panik erfasst, rannten die Tiere zum Wald hin.

Höher und höher schlugen die Flammen. Balken zerbarsten, und wie von Geisterhand berührt zersprangen die Scheiben der Fenster.

Die Frauen und auch die Kinder schleppten Brauchbares zur Hofeinfahrt, ohne Unterlass, aber Tränen sah man bei ihnen nicht.

Johann Gottfried staute das Wasser des Grabens, verteilte die Trinkeimer und war dann beim Wasserreichen den Flammen am nächsten. Als die Männer nichts mehr aus den Flammen zu holen wagten, übergab der Müller seinen Posten einem anderen, um das schier Unmögliche zu besorgen, bis das Gebälk krachend zusammenbrach und den Mann unter sich begrub. Doch nur einen Wimpernschlag lang lähmte das Keuchen des Verschütteten die Helfer, dann waren Baumstämme herbeigeschafft und mit Hebelkraft der Hausherr befreit. Sein Kopf war von einem herabstürzenden Balken zerschmettert worden. Ruß und Schmutz vermischten sich mit dem Blut des Mannes, das bald eine Lache auf der Tenne bildete, denn Scheune und das Haus für den Altenteil vermochten die Helfer den Flammen abzuringen.

In den Morgenstunden, als das Sonnenlicht das ganze Ausmaß der Zerstörung preisgab und Bratke Joseph von den Leuten des Vorwerks gefangen ohne Umschweife die fürchterliche Tat gestand, wurde es Gewissheit, der Müllermeister Johann Gottfried Seiler hatte nur noch Stunden zu leben. Des Geistes beraubt, von Frau und Schwiegermutter behütet, erwartete er den Abtransport.

Als die ersten Schneeflocken wirbelten, stand bereits ein provisorischer Stall. Und das Haus für den Altenteil war nun mit einem soliden Vorbau versehen. So konnte der Winter kommen.

Vom Tod des Vaters merkten die Kinder der Hostenmühle wenig. Die Überführung stand nicht zur Debatte. Sein Körper war in der Fremde der Erde anvertraut worden.

Bisher hatten sich die Forderungen der Kunden in Grenzen gehalten, doch nun, wo das vorjährige Mahlgut ausging, klopfte so mancher an die Tür. Noch zeigte man Verständnis, aber die Frauen ahnten, dass es nicht lange so bleiben würde. Pauline hatte Moritz, den schweren Kaltblüter, vor den Wagen gespannt. Der von Johann Gottfried bis zur Unterschrift ausgehandelte Landverkauf sollte unter Dach und Fach. Doch die Betreiber der Sandgruben vertrösteten sie auf einen späteren Zeitpunkt. Angeblich hatten sie jetzt mehrere diesbezügliche Angebote, und sie wollten erst einmal alles prüfen.

In ihrer Not hatte Pauline Zugeständnisse gemacht, doch vergebens. Wie Geier am wunden Tier wartete die Gegenpartei auf das Ausbluten des bis vor Kurzem so lukrativen Mühlen– und Sägebetriebes.

„Das Stück Land wird uns mal weggehen, ohne die Unkosten zu decken!" Die Mutter hatte es mit Bitternis in der Stimme verkündet. „Mit uns Weibern kann man es ja machen!"

„Wir werden uns wehren, mit allen Mitteln."

„Aber Mädel! Glaubst du etwa an ein Wunder?"

Es war Sonntag und noch Zeit zum Kirchgang, doch Pauline trieb eine innere Unruhe. Vorher wollte sie mit den Kindern und der Mutter unter den mächtigen Fichten am Buckschen Berg nach „weißem Gold" Ausschau halten. „Dort, wo der Herbstwind einen Baumriesen umwarf, kommt der weiße Sand ans Tageslicht", hatte Johann Gottfried ihr noch am Mittag vor dem Brand erklärt, „da kannst du ihn sehen und anfassen, unseren künftigen Reichtum." Sonst war sie immer achtlos an den Stumpflöchern vorübergegangen, hatte höchstens nach der Menge des Feuerholzes gesehen, doch nun wusste sie vom Wert unter der Mutterbodenschicht und sah alles mit anderen Augen.

„Dort kriecht jemand herum", sagte Adolf und blieb auf dem schmalen Wildwechsel stehen.

„Heute zum Sonntag?" Die Mutter wollte es nicht glauben. „Das mutet niemand seinen Stiefeln ohne Grund zu, überall Patsche."

„Glaube es nur! – Guckt, er hält ein Stock hoch!"

Großmutter Johanna war vorgetreten. „Dort hinten steht der Zweite", sagte sie, „die messen aus."

„Na, die trauen sich was!" Pauline schoss das Blut ins Gesicht. „Ohne zu fragen ..."

Auch der kleinen Anna ging das Tun der Fremden gegen den Strich. „Der Wald ist unser, stimmt's, Mama?"

„Natürlich ist er unser! Seit Generationen."

„Können wir die Männer nicht fortjagen?"

„Könnten wir schon, nur ..."

„Besser, wir ziehen uns zurück! Man weiß nicht, für was es gut ist." Johanna hatte die Kinder behutsam, aber bestimmend zur Wende veranlasst. „Von wegen kein Interesse mehr. Wer heimlich messen lässt, ist am Geschäft interessiert!"

Im Angesicht des Kirchturms ergriff Adolf die Hand der Mutter und sagte: „Habe gestern ein Gedicht für unseren Papa geschrieben. Willst du es hören?"

Pauline war in Gedanken noch im Wald, sann und hoffte, dass sich der Verkauf nun doch vollziehen würde. So erwiderte sie abwesend: „Ein Gedicht also. Na, sieh mal an."

„Ja oder nein?"

„Sage es auf!"

„An einem Sonntagabend zerschlug ein Balken unserem Papa den Kopf. Der Weg in das Himmelreich ist nicht weit, drei Tage danach war er dort."

Pauline blieb stehen. „Das hast du aber fein aufgesagt!" Sie nahm den Jungen in die Arme und liebkoste ihn, bis Adolf sich den Händen der Mutter verschämt entzog. „Ist mir nur so eingefallen", sagte er dabei.

„Ich weiß. Und trotzdem, irgendetwas hebt dich von den anderen ab."

„Als hätte ich ein steifen Arm?"

„Aber Kind! – Als kämen dir Einfälle in den Kopf, die ein anderer hineintut."

Da war die kleine Anna zur Stelle. „Der Adolf", sagte sie, „ist ein Liebling vom Herrn im Himmel."

„Dass du dich da nicht täuschst. – Sein Liebling bist du!" Adolf suchte Hilfe bei Mutter und Großmutter, und weil beide schwiegen, fügte er hinzu: „Stimmt doch, dass Papa verlangt hat, Anna bekommt mal das Zepter!"

Pauline wunderte sich. „Hat Papa es wirklich so gesagt?"

„Nicht direkt." Adolf suchte nach Worten. „Aber sinngemäß."

„Was hat das hiermit zu tun?", wunderte sich Großmutter Johanna.

„Das war ein Weitergeben des Stabes, und wenn Papa im Himmel sein darf, war er ein guter Mensch!"

„Und weil alles bestimmt ist", ergänzte die Mutter, „kommt das Gute, willst du uns weismachen, zur kleinen Anna!"

„So ist es!"

„Nun ist aber nichts mehr groß da ..."

„Vielleicht hat ein Ahne Böses gemacht, und jetzt wurde der Schlussstrich gezogen!"

„Junge, Junge", wunderte sich Pauline, „manchmal kann man deinen Gedanken kaum folgen."

Wieder und wieder kam ein Morgen, und die Not in der Hostenmühle wurde nicht weniger.

Die Sonne stand nun schon hoch, brannte zuweilen unbarmherzig auf die Familie im Feld, doch die Bestellung wollte getan sein.

Da war durch die Wiesen ein Mann gegangen. Mittelgroß, mit kleinem Bauchansatz. Die Räder seines Handwagens quietschten. Am Feldrand war er stehen geblieben:

„Ein frohes Gelingen, alle miteinander!"

Die Frauen richteten sich auf. Der Fremde kam näher.

„Danke auch!" Pauline durchlief ein Hitzewall. Verärgert wandte sie sich ab. Das fehlte gerade noch, sagte sie sich, ein halbes

Jahr nach dem Ableben des Mannes was Neues in puncto Liebe anzetteln!

Doch die Natur war stärker. Wie zufällig sah sie zum Fremden hinüber. Mitte dreißig schätzte sie den Mann, vielleicht auch ein paar Jährchen mehr. Könnte passen. Man selbst ist dreiunddreißig ...

„Stellt man sich einander vor, geht das Näherkommen leichter!" Konnte der Fremde Gedanken lesen?

Schon war er hinter Pauline. „Karl Ernst Teichert", hörte sie ihn sagen, „seines Standes Nagelschmied."

„Bist du auch auf dem Feld perfekt?" Johanna war wie stets direkt.

„Was fehlt, wird abgeguckt! – Hab's gewöhnlich so gehalten, Mütterchen."

„Und die Axt, sie surrt ins Holz?"

Aufgebracht bekundete Karl Ernst: „Das lobe der Allmächtige! – Bei einem gelernten Nagelschmied darf man es verlangen."

„Und die Peitsche? – Kannst du sie knallen lassen?"

Karl Ernst war stutzend zurückgewichen. „Geht wohl ums Pferdelenken?"

„Gemeinhin nicht ganz. – Die drei anderen Gäule sind aus dem Stall, und die Liese hier geht morgen weg. Dann kommen die Kühe vor Pflug und Wagen."

Karl Ernst nickte beiläufig. „Hab's vernommen von eurem Missgeschick, vorhin im Wirtshaus." Er ging schnell entschlossen auf Pauline zu. „Man hat Arbeit für einen Nagelschmied?"

„Eigentlich weniger ..."

„Aber ein Eckchen im Schuppen, wo der Schmied den Hammer sausen lassen kann?"

„Führe erst mal die Liese", verlangte Johanna, „alles andere kommt später." Doch dann besann sie sich. „Bist du gesund? Siehst blass aus!"

„Bisschen unreines Blut, behauptet der Schnuddelputzer. – Aber daran stirbt man nicht!"

„Kennen wir den Mann?"

„Sicher! Auf dem Sande steht sein Gehöft."

„Jetzt weiß ich, wen du meinst! – Den Steiner Jop, den Haarstutzer."

„Genau, Steiner war sein Name."

„So auf die leichte Schulter darf man das mit dem Blut nicht nehmen. – Trinke in der Frühe und vorm Schlafengehen vier Wochen lang zwei Tassen Johanniskrauttee! Wirst dich wundern, wie die Farbe um die Augen wiederkommt."

„Will es probieren. – Und dann spukt in mir noch ein Übel. Kann oftmals die Pisse nicht halten."

„Verstehe, kann blamabel sein. – Haben wir schnell im Griff. Ein halbes Lot frische oder getrocknete Blätter von Heidelbeeren in einem Topf Wasser gekocht und alle Tage davon getrunken. – Sei unbesorgt, schnell bist du wieder dicht!"

Karl Ernst sah Johanna verwundert an. „Habe ich auch noch nicht gehört."

„Warst ja auch noch nicht hier!"

„Ein halbes Lot ..."

„Weißt du nicht? Sechzehn zwei Drittel Gramm."

„Kann man sich merken."

Johanna sagte verärgert: „Was ist nun, führst du die Liese?"

Karl Ernst Teichert tat, wie ihm geheißen, und zum Vesper saß er mit am Tisch. Für seinen Handwagen wurde ein Platz in der Scheune gefunden. Und der zapplige Mann steckte noch am selben Abend ein Karree für den Anbau der künftigen Nagelschmiede gleich neben der Küche ab. Das „neue Geschäft", wie er es nannte, sollte im Herbst fertig sein, und schon zu Weihnachten, wenn das Geld bei den Bauern lockersaß, wollte er das für ihn ganz selbstverständlich Vorgeschossene zurückgezahlt haben.

Die Dämmerung brach bereits herein, als Niemtz an das Fenster des Stalls klopfte. „Man munkelt, dass ihr euren Wald zwischen dem Buckschen Berg und der Henkerswiese veräußern wollt, um aus der Schuldenfalle zu kommen. Glaubt einem erfahrenen Bauern, da habt ihr auf das falsche Pferd gesetzt! – Abnehmen wird man den Wald, ganz sicher. Doch für welchen Preis? Für einen Apfel und ein Ei. Um es kurz zu machen, meine Schonung grenzt an euren ehemaligen Holzplatz! Hilft es, wenn ich das Land vereinnahme, Seilern?"

Pauline suchte nach Worten. „In aller Freundschaft", fragte sie dann, „ist es ehrlich gemeint?"

„Bisher nahm man Rücksicht, hört man allgemein. Aber Gemahlenes, Gestampftes, Gequetschtes und Gesägtes wird nun einmal gebraucht. Die Forderungen kommen, seid gewiss!"

Johanna war hinzugetreten. „Und wenn du denkst, es geht nicht mehr, kommt von irgendwo Hilfe her. – Sei gegrüßt, Niemtz!"

„Du auch, Pohlen! Sprichst in Versen, wie der Enkel."

„Meinst Adolf?"

„Wen sonst. – Hier, diesen feinen Spruch hat er mir vorhin aufgeschwatzt. Das heißt nicht er, sondern eure Kleine, die Anna, hat das Geschäft für ihn getätigt!"

„War klar."

„Und dass ihr euch nicht wundert! – Habe etwas Kleingeld dagelassen. Reicht für Honig und Brot." Niemtz faltete den erhaltenen Zettel auseinander. „‚Möge man auch noch so bitten, es zu ändern – gibt's ein Grund? Was nicht ist, das kann nicht sein. Wo was füllt, passt nichts mehr rein. Alles andere scheint zu stimmen!' – Kennt ihr's?"

Pauline sagte: „Hörte es jetzt zum ersten Mal." Johanna nickte zur Bestätigung.

Niemtz kramte nochmals in seinen Taschen. „Das war das Teuerste! Hier hört. Finde es gut. – ‚Eine Hummel wiegt zu viel

31

und hat viel zu kurze Flügel, um fliegen zu können. Aber sie fliegt. Ich, Adolf Seiler, denke, weil sie es nicht weiß.'"

„Kennen wir! – Erst wollten die drei Großen die Waldameisen dressieren. Sie sollten ein Bein zum Gruß heben, wenn sie an den Rüben vorüberzogen, und später waren die Hummeln Objekte der Erforschung."

„Und das kam dabei raus ... Könnt stolz sein auf den Nachwuchs! Wir haben weniger Glück."

„Euer Glück kommt vielleicht noch", tröstete Johanna, die gute Seele, ihr Gegenüber.

Niemtz wischte die aufkommende Schwermut mit einer Handbewegung fort.

„Noch mal zum Holzplatz. Die Rabatten dort gefallen mir. Durch Wildflug wird er bald in fester Hand der Kiefern stehen. Habe also wenig Mühe und euch wäre geholfen."

Pauline sagte sichtlich bewegt: „Dass einer von sich aus auf uns zukommt ... An wie viel hast du gedacht?"

„Was deine Mutter und du für richtig haltet. Besprecht euch und lasst mir das Ergebnis zukommen. – Nehmt es als ausgehandelt hin!"

„Dann soll es so sein!"

„Was nützt das Geld, wenn man's behält. Man lebt nur einmal auf dieser Welt." Niemtz wies zum Haus. „Übrigens, Dachwurz fehlt."

„Ist alles abgefackelt beim großen Brand." Johanna war schnell an der Stallecke. „Nur in der Traufe haben einige Pflanzen überlebt."

„Wie ich euch kenne, wird bald wieder anspruchsloses Donnerkraut die Dächer hier schützen. – Wisst ihr, dass es diesbezüglich mal eine Weisung gab? Karl der Große hat es verlangt: ‚Und der Landmann hat auf seinem Haus die Dachwurz zu haben.'"

„Ich glaube, der nannte es Hauswurz", sagte Pauline, „man belehrt nicht gern, aber es war so!"

„Schon möglich."

„War kein dummer, der große Staatsmann, wahrlich nicht. Und wer sein Haus fachgerecht bepflanzt, ist abgesichert."

„Du meinst vor einem Blitzschlag?"

„Was sonst."

„Immer wohl auch nicht."

„Aber jedenfalls mehr, als hätte er gar nichts getan."

„Auch wieder wahr." Niemtz sah konzentriert zum Himmel hoch und erklärte: „Regen kommt! – Meine Knie kündigen es an." Plötzlich fiel ihm etwas ein. „Weiß nicht, ob es hier schon ankam, meiner Angetrauten kamen vier flotte Buchsen weg! Aus dem Gärtchen, von der Leine."

„Das gibt es nicht! – Hat man einen Verdacht?"

„Ihr kennt die Meinige! Über einige aus dem Dorf schwingt sie das Zepter. Ob allerdings der Dieb darunter ist, möchte man bezweifeln."

„Mach, wie ich dir's sage", verlangte Johanna, „nimm in des Diebes Namen ein frisch gelegtes Hühnerei, umbinde es mit einem Faden grüner Seide und lege es in heiße Asche, dann findet der Dieb keine Ruhe und bringt das Gestohlene zurück!"

Niemtz hatte interessiert zugehört. „Werde es mir merken!" Er trat an die dunkle Schuppenwand, um dort windgeschützt seine Tabakspfeife in Brand zu setzen. „Früher", erklärte er dann, „glaubte ich an solche Sachen, wie das mit dem Faden um das Ei, nicht. Doch je älter man wird, umso mehr ertappt man sich dabei, Zugeständnisse zu machen."

„Zu vieles geschieht halt zwischen Himmel und Erde", gab Pauline zu bedenken, „was man sich einfach nicht erklären kann."

„Habe gleich ein Beispiel", erklärte darauf Niemtz, „mein Bruder, der Egon, lag in der fünften Heiligen Nacht auf dem Sterbelager.

33

Da kam er noch einmal kurz zu Bewusstsein. ‚Walter, du auch?‘, hat er ganz ungläubig gefragt. Danach verschied er. Die Woche darauf kam der Brief. Die Verwandtschaft teilte uns Walters Tod mit. – Wir sahen auf das Datum. Er starb einen Tag vor meinem Bruder. Was soll ich sagen, bis Lübeck sind es immerhin fast fünfhundert Kilometer."

„Ist schon sonderbar ..." Johanna suchte nach einer Erklärung.

Niemtz verabschiedete sich. „Jetzt geht es zu Muttern", sagte er gut gelaunt, „und dann trinken wir einen kühlen Kornschnaps aufs Vereinbarte."

Pauline fühlte sich angesprochen. „Sei nicht böse, aber wir haben kein einzigen Tropfen Alkohol im Haus."

„Wollte nicht mahnen, ganz und gar nicht. – Wenn nur die Angetraute nicht so ein Stinktier wäre. Alle Abende das Gleiche. – ‚Was tust du denn gerade?‘ – ‚Trinke mit mir selber Brüderschaft!‘ – Was soll man sonst darauf antworten?"

Für einen Moment glaubten die Frauen, dass Niemtz gehen würde, aber da kam eine weitere Frage: „Der Wernig, euer vorletzter Bursche, habt ihr den entlassen oder ging der von selbst? – Ich meine den vorm Feuerleger."

„Ist schon klar", sagte Pauline. „Wernig war fast zwei Jahre bei uns. Aber ehrlich, geheuer war der uns nicht. Einmal, es war gleich zu Anfang, holte er Futter von der Wiese. Plötzlich rief er: ‚Verdammt, ich schnitt mir die halbe Ferse ab.‘ – Mir ging es durch und durch. ‚Herr im Himmel‘, habe ich gerufen, ‚auch das noch!‘ – Hätte ich die klaffende Wunde nicht mit eigenen Augen gesehen, ich würde es für Humbug halten. Wernig hat meine Angst und pure Ratlosigkeit wohl zum Einlenken gebracht. Er sagte: ‚Wachse wieder an!‘ – Und was soll ich sagen, es war so."

„Unmöglich!"

„Sagen alle. Aber ich beschwöre es!"

„Ist schon richtig", mischte sich Johanna ein: „Manchmal passieren sonderbare Dinge. – Wir waren jedenfalls froh, als Wernig weiterzog."

„Wissen hatte er", fügte Pauline hinzu, „ob allerdings alles der Wahrheit entsprach ... Zum Beispiel wollte er uns weismachen, dass die Bienen nicht nach Lebenstagen, sondern nach Streckenzeit leben."

Niemtz fragte fast flüsternd: „Wie erklärte er das?"

„Ganz einfach. Nach achthundert Kilometer Flug, die eine etwas mehr, die andere etwas weniger, wäre die biologische Uhr der Bienen abgelaufen. Ist eine Biene faul und fliegt seltener, wird sie also älter."

„Das muss nicht aus der Luft gegriffen sein", rief Niemtz. „Vielleicht hat sich Wernig mit solchen Dingen beschäftigt!"

„Klar hat er das!"

„Von den Vögeln wusste er auch einiges." Johanna sah zur Mutter. „Weißt du noch, wie das mit dem Ausbrüten war?"

„Dass du dir nie nichts merkst! Haben die Vögel eine Brutzeit von drei Wochen, werden sie zwei bis drei Jahre alt. Andere, die fünf Wochen zum Ausbrüten ihres Nachwuchses benötigen, werden nach Wernig durchschnittlich sechs Jahre alt."

„Interessant ..." Niemtz war beeindruckt.

„Dass die Pflanzen bei Vollmond besser wachsen, hat er uns auch erklärt. Aber das war keine Neuigkeit für uns. Das wussten wir selber."

„Und so einen habt ihr ziehen lassen ..." Niemtz schüttelte verständnislos das Haupt. „Einmal", fuhr er dann fort, „wir waren beim Spreumachen am Läden, kam Wernig zufällig vorbei. ‚Dümmeres, als die Spreu aus dem Wald zu hacken, kann euch wohl nicht einfallen', hat er geschimpft, ‚gleich zwei Dummheiten auf einmal. Zum einen wird der Boden hier durch die Entnahme der Nadelspreu immer magerer, und dann streut ihr damit das

Vieh ein. Zum Schluss kommt die Spreu mit dem Mist auf die Felder – und leitet dort, wo es auf jeden Tropfen ankommt, auf ganz natürliche Weise das letzte bisschen Wasser ab.'"

„Da hat er euch nichts Falsches gesagt", erklärte Johanna und fügte hinzu: „Ich war noch nie für das Waldputzen!"

„Machen wir auch bloß aus der Not heraus. Das Stroh reicht hinten und vorn nicht."

„Weiß schon."

Niemtz sah durch das offene Fenster. Zufällig fiel sein Blick auf das Porträt einer jungen Frau, die dort auf Leinwand gemalt im verschnörkelten altgoldenen Rahmen hing. „Sieht aus, als lebe das Mädchen."

Johanna sah sich kurz um. „Ein Zufall, dass es der Schwiegersohn noch aus dem Feuer holen konnte. Es ist übrigens meine Großmutter."

„Da war sie aber noch jung ..."

„Kann man so sagen", bestätigte Pauline.

„Und schlau sieht sie aus! – Eine, die weiß, wo es langgeht." Johanna überlegte kurz, dann fügte sie hinzu: „Mein Bruderherz will das Bild unbedingt haben. Von mir aus soll er es holen. Ich behalte die Großmutter auch so im Gedächtnis, ohne dass ich sie ständig ansehen muss. – durch ihre Taten und ihre Worte."

„Ganz in Ordnung finde ich es trotzdem nicht", erklärte darauf Pauline, „dass du so mir nichts, dir nichts das Geerbte weggibst!"

„Es ist nicht aus der Welt! – Rödern liegt einen Steinwurf entfernt."

„Gefallen tut es mir trotzdem nicht. Und überhaupt, wann kommst du denn schon mal hin?"

„Einmal im Jahr richte ich es mir ..."

„Übertreibst du jetzt nicht, Mutter? – In den letzten drei Jahren bist du nicht einmal auf Tour gegangen!"

„Weil stets was dazwischenkam! Und dann die sächsische Sprache dort. Weißt du, wie unsereins aufpassen muss, dass er was versteht? Sag mal: Kaiser Karl konnte keine Kümmel Körner kauen."

„Was ist dabei? – Kaiser Karl konnte keine Kümmel Körner kauen."

„Sehr schön. – Und nun mach aus jedem K ein G!"

„Gaiser Garl gonnte geine Gümmel Görner gauen", sagte Pauline unter ansteckendem Lachen.

Johanna nickte beifällig. „Nun weißt du, wie sie dort tratschen."

Niemtz nahm die Steine, die an einem Pfeiler der Schuppenwand lehnten, in Augenschein. „Werden sie noch mal drehen?"

„Glaub ich nicht", erwiderte Johanna, „ohne Zaster kein Geknaster."

„Traurig, traurig ..." Niemtz ging zu den Resten des großen Rades, das aus den Lagern gerissen im Schlamm des Baches lag. „Ersatzteile wirft es ab."

„Man hat Nachfragen."

„Was du nicht sagst, Seilern. – Das hätte ich nun überhaupt nicht erwartet!"

„Warum nicht? Immerhin gibt es Einheitsmaße."

„Höre ich zum ersten Mal!"

„Das Rad hier ist ein Meter fünfunddreißig breit und vier Meter zwanzig im Durchmesser. Von der Sorte drehen mehrere in der Umgebung."

Niemtz entdeckte wieder etwas. „Und das dort?"

„Die Reste des Getreidestampfers. Guck, der Hammer wäre noch verwendbar!"

„Alles aus Holz", wunderte sich Niemtz.

„Ist so! – Bei guter Pflege funktioniert's jahrelang."

„Wohl wahr. Wann hattet ihr groß Ausfälle?"

„Man kann sagen so gut wie überhaupt nicht."

„Und die Windmühle auf der Kaupe?"

„Letztens haben wir paar Säcke Hafer gequetscht. Sind halt vom Wetter abhängig."

„Man erzählte im Dorf von einer Havarie. Eine Welle wäre gebrochen."

„Gerede, nichts weiter. Zwei fingerlange Splinte waren rausgerutscht. War schnell gemacht."

„Euch fehlt halt ein richtiger Mann auf dem Hof."

„Na, vielleicht wird es bald leichter ..."

„Ach, willst du den Teichert raussetzen?"

„Früher oder später kommt es, ist schon wahr. – Eine Hilfe ist er nicht!"

„Aber ein Mann im Bette", fügte Johanna hinzu. „Und ohne dieses Hin und Her will es nicht gehen."

„Was du immer hast, Mutter! – Klar, die Begierde überkommt mich zuweilen!"

„Auch wenn gezankt wurde. Hör's manchmal. ‚Dreh rum die Meese, mit der bin ich nicht böse!'"

„Aber Mutter! – Musste das vor Fremden zum Besten geben?"

„Die Wahrheit kann jeder hören!"

„Ja, ja, ein Fixer", wusste auch Niemtz, „hast du gejubelt, kaum dass Karl Ernst eingezogen war!"

„Zu Anfang sah es auch gut aus ..."

„Ein wenig ‚Fixes' traf ein. – Vier Wochen nach Karl Ernstes Einzug warst du in anderen Umständen."

„Streit's nicht ab, den Nachwuchs trug ich beizeiten unter der Brust!"

„Die Schmiede aber, jene sehnlichst erwartete Einnahmequelle, will und will nicht fertig werden. – Obwohl unsereins seine letzten Groschen fürs Baumaterial hergab!"

Pauline beschwichtigte: „Kommt alles ins Lot, Mutter, sei unbesorgt!"

„Kommt alles ins Lot, wenn ich das schon höre! Sag wann?"
Niemtz machte sich nun endgültig auf den Weg.
„Nicht heimwärts über die moorigen Wiesen", warnte Johanna, „sonst büßen wir dich ein!"
„Machst, als hätte ich was intus!"
„Hat damit nichts zu tun! – Keine zwanzig Jahre her. Damals verloren wir eine Gefleckte. Ein braves Tier. Und Milch hat die Liese gegeben ... Man möchte gar nicht daran denken."
„Deshalb lieber den Trampelpfad benutzt..."
„Genau das wollte ich dir mit meinen einfachen Worten kundtun!"
Niemtz wandte sich schmunzelnd ab. „Du bist mir vielleicht eine ..." Er war schon am Hoftor, als er spitzbübisch fragte: „Dass ich von einer Schlange im buschigen Gras angefallen und gebissen werden kann, lässt du außen vor! Oder liege ich da falsch?"
Johanna fand die Anspielung gar nicht so lächerlich. „Bei einer anderen Jahreszeit wäre es so gekommen, da kannst du drauf schwören. Aber so ... Nicht mal der Mond stimmt."
„Der spielt dabei eine Rolle?"
„Was denkst du denn! – Musste mal erlebt haben, so eine Schlangenversammlung. Hunderte von Tierleibern dicht an dicht. Zu Trauben im Tanz verschlungen. Und am nächsten Tag in der Frühe alles weg, als hätte es das Spektakel nie gegeben!"
Niemtz wunderte sich. „Wozu der Mond herhalten muss ..."
„Bei vielen Dingen ist er wichtig! Heu machen wir zum Beispiel nur bei zunehmendem Mond."
„Und weshalb?"
„Weil in dieser Zeit das Gras mehr im Saft steht, es folglich besseres Futter gibt."
„Leuchtet mir ein. – Da guckt ihr also jeden Abend über den Stall."

„Redest wie unter Fusel, Niemtz." Johanna wunderte sich. „Weißt rein gar nichts. Da geht unsereins nicht mal aus der Stube, um zu wissen, wann Vollmond ist. Also höre: In Zukunft füllst du ein Glas mit Wasser und stellst es draußen auf die Fensterbank! Das Glas musste aber schön randvoll machen. In der Sekunde, wo der Mond voll wird, läuft dann das Glas über. So einfach ist das."
Niemtz war längst auf dem Heimweg, als Johanna den Zettel hinter dem Riegel vom Stall fand.

„Der Johanna Pohle und ihrer Tochter Pauline zur Kenntnis! Die angelieferten vier Sack Hafer und zwei Säcke Hirse sollen als abgeholt gelten. Das bekundet Niemtz mit hiesiger Unterschrift. Die Kunden Kochan, Schidlo, Noack, Lodig, Holling und Jänchen schließen sich mit hier geleisteter Unterschrift für ihre angelieferten Mengen an.
Nur das zum Schroten Gebrachte und an der verbliebenen Windmühle Lagernde ist davon ausgenommen. – Zutreffend für zwei Sack Korn von Kochan und drei Sack desgleichen für Jänchen."

Im Frühlingswind, der über die Wiesen ging, erschien auf dem Damm gleich hinter der Hostenmühle ein Mann. Er trug einen blauen, abgewetzten Anzug und, wie es aussah, viel zu große Schnürschuhe. An einem Riemen über der Schulter hing ein faltiger Leinensack.
Der Mann sah über den Zaun in das dahinterliegende Anwesen, das groß und aufgeräumt vor ihm lag.
Die Augen des Mannes wirkten kraftlos. Seine Hände zitterten.
Er trat näher. Abschätzend betrachtete er das Haus, die Scheune, den Stall und den Klafter getrockneter Torfziegel.
Langsam, als überlege er sich jeden Schritt, tippelte er dann zur mächtigen Eiche am Wiesenrand und hob dort einen der tro-

ckenen Äste auf. Er hatte wohl mit dem knorrigen Stück Holz eine gute Wahl getroffen, denn der gebogene Ast passte akkurat unter seine rechte Achsel.

So stand er, ohne sich zu rühren, bis ein Hustenanfall ihm die Luft nahm.

„Wer kann das sein?" Johanna Pohle, das Muttchen vom Altenteil, zog den Topf vom Herd, ging zur Stube, trat ans Fenster und sah zum Damm am Teich hin. „Ein Fremder ..."

Die ausgestoßenen, eigenartigen Laute des Mannes wurden allmählich leiser. Endlich verstummten sie. Der Mann dort draußen strich sich die schlohweißen Haare aus dem Gesicht, rappelte sich hoch und ging müden Schrittes zum Ständer. Dort tastete er die kalten Steine ab, ließ den Leinensack abwärtsrutschen und setzte sich.

„Das sollte er nicht machen", murmelte Johanna, „das ist zu kalt auf den gebrannten Steinen!" Sie spürte die Tochter vom Stall kommen. Gleich danach hörte sie das Aufklinken der Haustür.

„Komm mal", rief die Mutter, „da ist einer, so klapperig wie unser verstorbener Sägenschärfer!"

Pauline trat hinter die Mutter. „Gute Lust, der holt sich was weg!"

„Wenn er's nicht schon hat!"

Sie rückten die Stühle herum und setzten sich.

„Nun ist unsereins aber gespannt", behauptete Johanna, „wie lange hält er es aus!"

„Sitzt man schon ewig?"

„Ein Weilchen." Mutter Johanna stemmte die Fäuste in die Hüften. „Wir haben Zeit."

Pauline sah starr zum Fremden hin, suchte mit den Augen Vertrautes. „Stimmt schon", sagte sie endlich, „bald wie Neubert Emil und so komisch helle Haare ..."

„Hättest sehen sollen, laufen tut der wie auf Stelzen." Die Mutter lehnte sich zurück. „Weiß nicht, irgendwie kommt er unsereins bekannt vor ..."

„Meinst du?"

„Guck, das schmale Gesicht!"

„Da täuschte dich!" Pauline sprang auf. „Mach uns schnell jeden eine Tasse starken Kaffee!"

Mutter Johanna ließ keinen Blick vom Fremden.

Der Mann schien jetzt gefasster. Seine Hand ging zum Sack. Die Finger tasteten nach dem Verschluss. Behutsam nahm er den in knickriges Zeitungspapier gewickelten Karton aus dem Sack, hob dessen Deckel an und suchte einige getrocknete Apfelstücke heraus.

Ein Fuchs war plötzlich vor dem Teich. Ohne Eile lief der Räuber zum Wagenschuppen. Dort hob er den Kopf und blickte schmachtend durch die Zaunlatten geradewegs zum Federvieh hin.

„Sieh mal", rief die Mutter, „der Fremde bekommt Besuch!"

Pauline steckte beflissen den Löffel in die Kaffeetasse. „Noch einer?" Sie stolperte, warf dabei fast den Stuhl um. „Wo denn?"

„Kein Mannsbild, ein Fuchs!"

„Und deshalb treibst du mich ..."

Die Mutter schmunzelte. „Dir stieg wohl die Hitze in den Kopf – getroffen?" Sie wartete eine Antwort nicht erst ab und fuhr fort: „Füchse können viel Schaden anrichten! Sie haben eine Vorliebe für Hühnerfleisch. Wo Hühner sind, müssen sie hin. Nicht mal dichte Zäune halten sie auf. Erlebte es schon mehrmals. – Hast du die Zwingertür eingehängt?"

„Habe ich!"

„Die Stalltür?"

„Auch!"

„Das Scheunentor?"

„Ist verriegelt!"

„Da bin ich zufrieden. – Guck mal, jetzt wirft er den Karpfen im Teich was hinüber!"

„Sicher die Kerngehäuse von den Apfelstücken."

„Vielleicht auch die Körner."

„Kannst recht haben ..." Pauline drehte sich auf den Absätzen. „Habe nichts dagegen."

Der Mann auf dem Damm kaute gemächlich. Bald spuckte er in Richtung Teich abermals etwas hin. Seine müden Augen suchten derweil in der Ferne Interessantes.

Der duft des frisch aufgebrühten Kaffees schwappte von der Küche zur Stube hinüber. Mutter Johanna schnupperte genussvoll.

Pauline brachte die randvolle Kanne und zwei Tassen, stellte alles eilig auf die Tischkante, um augenblicklich die heiß gewordenen Finger am Ohrläppchen zu kühlen.

Mutter Johanna sah kaum auf. „Unsereins nimmt einen Lappen!"

„Es sollte schnell gehen", rechtfertigte sich Pauline.

„Keine Ausrede! – Haste auch vom Brotkuchen geschnitten?"

„Drei Finger breit, quer durch."

„Täte unsereins nicht besser. – Dass die Kleinen noch nicht hier sind ..."

Pauline sah zur Uhr. „Aber Mutter, da fehlt noch bisschen. So genau nimmt es der Herr Lehrer nicht."

Die Mutter nickte. „Wenn du recht hast, haste recht!"

Pauline füllte die Tassen, ging ein Messer holen und den Streifen Pflaumenkuchen.

Die Mutter lispelte: „Wie frisch, die Pflaumen."

„Meine Streusel lobst du nicht?"

„Sind sie diesmal nicht verbrannt?"

„Das sind sie nie! Stets hell und weich."

„Na, na."

Pauline schnitt den Kuchenstreifen in handliche Stücke. Dabei wies sie mit dem Kopf zum Fenster hin. „Ist der Weißhaarige weg?"

„Nicht die Bohne." Johanna beugte sich vor. „Nun bestaunt er die Eiche auf dem Damm."

„Die Eiche?" Pauline ging zum Fenster. „Am Ende will er kurzerhand einen Schlussstrich ziehen ..."

Die Handbewegung der Mutter war eindeutig. „Lassen wir nicht geschehen!"

„Zu guter Letzt hätten wir die Gendarmerie auf dem Hals!"

Johanna gab eins drauf: „Und nicht nur selbige!"

Sie setzten sich an den Tisch. Für Minuten fiel kein Wort. Doch jede der beiden Frauen ahnte, auch die andere ist mit den Gedanken draußen beim Fremden. Endlich unterbrach Pauline das Schweigen. „Einen Strick sahst du am Ende bei ihm ganz zufällig?"

„Ein Strick, beim Fremden? – Nicht mal eine dünne Schnur." Sie schmunzelte. „Kannst ihm ja mit einen Strick aus der Scheune aushelfen."

„Aber Mutter, gehässig kannst du manchmal sein ..." Sie stutzte. „Was hat er jetzt vor?"

„Was siehst du?"

„Dass er zum Baum hingeht."

„Hasten laufen sehen?"

„Nein."

„Schade. – Und nun?"

„Guckt er auf die Blätter und Zweige."

„Setze dich wieder, das ist nicht gefährlich!"

Auf einmal Poltern im Flur, Kichern und Pusten. Paulines Augen bekamen Glanz.

„Habe ich es nicht gesagt. Da sind sie, die Kleinen, alle beide."

Johanna konnte nicht an sich halten. „Tust, als wären es die Deinen."

„Im gewissen Sinne sind sie es doch auch! Anna kann sich nicht zerreißen. In sieben Jahren drei Kinder und ein Spieler als Mann. Dazu die Wirtschaft mit den Feldern und dem Vieh. – Das schafft keine."

„Bleibst trotzdem die Oma!"

„Weiß ich. – Ging halt ohne Übergang. Vor zwölf Sommern wiegte man noch selbst."

„Mit fünfundvierzig das Achte!"

„War so."

Die neunjährige Emma kam als Erste in die Stube. „Der Alfred", rief sie aufgeregt, „hat heute Haue gekriegt!"

Großmutter Pauline fragte besorgt: „Vom Lehrer?"

„Vom Schöne."

Mutter Johanna sagte abwertend: „Der Schöne ist älter, geht schon in die zweite Klasse."

Alfred schielte durch den Türspalt. „Schöne ist ein Johr älter."

„Jahr heißt das", verbesserte die Schwester.

Alfred kam näher. „Bist ja auch schon in der dritten."

Die Großmutter wies zum Sofa hin. „Setzt euch und esst schön!" Sie griff Emma am Ärmel. „Petzen tut man nicht!"

„Wenn es aber wahr ist."

„Sei stille und futtre!" Johanna fühlte sich gestört. „Bin auf Posten!" Alfred biss in den frischen Kuchen. „Was hat das Muttchen?" Großmutter Pauline erklärte: „Ein Kerl steht an der Eiche."

Die Kinder wollten aufspringen, doch die Großmutter hielt sie zurück. „Erst mal essen! Den Fremden seht ihr noch lang genug."

Johanna tat streng. „Keine Widerrede!"

Einen Fremden, gleich hinter dem Haus, wann gab es das schon mal. Die Kinder schlangen den Kuchen herunter. Derweil fingerte Johanna an der Gardine, schüttelte kaum merklich den Kopf und atmete tief aus.

Das stachelte an. Trieb die Neugier ins Unermessliche.

Pauline war derweil gedanklich auf dem Acker. Seit Tagen plagte sich dort Anna mit dem Unkraut herum. Ein mühseliger, zuweilen aussichtsloser Kampf, wie Pauline glaubte. Sie überlegte, wollte Anna nicht zurück sein, wenn die Kinder aus der Schule kamen? Sicher konnte sie ihr gestecktes Ziel nicht erreichen.

Pauline stand auf, ging zur Küche und schob den Eisentopf auf den Herd. Höchste Zeit zum Ansetzen der Kartoffeln. Sie beobachtete, wie Männe, der wachsame Dobermann, aufstand und sich streckte. Ruhig, fast majestätisch, blickte er sie an. Wo bleibt der Befehl?, schienen seine Augen zu fragen. Er kann Gedanken lesen, schoss es Pauline durch den Kopf, eindeutig.

Sie ging zur Tür, öffnete diese einen Spaltbreit und sagte ruhig: „Hole das Frauchen!"

Der Hund schlug kurz an, zwängte sich durch den gehaltenen Spalt und hetzte über die Torfwiesen davon.

Bis auf ein kleines Stück hatten die Kinder den Kuchen aufgegessen. Alfred hob die Hand, als melde er sich. Johanna gab den Weg frei. Doch die Enttäuschung der Kinder war unübersehbar. „Nur ein alter Opa", sagte Emma und wendete sich ab. Plötzlich fiel ihr etwas ein. „Habe eine Zeitung fürs Muttchen", rief sie. „Tante Agnes war am Schulhof."

„Sicher ein Blatt vom verflossenen Jahr", wertete die Großmutter das Ereignis ab.

„Na und! Neues bleibt Neues." Johanna räkelte sich. „Einem geschenkten Gaul guckt man nicht ins Maul! – Emma, bringe mir das schwarz auf weiß Gedruckte!"

„Aber feste!" Emma lief in den Flur. Man hörte sie am Ranzen hantieren. „Habe Interessantes gelesen vorhin am Wegrand. Wirst es gleich sehen, Muttchen. Habe ein Kreuz drangemacht." Emma kam in die Stube zurück und reichte Johanna die abgegriffenen Blätter.

„Wo ist die Brille?" Johanna suchte den Tisch ab.

„Soll ich vorlesen?", fragte Emma.

Johanna war es recht. „Wenn du nicht gerade was vorhast ..."

„Liegt nichts an!" Emma fuhr herum. „Die Brille hole ich dir trotzdem. Sie liegt auf dem Küchenschrank. Grad vorhin sah ich sie."

„Bleib hier!" Johanna hielt Emma zurück. „Das macht Alfred. – Setze dich und lies!"

Ohne Widerrede setzte sich Emma an den Tisch, breitete die Zeitung aus und las mit lauter fester Stimme: „‚Nach langen Verhandlungen ist es endlich gelungen, unserem Ort eine ganz bedeutende Industrie zuzuführen. Die Firma Hugo von Streit, Berlin, hat in der Nähe des hiesigen Personenbahnhofs ein umfangreiches Grundstück angekauft, um dort selbst zunächst eine Porzellanfabrik sowie mehrere Glashütten zu errichten. Dem Vernehmen nach haben sich auch andere Geschäftsfirmen den Ankauf von Grundstücken in unmittelbarer Nähe gesichert. Die Firma von Streit beabsichtigt auch die Errichtung einer Anzahl Familienhäuser auf ihrer Kolonie. Die Schaffung dieser Industrien wird hier mit großen Hoffnungen begrüßt.' – Ist das nicht prima?"

„Das ist nicht nur prima, das ist sogar interessant", erklärte darauf Johanna. „Da kommt Leben ins Dorf." Sie streichelte Emmas Arm. „Wie gut du schon liest."

Pauline wertete das Gehörte ab. „Kann Frieda besser!"

„Du und deine Frieda!" Johanna schüttelte sich. „Ein Kind von so einem Lumpen."

„Jeder kann sich mal irren!"

„Aber nicht dreimal!", konterte Johanna.

„Stimmt es", fragte Alfred, „was Mama sagt? Du, Großmütterchen, bist bald acht Jahre alleine?"

„Das hörtest du von deiner Mama?"

„Das sagt sie."

„Da sagte sie was Wahres." Großmutter Pauline wechselte geschickt das Thema.

„Hat sie auch erzählt, wie euer richtiger Opa, das Großväterchen, leiden musste?"

„Du meinst nach dem Brand unserer Mühle?"

„Genau, das meine ich!"

„Davon weiß ich alles!"

„Dann ist es gut. – Darfst du auch nie vergessen!" Pauline drehte sich ein wenig und blickte aus dem Fenster. Da sah sie die Bilder wieder vor sich. – Die Feuerschwaden aus Türen und Luken. Das lichterloh brennende Dach. Das in Todesangst dem Feuer entfliehende Vieh. Die wie Schatten durch die gespenstische Nacht keuchenden Helfer. Den Hünen von Ehemann, der noch zu retten versuchte, als längst alle Mühen vergebens waren. Dann jener Augenblick, als das Gebälk nachgab und die Zwischendecken herunterstürzten. Ein Balken gegen die Wand schlug, Steine, Mörtel und Putz mit sich riss und den Gatten begrub. Und dann das bisschen Hoffnung, als man erkannte, dass er noch lebte. Ja, sein Herz schlug, aber der Verstand war verloren gegangen. Und so, geistig verwirrt, quälte sich der Mann bis zu seiner Erlösung, als der Tod kam. Doch Zeit zur Trauer blieb nicht. Zu groß war das Anwesen. Zu viele Dinge harrten der Erledigung. Teichert Karl Ernst, der Nagelschmied aus dem Sächsischen, sah es locker. „Gehen wir's an! – Blankes muss her! – Dein Arbeitsplatz, das A und O. – Eine Schmiede wird es richten." Er wischte die Bedenken der Frauen mit einer Handbewegung weg. „Die Steine von der Ruine, auch Holz und Lehm von der eigenen Scholle. Fehlt nur bisschen Kalk."

Seine Art gefiel den Frauen. Sie hatten Vertrauen. „Zuerst Steine putzen. Nicht hau ruck, das geht ins Auge. Jeden Tag zwei Karren voll reicht dicke!"

So ging ein Jahr ins Land. „Bäume fällen will gelernt sein", erklärte Karl Ernst den Frauen. „Das ist schwere Arbeit, für Geist und Körper gleichermaßen. Von einer Seite an gesägt, heißt noch lange nicht, dort, wo der Baum hinstürzen soll, macht er es. Auch die Dichte im Wald möchte bedacht sein. Runtergesägt ist schnell." Sohn Gustav kam jedenfalls eher auf die Welt, als dass die Bäume behauen waren. Man lebte in der einstigen Mühle von der Milch zweier Kühe und dem Torfstich. Letzterer florierte gut, als die Mühlen und das Sägewerk arbeiteten, weil die Bauern beim Anliefern des Getreides oder Holzes den Torf als Rückfracht luden. Doch nun, wo sich kein Rad mehr drehte, überlegten es sich viele, auch einst gute Kunden, und verzichteten auf das bewährte Brennmaterial. Ihre Stuben wurden fortan von dem wenigen eigenen Holz warm gemacht.

Da handelte Johanna Pohle, die Frau aus dem Auszugshaus, wohl zum ersten Mal in ihrem Leben. Die einzige noch intakte Windmühle stand weit vom Haus. Zwanzig Minuten Fußmarsch brauchte man bis hin. Und einzusehen vom Hof aus war sie auch nicht. Stets musste jemand aus der Familie zur Beobachtung abgestellt werden. Der Wind, die Voraussetzung zum Arbeiten mit einer Mühle dieser Art, ließ oft tagelang auf sich warten. Kam er dann, war es gewöhnlich zu ungelegener Stunde. Dann hieß es Anspannen, das Mahlgut laden und los. Karl Ernst war dabei der Familie keine Stütze. „Nur Packern, nein danke." – „Säcke buckeln? Macht mein Kreuz nicht mit." – „Und der Erlös? Nun, es rechnet sich nicht." Da hatte er wohl recht. Der Aufwand stand in keinem Verhältnis zum Gewinn. Deshalb ließ die Johanna kundtun, dass eine gut in Holz stehende Bockwindmühle mit acht Meter langen Ruten, welche durch Jalousiemechanik während des Betriebes die Flügelfläche verändern kann, bei intaktem Sterz, durch welchen von einer Person das Ganze leicht in den Wind zu drehen wäre, mit feiner Mahlleistung, am Windmühlenweg meistbietend zum Verkauf steht. So manchen Kaufinteressierten verwunderte es, dass Johanna Pohle, die man auf dem Auszug wusste, als Verkäuferin der Mühle hervortrat. Doch es hatte seine Richtigkeit. Bei der Überschreibung des Anwesens 1869 auf ihren Schwiegersohn Johann Gottfried Seiler war es so festgehalten worden: „Fürs Altenteil verbleiben die beiden Windmühlen im Besitz der Schwiegereltern." Nur zwei Wochen nach Johannas Anschlag am schwarzen Brett begann die Demontage der Mühle. Ihr neuer Besitzer trieb zur Eile. Noch vor den Herbstwinden sollte das gute Stück am neuen Standort stehen.

Vom Erlös ließ Johanna die Schmiede fertig bauen. Sogar für Materialeinkäufe reichte es. Dem Schwiegersohn stand zum Geldverdienen in eigener Werkstatt fortan nichts im Wege.

Es war Februar. Dreizehn Monate nach Sohn Gustav erblickte Tochter Agnes das Licht der Welt. „Darf man hämmern, wenn es im Stübchen nebenan plärrt?" Teichert Karl Ernst nahm „Auszeit".

So zog es sich mit dem Geldverdienen hin. Richtig zum Laufen kam die Nagelschmiede eigentlich nie. Hatte Karl Ernst wirklich mal eine Woche lang am Amboss gestanden, war Verschnaufen angesagt mit anschließender Verkaufstour. Gewöhnlich nach Dresden. Sechzig Kilometer zu Fuß. Eine Woche musste die Familie schon ausharren, bevor Karl Ernst wieder erschien. „Und das verdiente Geld?", fragte die Frau. „Aber Pauline, wo soll was bleiben, bei diesen Weiten? Beherbergt wird keiner ohne Zunder."

Über vier Jahre noch machte Pauline das mit, dann zog sie einen Schlussstrich. Hoppenz Wilhelm, der Berliner Lebemann, mit helfender Bruderschaft, Urlaub machend, schaute vorbei. – Und es funkte.

Pauline warf den nutzlosen Teichert, obwohl vor einer weiteren Niederkunft, kurzerhand raus. Nicht ahnend, dass der Mann ohne führende Hand völlig überfordert ab nun auf dem Vorwerk zum Dahinvegetieren verurteilt war.

Hoppenz, der Zimmermann mit Hauptstadterfahrung, geradewegs vom längeren Staatsurlaub kommend und zur wöchentlichen Meldepflicht angehalten, war nach eigenen Worten ein Organisationstalent. Er wollte es zum Guten richten. „Komm ick mit jeder Lebenslage zurecht? Ick komm. Ick, das Stehaufmännchen!" Das imponierte den Frauen in der einstigen Mühle.

Hoppenz Wilhelm brauchte auch nicht noch einmal zurück in das große Monopol. Was er besaß, war im Handkoffer. „Und Arbeit?", fragte Pauline frisch verliebt. „Nichts, wat ick nicht kann. Ick, das Allroundtalent. – Ein Großstädter eben."

Das beruhigte.

Nach vier Wochen, auf Drängen von Johanna, der kurze Hinweis von Pauline: „Ohne Arbeit kein Geld ..."

Der Mann beruhigte sie: „Det geh ick an! – Gleich morgen hol ick Leder für 'ne Tasche. Weißt du, Pauline, ohne Tasche ist ein Mann aufgeschmissen. Der Tag kann lang sein. Zwei Vesperbrotzeiten fallen an. Bei mir ganz sicher. Deshalb muss als Erstes eine Tasche her!" Das überzeugte. Und tatsächlich, wie versprochen, brach Wilhelm am nächsten Tag, noch vor dem Mittag, zum Großeinkauf auf. Spät am Abend fand er sich wieder ein. Das von Pauline vorgestreckte Geld war aufgebraucht, doch die Lederhälfte, die Schnallen und Ösen machten glaubhaft, was Wilhelm behauptete: „Det kauft für so wenig Blankes nur einer, icke!" – „Pech und Ahle?" Johanna wollte Gewissheit. Der Tausendsasa Hoppenz Wilhelm griff in die Tasche. „Haben wir!" Die Frau war zufrieden. „Da kann es endlich losgehen!"

Nach knapp zwei Wochen war die so lebenswichtige Tasche von Wilhelm eigenhändig genäht. Ein Prachtstück. Eigentlich zu schade, um damit zur Arbeit zu gehen.

Wilhelm sah es wohl ähnlich. Nochmals ließ er Tage verstreichen, bis er endlich auf Arbeitssuche ging. Nein, einfach war es nach seinen Worten nicht, für gutes Geld eine Anstellung zu finden. Bald kannte er angeblich sämtliche Arbeitgeber im Umkreis von fünfzehn Kilometern. Doch anstellen wollte ihn niemand. „Alles voll. Musste halt warten, bis jemand den Löffel weglegt." Doch unverzagt ließ sich Wilhelm Morgen für Morgen das Brotpaket packen, um dann am späten Nachmittag zurückzukehren. „Ick packe es. Einer nimmt mich." Dann, wie durch ein Wunder, wollte er Arbeit gefunden haben. Sogar ganz in der Nähe. Im offenen Tagebau, als Verlader. „Zwölf Hunte die Norm. – Ick mach mehr!" Seitdem klingelte bei Pauline um sechs der Wecker. Wilhelm frühstückte ausgiebig, ließ sich die Tasche packen und verließ guter Dinge das Haus. Pünktlich um sechzehn Uhr dreißig traf er wieder ein.

Drei Wochen vergingen so, da wollte es Pauline wissen: „Gewöhnlich gibt es am Wochenende Lohn. – Trägst du am Ende die Scheine in der Tasche herum?" – „Nein, nein", bekundete Wilhelm, „man lässt mich warten. Ick glaub, es kommt alles auf einmal." Und er fügte hinzu: „Ick pass schon auf."

Dann ging alles schnell. Die Schelken kam auf einen Schwatz. Die Frauen setzten sich am Stall auf die Bank. „Hast du Neues auf Lager?" Johanna sah die Freundin zuzwinkernd an. „Also komm, rede schon." Die Schelken, vom Taufgang an Johanna zugetan, wiegte den Kopf. „Wie man es nimmt. – Weiß nicht recht, ob es Neues für euch ist." Sie wartete, um die anderen aus der Reserve zu locken. – „Zier dich nicht", stachelte Johanna sie an. – „Na gut." Die Schelken tätschelte Paulines Hand. „Hast, wie man erzählt, das fünfte Mannsbild unterm Dach." – „Neues geht herum wie's Brotbacken." – „Ist klar. Stört es auch nicht, dass was unterwegs ist?" – „Kein bisschen!" – „Na, na. Aufgemuckt wird später." – „Da bin ich auch noch da." Johanna wurde barsch. „Sag, was du weißt, Schelken!" – „Trinken wir erst ein Muckefuck." – „Richtigen Kaffee oder gar keinen. Und nun raus damit!" – Die Schelken holte weit aus. „Vorne am Winkel zum Forsthaus hin haben wir Spreu gemacht. Zwei große Fuder." – „Hab's gesehen", bestätigte Johanna, „reicht euch bis Neujahr." – „Nicht ganz. – Wisst ihr, wer dort tagsüber nächtigt?" Nun war es heraus. Die Schelken ergänzte: „Um neun hebt er den Kopf, schnürt die Tasche auf und futtert. Um elf das Gleiche. Schlägt die Kirchturmuhr eins, macht er Mittag. Wie ein Uhrwerk. Alle Tage. Bimmelt die Glocke zum Feierabend vom Sandwerk, steht er auf, reckt und streckt die steifen Glieder und trollt sich heimwärts." Johanna hatte sich als Erste gefasst. „Dachte es mir …" Pauline versuchte, im Gesicht der Schelken zu lesen. „Machst dir ein Spaß mit uns?" Die Schelken schüttelte den Kopf, dann nickte sie. „Ist die Wahrheit!"

Für Johanna stand fest: „Der Kerl muss vom Hof!" – „Nur nicht so hitzig mit die jungen Gäule", mahnte die Schelken, stand auf und erklärte: „Da werde ich mal wieder gehen." Sie griff nach Johannas Hand. „Nun weiß man Bescheid." – „War schon recht." Johanna wollte allein sein.

Wilhelm kam an diesem Tag eher nach Hause. Die Frauen schlossen daraus, dass er gewarnt worden war. Und tatsächlich: Er bat um Verzeihung, aber wie! Es war bühnenreif, was er veranstaltete. Er weinte und lachte in einem Satz, kroch wie ein reumütiger

Kater um den Küchentisch, streichelte Paulines Beine und die von Johanna, bat Gott dem Herrn um Vergebung, behauptete, verhext worden zu sein, und stellte alsbald alles als „Probe" dar. „Wie groß ist euer Vertrauen, ick wollt es wissen."

Waren am Ende die Frauen und nicht er die Übeltäter? Pauline verzieh, zumal Wilhelm versprach, ab sofort ein anderer Mensch zu werden. Und er untermauerte dieses Versprechen, indem er sich einen Viertel Brotlaib einpacken ließ und im Fortgehen rief: „Ick spür det Glück. Nur mit Papiere für Arbeit trete ick euch wieder unter die Augen!"

Johanna behauptete: „Den sehen wir nimmermehr, der zieht von dannen." Doch sie irrte. Zwei Tage danach war Wilhelm wieder auf dem Hof. Mit einem Strauß blutroter Rosen und den versprochenen Papieren. „Anstellung auf staatlicher Ebene. Ick hab's gepackt." Pauline war angetan. Wie auf Federn ging sie trotz der Leibesfülle über den Hof. Ihr Wilhelm behauptete: „Det bringt nur einer, icke." Die von Liebe selige Pauline nickte glaubend, streichelte und küsste vor allen ungeniert ihren „Jetzigen" und läutete so „die schönsten Tage seit der Feuersbrunst" ein. Doch irgendwann fand sie auf den Boden der Tatsachen zurück. „Was ist die Aufgabe? Man wird doch fragen dürfen ..." – Wilhelm bestätigte: „Det muss ick dir zugestehen. Da haste ein Recht drauf. Ick drücke es mal so aus: Verantwortung über das Territorium Bahnhof. Vom Bahnsteig bis zur Rinne fürs Pinkeln." – „Verstehe", behauptete Pauline, „der Mann für die Sauberkeit." Johanna stutzte, schüttelte sich wie so oft und fragte: „Bist du nicht Zimmermann?" – „Det hilft nicht, wenn der Winter vor der Tür steht", klärte Wilhelm sie auf, „wer kriecht bei Schnee auf Dächer?" – „Auch wahr! Hat unsereins nicht bedacht." – „Siehst du", Pauline tätschelte ihren Wilhelm, „Staatsdienst gibt es nur für die Besten." – „Und der Verdienst?" – „Lässt auch nicht locker, Muttchen." – „Lass man, Pauline, ist schon recht", beschwichtigte Wilhelm und behauptete dann, „nirgends, ick sage es gern zweimal, nirgends weit und breit gibt es mehr!" – Pauline setzte flink eins drauf: „Nun hast du es gehört, Muttchen!" – „Wenn' s nur wahr ist ..."

So viel Freude schien für Pauline zu viel. Ihr Körper krampfte sich. Verstohlen sah sie nach den anderen. War es bemerkt worden? Doch die Natur lässt sich nicht aufhalten. Oder war es doch falscher Alarm? Einen Moment später aber war sie sich sicher: Das dritte Kind von Teichert strebte an das Licht dieser Welt. Johanna stand auf. Ohne Hektik holte sie die große Schüssel aus der Kammer. Bald legte sie Tücher und Seife bereit, zog am Gewicht der Kuckucksuhr und brühte in Erwartung einen ankurbelnden Kaffee für beider Herzen. Pauline wunderte sich. „Dir macht man nichts vor, Muttchen." Für wenige Augenblicke konnte sie frei atmen. „Wird es ein Mädel oder ein Junge? Ist auch egal, Hauptsache gesund!" – „Schöne Worte", beteuerte die Mutter, „unsereins tippt auf was Kleines mit Glocken und Strick." – „Bist du dir sicher?" – „Aber feste! Sieh mal deinen Bauch an!" Johanna sollte recht behalten. Knapp zwei Stunden später war der Junge geboren. „Wie soll er heißen?", fragte Johanna. – „Nenne ihn Otto. Einen Otto haben wir noch nicht." – „Otto? Ein schöner Name." – „Na also. Kritzle ich gleich an den Kalender. Drei Einsen, vier Achten." – „Wie kommst du denn darauf?" – „Zwei und sechs ist acht. Die drei anderen Achten haste. Die Elf, das sind zwei Einsen. Die Achtzehn hat auch noch eine. Zusammen 26.11.1888. Klare Sache." – Pauline konnte schon wieder lachen. „Du bist mir vielleicht eine!" Wilhelm warf im Vorübergehen einen Blick auf den neuen Erdenbürger. „Otto soll er heißen ... Wat Dümmeres als Name konnte euch nicht einfallen." – „Was hätte dir denn zugesagt, Wilhelm?" – „Mir? Ick hätte ihn Joseph genannt." Pauline faltete die Hände. „Versündige dich nicht!"

Trotz allem gedieh Otto. Er mauserte sich und wurde ein fordernder Schreihals. Konnte er sich ausgiebig satt trinken, war alles gut, aber wehe es fehlte drei Mundvoll. Und je älter er wurde, umso schwerer fiel es Pauline, das Kind satt zu bekommen. In solchen Nächten der Unruhe schlief Wilhelm im Heu auf dem Boden.

Emma stieß Großmutter Pauline an und rief: „Guck mal, das gute Muttchen schläft!"

Pauline sah kurz hin. „Sie schläft nicht, die Frau aus dem Auszugshaus, sie träumt."

Johanna schreckte auf, wischte mit der Hand über den Tisch, als wäre dort etwas verschüttet worden, und sagte entschuldigend: „Ich schlafe nicht am helllichten Tag, ich denke nach!"

„Über was denn?", fragte Emma belustigt.

„Über allerlei."

„Wann am Dorf die Glasfabrik steht?"

„Darüber auch."

„Weshalb sooft welche mit ihren Wagen liegen bleiben?"

„Genau!"

„Oder ob Männe, unser wachsamer Hund, bald die Mama findet?"

„Das war mein letztes Denken!"

„Wirklich?"

„Wenn ich es dir sage!"

Pauline war aufgestanden. „Muss in die Küche, die Kartoffeln riechen!"

Johanna bestätigte: „Schnuppert unsereins schon lange."

„Was gibt's dazu, Hering oder Quark?"

„Alfred ist aber neugierig", rief Emma, „so bin ich nicht!"

„Weil du alles futterst, weil's dir egal ist", konterte der Bruder.

„Schluss mit dem Gezeter!", schimpfte Johanna.

Emma sprang auf. „Ist er noch da?"

Mutter Johanna sah zum Damm hin. „Na freilich."

„Ist er noch bei der Eiche?", fragte Pauline von der Küche her.

„Wie angepflanzt, auf derselben Stelle."

„Guckt er immer noch auf die Zweige?"

„Kann sein ... Nun pafft er."

„Was denn?"

„Eine Pfeife."

„Ist gesünder."

Alfred wurde hellhörig. „Wirklich?"

„Für dich nicht", zischte Muttchen Johanna, „und nun stille! – Dort draußen, der interessiert mich."

Pauline kam in die Stube, wischte sich die Hände am flauschigen Handtuch trocken und sagte verwundert: „Dass Annas Kleiner noch schläft ..."

„Den Arthur macht Mama gewöhnlich erst wach", klärte sie Alfred auf.

„Das ist es ja, was mich so verwundert."

„Kann das krank sein?"

„Kein bisschen", mischte sich Mutter Johanna ein, „eher umgedreht!"

„Zu gesund", behauptete Emma, „gibt es nicht!"

„Aber richtig gesund, das gibt es", erklärte darauf Alfred, „stimmt doch, Muttchen?" Johanna bestätigte: „Das stimmt."

Der Junge horchte nach draußen. „Mama kommt", sagte er dann, „ich höre unseren braven Wächter, den Männe."

„Du hörst die Fliegen an der Wand laufen", wunderte sich Johanna, „so gute Horcher!"

Anna kam ganz außer Atem hinein. Sie sah nach den Kartoffeln, wusch sich, griff nach den Tellern im Bord, zog den Schub auf, zählte die Messer ab und brachte alles auf einmal zum Tisch.

Hier teilte sie die Teller aus, legte die Messer bereit, zählte nach, fühlte sich bestätigt, sah die Kinder an und fragte: „Wie war es in der Schule, schön?"

Sie liebkoste Alfred. „Bist wieder ganz alleine nach Hause getippelt."

Der Junge war sensibel, das Streicheln aber genoss er. „Bin schon groß", sagte er leise und hielt still.

„Ich weiß", erwiderte die Mutter, „hab dich eben lieb!"

Alfred schüttelte die Mutter ab. „Der Hund kratzt an der Tür", sagte er dabei und stand auf. „Soll ich ihn hereinlassen?"

„Warum nicht! – Hat Männe sich verdient."

„Gib dem Tier reichlich Futter." Johanna drehte sich nicht einmal um, als sie fragte: „Wann muss der Hund los?"

„Um sechs sollen wir ihn losschicken", behauptete Emma und fügte hinzu: „Hat Papa gesagt!"

„Um sechs soll er da sein, oder liegt unsereins falsch?"

„Aber Muttchen, das verwechselst du", rief das Kind, „um sechs muss der Männe starten."

„Das ist richtig", mischte sich die Mutter ein, „er weiß ja nicht wohin! – Bis um sieben hält gewöhnlich Pauls Glückssträhne."

„Genauso hat's Papa gesagt."

Johanna winkte ab. „Macht, was ihr wollt, wird schon richtig sein!"

Alfred holte den Hund herein.

„Gib Männe die Knochen aus der braunen Schüssel", verlangte die Mutter, „der Scherben steht auf der Hölle!"

„Weshalb sagst du, wie das Muttchen, zum Küchenofen immer Hölle?"

Die Mutter sah Emma verwundert an. Wusste sie es wirklich nicht? „Kenne es nicht anders", erwiderte sie endlich.

„Weil es eine Hölle ist", erklärte Mutter Johanna. „Eine Hölle", fuhr sie fort, „ist kein gewöhnlicher Ofen. – Geh dir ihn angucken. So ein großes Loch zum Feuern. Eine Seite durchweg eine

Wasserpfanne. Ihr Inhalt reicht dicke zum Baden. Gibt es sonst nirgends! Daneben die große Klappe fürs Backen. – Unsereins schiebt zwei große Bleche."

„Habe ich schon gesehen."

„Na, schau her! Obendrauf vier Ringe. Da kocht was weg! – Das Schönste aber ist die Wand hinten. Die ist sozusagen gar nicht da! Das ganze Ding endet dort, weit offen, in einer Doppelwand."

„Dadurch wird die Stube geheizt", erklärte Alfred und stellte sich vor der Schwester auf. „Hat das Muttchen mir alles wiederholt erklärt. Deshalb ist es hier immer schön warm."

Johanna lehnte sich zufrieden zurück. „Nun wisst ihr durch unsereins Bescheid." Mit seiner zarten Stimme mahnte der kleine Arthur. So, als wollte er sagen, hört mich jemand zufällig, darf er vorbeischauen. Und es war wiederum Alfred, der es als Erster vernahm. Seine Hand wies zur Treppe hin. „Heute brauchst du Arthur nicht zu wecken, heute wurde er alleine wach!"

Die Mutter nickte. „So ist es." Sie überlegte, entschied dann: „Ich hol den kleinen Arthur runter! Essen kann er auch hier mit uns gemeinsam."

„In der Herde", wusste Johanna, „schmeckt es am besten. – Schaff das Kind herbei und gib es mir auf den Schoß!"

„So weit kommt es noch", empörte sich Pauline, „wozu hat der Kleine eine Mutter!"

Anna beruhigte sie. „Lass gut sein! Es kommt schon auf die Reihe." Mutter Johanna tat verschnupft. „Gönnst unsereins rein gar nichts!" Pauline war noch immer in Rage. „Haste nicht mit dir selber zu tun?"

„Na, na", empörte sich die Mutter, „dir laufe ich, wenn es sein soll, davon!" Sie sah nach draußen. „So schöne Tage ... Stimmt auch wieder: Oktober und März gleichen sich allerwärts."

„Man ist aber bei April!"

„Wer nimmt's gleich wörtlich? Die paar Tage ..."

„Du drehst's, wie des brauchst!"

Pauline holte die Kartoffeln, den Quark und die Flasche mit dem Leinöl. „So schöne Kartoffeln", sagte sie, als alles bereitstand, „das reinste Mehl!"

„Liegt an der Miete", erklärte Johanna, „sind noch wie frisch."

„Dachte schon, du sagst: Hat unsereins ins Stroh gepackt", stichelte Pauline. Mutter Johanna überhörte die Anspielung großzügig. „Daran liegt es wohl auch", erwiderte sie irgendwann und schnippte abwesend mit den Fingern.

Anna kam, mit Arthur auf dem Arm, die Treppe hinunter. Sie blieb an der Tür stehen. Der Kleine sah in die Runde, dann auf den gedeckten Tisch. „Mamm", rief er aufgebracht.

Alle lachten.

„Immer dasselbe", maulte Alfred. „Nur futtern im Kopf!"

„Essen heißt das", verbesserte Emma, und ihre Stimme ging dabei hoch. „Futtern tun die Viecher!"

„Welche denn?" Alfred war auf Zank aus.

„Hühner und Vögel nicht!"

Mutter Johanna sah die Kinder streng an. „Nun ist Schluss! Euer verflixtes Gezeter."

Anna schälte drei Kartoffeln, drückte sie mit dem Löffel zu Brei, rührte Quark darunter und gab etwas Leinöl dazu. „Das wird dem Arthur aber schmecken", sagte sie und machte vom Tellerrand her den Löffel voll.

„Der futtert alles", kommentierte Alfred den Hergang.

„Gib endlich Ruhe!"

Der Junge sah, dass die Mutter es ernst meinte. Er senkte den Kopf. „War nur Spaß."

Die Mutter rückte ihren Stuhl näher an den Tisch heran. „Glaube es dir", sagte sie einlenkend und wandte sich abermals zum Kleinen hin.

Pauline schälte, wie gewöhnlich, die Kartoffeln für die Kinder. Die Arbeit ging ihr leicht von der Hand. In Gedanken sah sie Otto im Wagen sitzen mit Strohhut auf dem Kuschelhaar, hinten am Torfstich. Vom Waldrand her näherte sich Mattusch, der Wiesen Nachbar, mit dem Rechen in den Händen. Ganz leicht fuhren die Zinken durch das saftige Gras.

Endlich war Mattusch in Hörweite. „Sei gegrüßt, altes Mädchen", rief er wie stets und fuhr fort: „Bin kein Mann großer Worte, doch was sich euer Hoppenz erdreistet, übersteigt alles!" – Pauline horchte auf. Was, so fragte sie sich, hat Wilhelm angestellt? – „Ich bringe es auf den Punkt", erklärte Mattusch, und sein Rechen blieb im Gehauenen stecken. Sein Blick ging zum Waldsaum. „Siehst du den Haufen für die Kürbisse?" – „Was soll die Frage?" Pauline beschlich ein böser Verdacht. – Mattusch ergänzte: „Habe den Deinigen beobachtet. – Zwick! Zwick! Zwick! – Mit Daumen und Zeigefinger knipste der feine Gesell die Blütenstände ab. Reihum. Keine einzige Blüte blieb an den Trieben. Sag ehrlich, was hat er davon?" – „Schwere Frage." – „Man munkelt, dein Jetziger ist nicht ... Wie soll ich es ausdrücken ... beieinander?" – Pauline nickte und sagte: „Kann was dran sein." Sie klopfte mit dem rechten Zeigefinger auf die Wagendeichsel. „Verspreche dir, sobald unsere Kürbisse reif sind, kriegst du einen Teil davon auf den Hof gebracht!" – Mattusch winkte ab. „So war es nicht gemeint. Du kannst nichts dafür." – „Erstattest auch keine Anzeige?" – Mattusch schüttelte den Kopf. „Träfe die Falschen. Wollte es nur gesagt haben. Werde doch als Nachbar nicht aufs Gericht ziehen." – Pauline sah den Mann dankbar an. „Hast ein gutes Herz. Frage mich alleweil, wie es mal enden wird." – Mattusch zog die Schultern hoch. „Sicher mal ganz, ganz böse!" – Pauline hauchte: „Hab so eine innere Angst." Sie war nahe daran, Mattusch von den guten Seiten ihres Wilhelms zu berichten, den vielen, schönen Blumensträußen zum Beispiel, die er ihr fast täglich mitbrachte und welche sie auf so wundersame Weise erfreuten. Doch dann ließ sie es.

Kaum abgewandt vom verständnisvollen Mattusch kam ihr Wally Richter entgegen. Schnell war Pauline aufgeklärt. Die Blumen kamen allesamt vom Friedhof. „Wie ein Lauffeuer geht die Nachricht durch das Dorf", behauptete Wally. „Morgen, spätestens übermorgen wird man deinen Wilhelm holen! – Zum wievielten Mal eigentlich seit der Hochzeit?" – „Zum dritten Mal!" – „Wie konntest du so reinfallen?" – „Weiß nicht. – Nach Monaten wird Wilhelm wiederkommen, den Himmel auf Erden versprechen und doch nichts halten. Nur abends wird er die Hände falten und seinen Spruch aufsagen: Gegessen hätten wir, wenn man schon geprügelt wäre! – Nichts wird sich ändern. Kein bisschen."

Die Frauen wollten Brot backen, und das Reisig war fast aufgebraucht. Höchste Zeit also, in den Wald zu gehen und junge Kiefern von ihren unteren Ästen zu befreien. Diese Arbeit verrichtete überwiegend Johanna mit den Kindern. Eile war nicht nötig. Man ging die Sache geradezu spielerisch an. Trotzdem war bald von ihrem Tun etwas zu sehen, weil die Handgriffe saßen. Man war eingespielt. Schließlich machte man die Arbeit ja alle Jahre. Bund, Stärke und Länge bestimmte Mutter Johanna. Den Kindern oblag es einzig und allein, für Nachschub von trockenen Ästen zu sorgen. Doch das war für sie kein Problem. Die Wege waren kurz, und die Lichtung, auf der Johanna saß, präsentierte sich ihnen wie eine Fortsetzung der Tenne. Nicht einmal lästige Wurzeln gab es hier. Johanna blinzelte einem Sonnenstrahl nach. „Wenn die Bäume zweimal blühen, wird der Winter lang sich ziehen."

„Wie kommst du jetzt darauf, Muttchen?"

„Nur so ..."

Endlich war es vollbracht. Zufrieden ging man zum Haus.

„Apfelsaft für euch und eine Tasse heißer Kaffee für mich tut Wunder!", erklärte Johanna.

„Man ist dabei!"

Johanna horchte nach dem Wald hin. Dort, wo schwer beladene Fuhrwerke den Weg ruiniert hatten. Sie hörte einen Wagen kommen. Der Schimmel vor dem leichten Ackerwagen wirkte abgewirtschaftet. Sein Geschirr war überall geflickt. Die beschlagenen Räder wirbelten den feinen Sand auf.

Die Kinder folgten Johanna neugierig zum Hoftor. Die Frau grüßte Kuhle verhalten.

Das laute „Brr" und der Ruck an den Zügeln ließen das Gefährt zum Stehen kommen. Kuhle spürte, die Frau ihm gegenüber war ihm nicht gerade wohl gesonnen, aber das interessierte ihn kaum. Er stieg leichtfüßig vom Wagen, zog die Plane unter dem Sitz hervor und legte diese bereit.

Pauline trat hinzu, derweil Anna den Trog für die Hühner mit gestampften Kartoffeln füllte.

Pauline wies auf die Bank. Kuhle wehrte ab. „Kei… Kei… Keine Zeit." Er zeigte auf den Zweischarpflug, der neben dem Stall lag. Seine rostigen Griffe gruben sich tief in die Hoferde ein. „Er… Er… Erinnerst dich an unser Gespräch? Bi… Bin nicht kleinlich."

Pauline sah verstohlen zur Mutter hin.

Wie gewöhnlich ging ein Ruck durch Johanna. Ihr Entschluss stand fest. Sie schlürfte näher und erklärte verärgert: „du hast das Sagen!"

„Schon, schon", stammelte Pauline, „aber für dich hängt so viel Erinnerung dran!"

„Gib nie den letzten Taler weg! – Ist noch ein Pflug da?"

„Das weißt du doch!"

„Dann brauchst du nicht zögern!"

Kuhle war wortlos zum Schimmel vorgegangen. Verspielt ließ er die kurze Peitsche kreisen.

Johanna zog die Tochter zur Seite. „Zum Ausgemachten packst du ein Viertel drauf. – Hast gehört, was er sagte: ,Bin nicht kleinlich!'"

„Woher? – Dein Kopf arbeitet wie eh und je! Klar machen wir's so."

Kuhle fuhr einen großen Bogen und hielt neben dem begehrten Arbeitsgerät.

„Bevor du zu laden beginnst, machen wir das Finanzielle", sagte Pauline und fügte diplomatisch hinzu: „Es sind noch Anderweitige an dem Zweischarpflug interessiert!"

„Wie … Wie … Wie viel?" Kuhle rieb Daumen gegen Zeigefinger.

„Dreißig Prozent drauf."

„Fü… Fü… Fünfundzwanzig, mein letztes Wort!"

„Abgemacht! Warst schon immer ein pfiffiger Kerl."

Kuhle fühlte sich geschmeichelt. „S… Sag ruhig alle Bauern." Er nahm die Brieftasche heraus und begann zu zählen.

„Alle, nein! Dir reichen die meisten nur bis an den Hals." Pauline hielt die Hände auf. „Wirst den Kauf nicht bereuen!"

Kuhle steckte die Brieftasche weg. „Nu… Nu… Nun kannst du es sagen, we… we… wer wollt mir das Ding hier streitig machen?"

Pauline wand sich. „Hab Stillschweigen versprochen. Nur so viel, ist einer aus deiner unmittelbaren Nachbarschaft."

„A… A… Ach! – Brauchst nichts weiter sagen! I… I… Ist klar!" Kuhle warf den Pflug auf die Ladefläche und schob ihn ohne große Mühe zur Wagenmitte hin.

„Bist ein durchtriebenes Mannsbild, Kuhle", sagte Pauline anerkennend, „wirst's mal weit bringen!"

„Rei… Rei… Reich mal die Plane her!"

Pauline ging von hinten an den Wagen heran. „Die hier?"

„W… W… Welche sonst!"

„Auseinander?"

„L… L… Lieber zusammen! – Und nun gehe vor und nimm di… di… die Zügel!"

Pauline folgte der Aufforderung. Bei ihrem Griff nach den Leinen sah sich der Schimmel um und wieherte.

Für einen Moment bekam die Frau Angst. „Ist er hitzig?"

„Qu… qu… quatsch. – Halt stramm!" Kuhle packte den Strick an einer der Planenecken. „Pa… Pass auf!" In einem Zug warf er das dicke Leinen über den Pflug. „Na … Na … Na bitte!"

Pauline legte die Zügel beiseite.

„Ha… Ha… Halt", rief Kuhle, weil er sah, dass der Schimmel loswollte. Behände griff er die Leinen. „Brr!" Das Tier tänzelte und warf den Kopf nach hinten. „Brr", rief Kuhle abermals. „Wi… wi… wirste wohl!"

Ein–, zweimal zuckte der Schimmel noch rückwärts, die Kette vorn an der Deichsel klirrte, dann beruhigte sich das Tier.

„Ga… Ganz sachte!" Kuhle wartete, bis der Schimmel still stand. Dann sagte er lobend: „Ha… Hat Temperament, der Weiße. – Und schlau ist er!"

Pauline schmunzelte. „Weiß halt, dass es gleich heimwärts geht."

„G… Genau!" Kuhle band die Zügel am morschen Sitzbrett fest. Er sah zum Weg vor. „Ei… Ei… Einer geht, eine andere kommt. – Deine Kleinste!"

„Frieda?"

„Wo… Wo… Wollt sie vorhin mitnehmen. Sie stand an der Bude für die Schrankenwärter. F… Fehlanzeige! Die Kerlchen sind wi… wichtiger."

„Was du denkst!" Pauline zählte an den Fingern. „Frieda wird erst dreizehn."

„D… Da geht es los!" Kuhle setzte sich seitlich auf den Wagen und griff nach den Zügeln. „Nu… Nu… Nun wollen wir mal."
Der Schimmel legte sich ins Geschirr. Die Deichsel schlug ihm seitlich in die Flanken. Die Räder malten sich durch die Furchen im Sand.

„Hü", rief Kuhle und winkte zum Abschied mit der Peitsche.

„War ein gutes Geschäft", sagte Pauline zur Mutter, „und wie schnell!"

„Heuer, das war nur der Punkt aufs I."

„Will ehrlich sein, war längst vereinbart!"

„Bin nicht von gestern!" Johanna ging wackligen Schrittes zum Haus. „Aber da steckt was dahinter, unsereins merkt das!"

„Was du immer hast."

„Liege sicher nicht falsch! Für Kuhles kleine Wirtschaft ist so ein großer Zweischarpflug nicht nötig."

„Na ja, der Bruder wohnt an der Spree. Angeblich steh'n bei ihm drei Kaltblüter im Stall."

„Siehst du! – Glaub's nur, dort geht der Pflug hin!"

„Na und! Hauptsache das Bare klingelte im Beutel!"

„Weiß unsereins auch. – Bloß weil du denkst, es war ein gutes Geschäft! Möglich, die Preise für so ein Ding sind momentan ganz unten. Wie damals bei dem Jauchefass."

Pauline wurde unsicher. „Geh mich morgen schlaumachen!"

Die Mutter war zufrieden. „Machte unsereins auch." Sie sah sich nach den Kindern um. „Und jetzt bekommt ihr euren Apfelsaft!"

„Und du deinen Kaffee!"

Im Flur, gleich hinter der Tür, stand die Wiege. Meine Güte, überlegte Anna, wie viele Kinder haben hier schon dringelegen? Sie hob die Decke an, der hölzerne Boden darunter sah wie neu aus. Wie mag das Eingebrachte zwischen den beiden Böden ausse-

hen? Immerhin war alles vor über zwei Jahren hineingekommen.
Eine Hand voll Torf und Samenkörnern vom eigenen Acker.

Anna löste vorsichtig die Verriegelung und hob den oberen
Boden an. Wie gestern gefüllt, dachte sie. Trotzdem neues Kind,
neuer Segen.

Sie hörte Johanna heranschlürfen und ließ deshalb schnell die
Bodenplatte der Wiege in ihre Verankerung zurückgleiten. Doch
zu spät. Johanna blieb stehen, sah durch den Türspalt und fragte:
„Wann?"

Anna glättete die Decke. „Im Herbst."

„Das Vierte. – Bei vier war bei Pauline Halbzeit."

„Gott behüte mich", stammelte Anna, „nur das nicht!"

Das leise Hochspritzen unzähliger kleiner Wassertropfen ließ
die Frauen verwundert zur Haustür sehen. Wann waren die
Regenwolken aufgezogen? Gerade noch blendete die Sonne.

„Schnell gekommen, geht schnell vorüber." Johanna holte die
Kinder. „Wer sieht 'n zuerst, den Regenbogen?" Sie führte die
Kinderschar auf den Hof.

„Zieh dir was über, Muttchen!", rief Anna und folgte.

„Dort ist er!", erklärte Alfred begeistert. „Mit einem Bein auf
unserm Acker."

Johanna lobte: „Nun hat er auch noch gute Augen!"

Es war ein feines Naturschauspiel, was ihnen da geboten wurde.
Doch so schnell wie es gekommen war, ging alles vorüber. Der
Regen verlor sich in der Ferne, und bald dampfte es nur noch
über den Wiesen.

Eine seltsame Stille folgte, die sich allmählich fortpflanzte, bis sie
alles vereinnahmte.

Johanna erinnerte sich. „Ist der Fremde noch da?"

„Warte, ich gehe mal gucken ..."

Johanna winkte ab. „Kann ich auch selber!" Sie tippelte zur
Scheune, nahm die Baumschere und begann, die Wassertriebe

am Birnbaum zu stutzen. Wie zufällig umging sie dabei den vom Wind geschundenen Baumriesen. Nun war der Blick zum Damm frei.

„Steht er noch?" Anna konnte die Antwort kaum erwarten.

„Wie festgeschraubt, auf der gleichen Stelle!"

„Ist's die Möglichkeit?" Anna ging zu Johanna. „Nicht mal der Regen hat ihn vertrieben."

Johanna, winkte ab. „War doch nicht viel."

Die Kinder, gleichwohl von der Neugier getrieben, kamen hinzu.

„Wollt dem Muttchen heuer eine Freude machen", sagte Alfred, „und einen dicken Aal holen."

Johanna horchte auf. Sie fand Gefallen am Vorhaben. „Drüben", sagte sie, „beim Teichzulauf trittst du den Schlick." Sie legte die Schere neben den Baumstamm. „Warte, ich hole Innereien zum Anfuttern!"

„Anfüttern, meinst du."

„Ist das Selbige. – Und Knüppel?"

„Papa nimmt die Latten vom Leiterwagen."

„Dann nimmst du sie auch!" Johanna verschwand hinter der Scheune.

Alfred ging die Latten holen.

Die gehobelten Hölzer hatte die Mutter auf den Ackerwagen geschoben. Alfred suchte sich die drei Längsten heraus.

Johanna wartete geduldig mit dem viertel gefüllten Eimer, bis Alfred heran war. „Ist's genug?" Sie ließ den Jungen in den Eimer hineinschauen.

„Sogar reichlich!"

„Oder willst du lieber den Korb dort nehmen?"

„Eigentlich nicht. – Das ist ein Geflecht von deinem Schwiegersohn Tebrich, stimmt's?"

„Sein Einziges! Mehr hat er in drei Jahren nicht fertiggebracht."

Der Junge ging hin, drehte den Korb und besah ihn sich von allen Seiten. „Richtig gut geworden, das Behältnis."

„Hätte unsereins sonst längst vernichtet."

Alfred bestätigte: „Jetzt haste Wahres von dir gegeben!"

Johanna blickte sich verstohlen um. „Wenn ihr loszieht, nehmt mir zuliebe die Frieda mit! – Will ein Weilchen Ruhe im Haus."

„Machen wir! – Weiß, weshalb du sie nicht ausstehen kannst, Muttchen. In der Frieda siehst du den Wilhelm, ihren Vater. – Oder soll sie auf uns aufpassen?"

Johanna fühlte sich ertappt. „Ist ein Enkel wie jedes andere", erwiderte sie verlegen, „und das mit dem Aufpassen kann nie nicht verkehrt sein!"

Alfred sah es anders. „Einen Aufpasser brauchen wir nicht!" Er nahm die Latten auf. „Folgt mir!" Am Hoftor blieb er stehen. „Nimm den Kartoffelsack vom Handwagen dort", befahl er und sah Emma an. „Brauchst nicht bloß hinterherlaufen!"

Emma war gekränkt, holte den Sack aber trotzdem.

Alfred wendete sich an Frieda. „Und du, Tante, bringst einen Eimer nach!"

„Etwa den gusseisernen dort, das schwere Ding?"

„Genau den! – Wirst ihn schon wegkriegen."

„Einer aus dem Stall ginge auch."

„Die braucht Mama alle beim Füttern."

Frieda gab nach. „Also gut." Sie hob den Eimer vom Klotz, auf dem er verkehrt herum hing und schloss sich den anderen an. Tempo und Weg gab Alfred vor. Im Bogen bis zum Eiskeller. Den Graben nach über den Ständer des Teiches zum Sammler. Von dort in der Rinne zu den Haltern. Hier waren sie dem Fremden ganz nah, nur getrennt durch das Dickicht.

Emma streckte sich, damit sie den Mann besser sehen konnte.

Der Fremde sah in ihre Richtung. Emma duckte sich.

Alfred schüttelte den Kopf. „Dumme Gans! Was geht der Kerl uns an?"

„Das Muttchen hat auch komisch getan!"

„Das Muttchen ist auch erwachsen!"

„Ist's dann was anderes?"

„Was ganz anderes! – Ein Unterschied wie Feuer und Wasser."

Emma wunderte sich. „Du und deine Beispiele!"

Alfred strich die Holzschuhe, die der Vater ihm fertigte, von den Füßen, zog die Hosenbeine bis über die Knie hoch und stieg ins Zulaufwasser. Es waren nur wenige Schritte bis zum Grasbüschel, vor dem seit Langem ein Pfahl stand.

Frieda reichte ihm eine Latte und Alfred legte diese, wie vom Vater abgeschaut, von einer Grabenseite zur anderen. „Und nun den Eimer mit den Innereien ..."

„Teile aber ein, es muss für drei Anlockstellen reichen!"

„Ich weiß ..."

Dann ging Alfred weiter. Vorsichtig näherte er sich der Stelle im Teichzulauf, wo es plötzlich steil nach unten ging. Ab hier konnte er den Fremden sehen. Dieser hatte sich abgewandt, sah zum Haus hin.

Bald ging Alfred das Wasser bis zur hochgezogenen Hose. Er versuchte, auf Zehenspitzen zu laufen, doch der Schlick unter den Füßen gab nach.

Frieda bekam Angst. „Weiter gehst du mir nicht!"

„Wirf lieber eine Latte her!"

Frieda trat an die Grabenböschung, ließ eine Latte ins Wasser gleiten und wartete geduldig, bis diese bei Alfred angetrieben war.

„Herüber damit!", kommandierte der Junge sich selbst und dirigierte das nasse Holz anschließend auf das gegenüberliegende Ufer. „Und nun die Hühnerinnereien ins Wasser und dann alles noch einmal ..."

„Ab jetzt wird es tief!"

„Weiß ich!", erwiderte Alfred und ging mutig weiter.

Frieda warf die verbliebene Latte ins Wasser. „Pass auf, Alfred",
verlangte sie, „und greife nicht daneben ..."

„Mach ich schon nicht. – Kommst du nach?"

„Jetzt schon?"

„Stimmt, wäre wirklich zu früh." Er leerte den Eimer. „Ich komme
raus."

Eine Wildente flog auf. Vor Schreck stand Frieda, für Sekunden
wie gelähmt, ganz still.

„Hat Angst vorm Vogel, die Memme", lachte Alfred.

Nun hieß es warten. Das Anfüttern war gemacht. Die Kinder
setzten sich im Kreis und erzählten sich Geschichten. Dabei
war Frieda den anderen voraus. Sie behauptete, am Wasser die
Seekrankheit bekommen zu haben. Dabei wäre das neueste
Mittel dagegen gerade erfunden worden. „Auf dem Postdampfer
der Linie Saßnitz – Trelleborg", berichtete sie, „wird's erprobt.
Nämlich ein Schaukelstuhl. Lehne, Sitzbrett und Seitenlehnen
sind beliebig verstellbar. Unter jedem Stuhl befindet sich ein
Elektromotor, der Sitz und Lehnen in schaukelnde Bewegungen
bringt. Der Sitzende kann diese schaukelnde Bewegung nach seinem Belieben regeln, sodass sie gewissermaßen die Bewegungen
des Schiffes aufheben. Einhundertfünfzig derartige Stühle sind
schon in Betrieb."

Das war was. Emma fühlte sich verpflichtet, ein Gedicht aufzu-
sagen:

„Paul und Otto, die soll'n leben mit
der ganzen Kumpelschaft. Und die
Mädchen auch daneben, ach was das für
Freude macht. Wir wollen euch auch
nicht vergessen und unseren Glückwunsch

hier aussprechen. Wir wünschen euch zum
Wiegenfeste, Gesundheit, Glück, Zufriedenheit
und eine schöne Braut in Ewigkeit.
Darum lasst euch nur nicht lumpen, wird
es nicht ein Fässchen Wein, wird's ein
Fässchen Bier wohl sein. Hört ihr dies, so
werdet ihr hüpfen und zum Gastwirt schnell
hinschlüpfen. Und dort bestellen ein
großes Fass, womit wir uns machen
inwendig nass. Eure Kumpel vom Straßenbau"

„Das ist wegen Papa", rief Alfred, „als er noch frei und unverhei-
ratet war."
Frieda wollte die Geschichte am liebsten gleich noch einmal hö-
ren. „Wie ging es?", fragte sie begeistert. „Und eine schöne Braut
in Ewigkeit. – Das ist eure Mutter, die Anna."
„Wissen wir, da war sie neunzehn!" Emma kannte sich aus.
Alfred erhob sich. „Werde mal Schlick treten gehen ..."
„Kannst du vergessen! Kein Aal weit und breit."
„Manchmal gibt's Wunder."
„Dann tue es!" Frieda wendete sich ab. Hand anlegen wollte sie
nicht.
„Alleine, das geht schlecht." Alfred setzte sich wieder hin.
Frieda langweilte sich. Am liebsten wäre sie nach Hause gegangen. „Ein kluger Kneipenwirt", begann sie bald, „ich glau-
be, dem ging's wie mir, hat früh am Abend an die Tür eine
Bekanntmachung gehängt: ‚Da mir das lange wartende, Licht
verbrennende, Zeit verschwendende, geisttötende, verwirren-
de, selbst alles trinkende, Geld zusetzende, Schulden machende,
nächtlich allein sitzende Kneipenleben nicht mehr gefällt, schlie-
ße ich um zehn!'"
Emma horchte auf. „Wer lernte dir das?"

„Euer Papa!"

„So was Schönes muss er mir auch lernen!"

„Tut er aber nicht! – Dafür seid ihr noch nicht groß genug."

„Stimmt nicht, ich allemal!" Alfred reckte sich. „Guckt!"

„Der Hoppenz Wilhelm, dein Vater, hat mal einen Brief geschrieben aus dem Zuchthaus. Das Muttchen hat ihn uns immerzu vorgelesen. Als Abschreckung. ‚So werdet ihr mir mal nicht', hat sie gesagt."

„Weißt du noch, wie's ging?"

„Klar weiß ich das. – ‚Liebe Frau!'"

„So stand es dort nicht!", rief Alfred aufgebracht dazwischen. „Dort stand: ‚Liebe Pauline!'"

„Ist doch egal! – Also: ‚Liebe Frau Pauline. Ick danke dir sehr für die Worscht. Ick habe mir über die Worscht sehr gefreut. Die Worscht hat sehr gut geschmeckt. Es war sehr viel Worscht. Ick habe dem Schorsch aus meiner Zelle auch von der Worscht gegeben. So gute Worscht hat er noch nie gegessen. Die Worscht ist nun bald weg. Esst nicht alle Worscht auf, damit ick Neujahr auch noch Worscht kriege. In der Hoffnung, dass du mir wieder Worscht schickst, verbleibe ick, dein treuer Mann, Wilhelm.'"

Emma und Alfred kicherten.

Frieda war gekränkt. „Darüber braucht ihr euch gar nicht lustig zu machen! Das war eine geheime Botschaft. Zum Beispiel hieß es Vater ist zum neuen Jahr nicht zurück."

„Und dass er einen neuen Kumpanen hat, der Schorsch heißt, der sich irgendwann mal meldet."

„Und mit dem zusammen dein Vater ein großes Ding dreht."

„Genau! – Da braucht dein Vater nur Schmiere steh'n, weil der Schorsch ein größerer Verbrecher ist."

„Ein ganz großer soll er sein, ein Mörder!"

Tief gekränkt wendete sich Frieda ab.

Alfred aber blieb beim Thema. „Nur mit der Worscht kam 's Muttchen nicht zurecht. Zehnmal hat dein Vater sie erwähnt. Am Ende dachte das Muttchen, im zehnten Monat kommt er frei."

„War dann leider nicht so", lenkte Emma ein und fuhr fort: „Ärgere dich nicht, Frieda, nun seid ihr ihn los! In Berlin treibt er sich herum. – Weiß es vom Muttchen. Bei seinen Brüdern. Die graben einen Tunnel unter der Straße durch, zur Bank hin. Dein Vater, unser Onkel Wilhelm, will sich aber beim Einbruch raushalten. – Hat er deiner Mutter versprochen!"

Frieda stimmte das Gehörte zuversichtlich. „Dann macht er's auch!" Die Kränkung schien verflogen.

Alfred sprang auf. „Gehen wir gucken?"

„Na gut!", erwiderte Frieda und folgte ihm.

„Zuerst trete ich den Schlick unter der hinteren Latte."

„Logisch, weil es dort am flachsten ist."

„Erraten!" Mit einem mächtigen Satz sprang Alfred in Richtung Grabenmitte und begann unverzüglich den schlammigen Grund mit schnellen Tretbewegungen nach einem Aal abzusuchen.

„Nichts!" Er hob die Latte an, schlüpfte unter sie hindurch und ging zur nächsten mit Innereien belegten Stelle.

„Beeile dich!", trieb ihn Frieda an. „Und treten, treten, treten!"

„Das musst gerade du verlangen! – Wieder nichts!"

„Und wenn du einen Aal unter den Füßen spürst, wie geht es weiter? Soll ich dir dann den Sack zuwerfen?"

„Unsinn. – Dann greife ich blitzschnell nach unten, packe das Tier und werfe es aus dem Wasser heraus auf die Wiese!"

„Verstehe, weil der Aal auf dem Gras nicht so schnell vorwärtskommt ..."

„Bist ein pfiffiges Mädchen!"

Frieda wunderte sich. „So liebe Worte, und noch dazu von dir ..."

Auch an der dritten Futterstelle fand sich kein Aal.

Es folgte eine eigenartige Stille. Nur der Wind wirbelte sanft das Laub um die zerzausten Birken.

Da ging Johanna über den Hof. Die Arme in die Hüften gestemmt, sagte sie etwas zum Küchenfenster hin.

Bald darauf erschien Anna. Sie stellte den Holzbottich auf die oberste Eingangsstufe und wartete danach, bis Pauline mit zwei Eimern heran war.

Anna nahm ihr die Eimer ab.

Pauline verschwand abermals im Haus, kam aber gleich wieder heraus. Unter ihrem linken Arm trug sie ein Bündel schmutzige Wäsche herbei.

„Das Muttchen macht Waschtag", erklärte Frieda, die alles beobachtet hatte.

Alfred reckte sich. „Wo hat das Muttchen denn plötzlich das Waschbrett her?"

Frieda sah kurz auf. „Das stand doch gegen die Hauswand gelehnt schon vorhin dort!"

„Fiel mir nicht auf. – Hör mal, das Muttchen singt ..."

„Kann sein ..."

„Hörst du es nicht?"

„Eigentlich nicht!" Frieda horchte zum Hof hin. „Mäuschenstill!"

„Du hörst's nur nicht, weil der Wind sich gedreht hat! – Mama singt besser ...!"

„Ich meinerseits setzte da mehr aufs Muttchen", mischte sich Emma ein, „die kommt hoch mit ihrer Stimme wie sonst niemand!"

„Sagst du bloß wegen ihrer Sprüche!"

„Nicht nur deshalb ..."

„Lasst man gut sein, dass Muttchen hat's manchmal schwer, auch mit uns!"

„Wie sagte sie neulich so weise: ‚Ein Leben in Üppigkeit macht blind.'"

„Und weiter?"

„‚Es gibt eine höhere Macht, vergesst das nicht! '"

„Wortwörtlich!"

„Und dann: ‚Die rechte Stimme kommt aus der eigenen Brust!'"

„Wart mal: ‚Das Böse kann durch Mauern gehen!'"

„Klar, das war auch noch!"

„Da kam noch was ..."

„Das mit der wahren Liebe!" Frieda faltete die Hände. „‚Einmal erleben dürfen, bekommst du vom Schöpfer gratis. Zweimal ist ein kleines Wunder. Und das Körperliche? Es macht dabei am wenigsten aus. Man hat's erfahren!'"

Die Sonne stand tief, als Frieda müde fragte: „Gehst du für heute noch mal den Schlick treten, Alfred?"

Alfred hatte kein Verlangen mehr. „Wir fangen sowieso nichts", sagte er enttäuscht.

Emma umarmte ihn und flüsterte: „Liebes Brüderchen, liebes kleines Männchen, es kommen wieder bessere Tage. – Geh'n wir zurück. Mal muss ein Ende sein."

„Von wegen ‚kleines Männchen'. – Man ist so gut wie erwachsen!"

„Nimm's heiter. Verstehe ja, bist ein Junge. Da steht viel auf dem Spiel. Ehre und so. – Grad fällt mir ein, das Muttchen hat es dem Zeisig geraten, weil der keine Frau findet. – ‚Trage Galgenwurzel in einem violett seidenen Tüchlein bei dir, so wirst du allen Frauen lieb und angenehm.'"

„Ich werde das mal nicht brauchen", sagte darauf Alfred überzeugt. Er sah sich um. „Die Latten bleiben liegen!"

„Genau! Morgen ist auch noch ein Tag. – Das Wasser war vorhin sicher schon kalt, und jetzt, wo die Sonne weg ist, wird es noch unangenehmer sein."

„Wirklich kalt war es eigentlich nicht. – Weißt doch, wie es ist, wenn du dich alle Abende nackig machst. Habe schon manchmal das Blanke gesehen."

„Du spinnst!"

„Kein bisschen. – Und sogar mehr!"

„Sagst bloß so was, weil du Angst hast vorm Muttchen. ‚Wer nicht arbeitet, braucht auch nicht essen!'"

„Hat sie mal gesagt, das ist wahr, zum Teichert, ihrem Vierten."

„Deshalb sag ich's doch."

„Und dann ging ihr Ernst ins Vorwerk, auf Miete."

„Ohne zu zahlen!"

„War er schlecht?"

„Glaub nicht. Das Muttchen sagt: ‚ausgekocht.'"

„Wie Tebrich und Feuergarten?"

„Das Muttchen sagt: ‚Kein bisschen besser.'"

„Dann war's recht."

Auf dem Weg nach Hause spielte man „Fallensteller". Nicht im eigenen Wald, sondern in Niemtzens Schonung. Die Kiefern hier standen dicht. Mehr als drei Reihen waren nicht einzusehen.

Manchmal sträubten sich die Bäumchen, wollten sich nicht umtreten lassen. Doch sie wurden zum Abdecken der gescharrten Löcher gebraucht.

„Was tut man hier?" Die Frage hallte den Baumreihen nach. Die Kinder erstarrten.

Der Bauer kam heran: „Gehört die Schonung euch?"

Frieda fand als Erste zur Antwort: „Eher Ihnen!" Sie sah Niemtz flehentlich entgegen, sogar noch, als der Mann an die abgedeckten Vertiefungen herantrat und diese mit den Stiefeln zuzuschieben versuchte.

Auch Emma und Alfred wussten, dass es nicht rechtens war, was sie getan hatten. Auch sie zeigten Reue und begannen unverzüglich mit dem Verfüllen der gebuddelten Löcher.

„Wir spielten ‚Fallensteller‘“, erklärte Emma, ohne Niemtz dabei anzusehen.

Der Bauer konnte ein Schmunzeln nicht unterdrücken. „Dachte es mir.“ Er wendete sich zum Gehen. „Auf fremdem Grund und Boden, nun ja …“

Alfred sprach seinen Einfall aus, den er gerade bekam: „Nachher nehme ich die Gießkanne und bringe den Bäumchen hier Wasser!“

„Denen, die wieder aufgerichtet wurden?“, fragte Niemtz. „Keine schlechte Idee!“

Der Bauer lächelte verschmitzt. „Mit einer Kanne Wasser wird es wohl nicht getan sein …“

„Das ist mir klar! – Vielleicht zwei?“

„Besser drei!“ Niemtz ging leichtfüßig weiter.

„Ein guter Kerl, der Niemtz“, sagte Alfred, als der Mann außer Hörweite war.

„Seiner Angetrauten“, behauptete Frieda, „muss er wie ein Hund gehorchen. Sie kommt aus dem Wendischen. ‚Unser Johann‘, hat sie mal auf dem Weg zur Schule der Mama erklärt, ‚der frisst den Salat wie Gras!‘“

In der Stube war es angenehm warm, man konnte nur in Hemd und Hose sitzen. Und Johanna hielt etwas Feines bereit. – Für jeden hatte sie einen Apfel ausgestochen und diesen mit Bienenhonig gefüllt. In der Wasserpfanne der Hölle, im siedenden Nass, war die Haut der Früchte gestrafft, weich und zart geworden.

Es duftete wie in einer Backstube.

„Nicht draufstürzen wie die Wölfe“, mahnte Johanna, „es ist heiß!“ Sie erinnerte sich der Unterhaltung vor dem Mittagsmahl. „Wann muss Männe los?“

Pauline schüttelte den Kopf. „Zum wievielten Mal fragst du?“

„Weiß es ja. Nur eben die Zeit … Ist sie ran?“

Pauline sah zur Uhr. „Noch ein paar Minuten." Sie überlegte laut: „Geben wir ihm noch mal was?"

„Würde unsereins nicht tun! – Da wird der Hund träge."

Alfred hob die Hand wie in der Schule. „Darf man dem Männe die Tür aufhalten?"

„Das mache ich selber", rief Anna von der oberen Stube her, „doch zuvor muss ein Brief ans Halsband."

Alfred leckte am Apfel. „Hätte ich fast vergessen."

Anna kam die Treppe herunter. Der kleine Arthur an ihrer Hüfte wankte bei jedem ihrer Schritte. „Bringe nur schnell schmutzige Wäsche vom Kleinen raus", sagte sie leichthin, „dann wird was aufs Papier gebracht."

Emma sprang auf. „Alles Nötige dafür habe ich im Ranzen. Ich hol's dir, Mama."

„Ist recht. Aber erst isst du Muttchens Näscherei. Kalt schmeckt's nicht."

Johanna sah aus dem Fenster. „Immer dasselbe, wie angewachsen, der Fremde!" Sie rieb sich die Augen. „Unsereins denkt, die schmale Riebe siehst du nicht zum ersten Mal."

„Haste heuer schon mal gesagt." Pauline unterbrach das Liebkosen des kleinen Arthurs nicht einmal, als sie sagte: „Wie sauber es der liebe Junge wieder hat. So schön blank ..."

„Affe nur herum", zeterte Johanna, „ein paar auf den Blanken gehören ihm. Der Meinige dürfte es nicht sein. Der Arthur ist zwei, der weiß, was er macht!"

„Sei nicht so streng, Muttchen! In seinem Alter herrscht Narrenfreiheit."

„Mit zwei? – Na ja, gerade die Grenze."

„Bist doch sonst nicht so!"

„Meinst du?" Johanna drehte sich herum, sah Alfred an und fragte: „Haste mir nichts zu sagen?"

Dem Jungen verschlug es die Sprache. „Kein guter Tag." Er schüttelte sich. „Wirklich nicht." Weil Johanna keinen Blick von ihm ließ, fügte er hinzu: „Ich bringe es wieder in Ordnung, ganz bestimmt."

„Wird schwer!"

„Großes Ehrenwort!"

Johanna lenkte ein. „Habt ihr wenigstens die Latten über dem Graben liegen gelassen?"

Alfred fiel ein Stein vom Herzen. „Das möchte sein", erwiderte er deshalb erfreut.

„Vorhin traf ich den Niemtz an Feldrain", sagte plötzlich Johanna. „Der war des Lobes voll, weil du dich angeboten hast, seine kränkelnden Bäumchen drüben am Eck zu gießen. Finde ich gut von dir. So geht man mit Waldnachbarn um!"

Johanna nahm die Zeitung, las ein Weilchen und sagte: „Hört mal, selbst eine zerrissene Hose ist noch nütze. – Wollt ihr's hör'n?" Sie wartete eine Antwort gar nicht erst ab und fuhr fort: „Einem findigen Berliner hat sie als Erwerbsquelle gedient. Er zeigte sie Besitzern von Hunden und machte überzeugend geltend, dass ihr Köter das Loch in die Hose gerissen habe. Eine Mark fünfzig jedes Mal, der Mann stand sich nicht schlecht. Jetzt haben die Zeitungen seinen Trick verraten, und er muss sich eenen neuen ausdenken."

„Eenen steht da nicht, da steht einen", korrigierte Frieda.

„Ich hab's nicht vorgelesen", rechtfertigte sich das Muttchen, „ich hob's euch übermittelt."

„Das heißt auch nicht hoben, sondern haben."

Johanna ging darauf nicht ein. „Pfiffig muss man sein", bekannte sie, „der Berliner gefällt mir."

„Das mach ich nach", behauptete Alfred, „muss nur erst groß sein!"

Johanna vertiefte sich abermals in der Zeitung. Dieses Mal las sie lange. Sehr lange. Endlich schlug sie den Annoncenteil auf. „Hört mal, die Guteborner melden sich zu Wort!" Sie stieß Pauline an: „Und dort suchte sich eine Tochter von dir das Mannsbild."

„Lies es vor, Muttchen, das Schlimme!"

„Kein bisschen. Frieda hört wieder Falsches heraus."

„Dann soll sie vorlesen!"

„Willste?"

„Ist es viel"

„Mensch, eine Annonce!"

„Also gut. Wartet, gleich hab ich's. Hier steht: ‚Drei schöne Erscheinungen suchen Lebensgefährten im Alter von dreißig bis vierzig Jahren. Die Älteste ist groß, schlank, etwas schielend und schwerreich, die Zweite sehr schön, hinkt etwas, die Dritte graziös, blaue Nase und rotes Haar. Nur ernst gemeinte Offerten erbeten unter Chiffrenummer 101, Post Guteborn.'"

Alle kicherten, bis Pauline fragte: „Was hat das Inserat mit meiner Großen zu tun?"

„Sind's nicht die Nachbarn?"

„Nicht direkt. Aus dem Dorf, das ist schon wahr."

„Siehst du! – Ganz ehrlich, die Gegend dort war unsereins noch nie geheuer."

Anna kam, setzte sich Johanna gegenüber und schrieb etwas auf einen Zettel. Ganz kurz. Gleich darauf schob sie das Papier über den Tisch. „Geht's?"

Johanna las, dann nickte sie zustimmend. „Macht unsereins nicht besser. Alle werden es glauben."

„Müsste man vielleicht genauer werden?"

„Bloß nicht! – Todesgefahr ist gewaltig. Schreit förmlich nach zu Hause geh'n."

„Also lassen wir's." Anna faltete das Papier, fuhr mit dem Fingernagel über die Knickstelle und teilte das Blatt. Dann schnalzte sie kurz mit der Zunge. – Schon sprang Männe hinter der Wasserbank hervor. „Brav", lobte Anna und fügte hinzu: „Nun kommt dein großer Auftritt."

Der Hund verstand wohl. Freudig wedelte er mit dem Schwanz und sah fortwährend zur Tür. Wenn du ahntest, dachte Anna, was von deinem Einsatz abhängt. Sie war anderer Meinung als die Mutter. Nur ein Spieler war Paul nicht. Er hatte auch gute Seiten. Tat er nicht alles für die Kinder und sie? Und auch da musste sie zu ihm stehen, der Lohn beim Straßenbau war für die Schinderei mehr als kläglich. Zum Sattbekommen aller reichte es, für mehr nicht. Nur deshalb, hatte Paul ihr erklärt, spiele er. „Alles oder nichts!" Ein einziges Mal wollte er jetzt dem Glück nachhelfen. Würde es gelingen, würde Schluss sein mit dem nächtlichen Wegbleiben? Es war versprochen.

Anna sah zu Johanna hin. Wenn diese wüsste, dass beide Kühe verspielt waren. Seit drei Wochen diese Angst, sich zu verraten. „Ich hole sie zurück und noch ein bisschen mehr", hatte Paul behauptet, „ihr müsst nur mitspielen!" Zwei Nächte hindurch war er stets in der Vorderhand. Zwei Nächte lang waren seine Taschen prall voller Geld. Aber dann, wie verhext, ab der siebenten Abendstunde des dritten Tages war das Glück stets wie weggewischt. Dann gewannen sie: Albert Muske aus Brenzlau, Bruno Wolf aus Prikenau und der Sagauer Weihs Paul. Reihum, jedes Mal ein anderer. Sahnten ab, was vorhanden. Legten vor und vor. Trieben Paul zu unbedachten Handlungen bis zwölf, wenn Schluss war und sie auseinandergingen.

Von den anderen einer mit gefüllter Brieftasche. Die Übrigen schuldenfrei. Nur er, Paul, ohne einen Pfennig in der Tasche. Dafür Schuldscheine und Wechsel.

Anna streichelte den Hund. Alles, aber auch alles hing nun von Männes Intelligenz ab. Gespielt wurde jeden Tag an einem anderen Ort. Beim Zusammentreffen am Kirchenportal gewürfelt, fiel die Entscheidung. Weite Wege kamen deshalb auf den Hund zu. Möglich, er wurde im ersten Wirtshaus findig. Es konnte aber auch sein, dass er die Tour falsch herum begann, dann hatte er am Ziel sicher fünfzehn Kilometer in den Beinen. Hinzu kam der Stress des Hineinkommens ins jeweilige Gasthaus. Mit Scharren an der Tür, wie daheim, ging es nicht. Das hörte niemand. Da musste schon ein Gast hineingehen oder herauskommen. Gut wäre eine offene Hintertür, der Weg über Toiletten oder Küche. Alles war geübt. Anna faltete die Hände. „Steh uns bei, Herr im Himmel", betete sie leise. „Lass Männe den richtigen Weg nehmen. Hilf, die Botschaft zu überbringen. Ich weiß nicht mehr weiter. Weiß nicht, was werden soll." Heimliches Bitten hilft, behauptete stets Johanna. Anna hoffte, dass es zutraf. Sie drückte das Papier noch enger zusammen. Es musste unter die Schlaufe am Halsband des Hundes. Die Schnur lag bereit als zusätzliche Sicherung.

Männe hielt still, ließ alles an sich geschehen.

Die Kinder stritten. „Papa spielt nicht wegen des Saufens", verteidigte Emma den Vater, „er ist nicht wie der Deinige, Frieda, der Hoppenz Wilhelm!"

„Ist er doch!" Frieda gab nicht so schnell auf.

„Hat unser Papa das Gatter im Sägewerk mit Kies geschmiert? Siehst du, der Deinige tat's."

„Na und!"

„Wer hat denn dem Klammer seinen Gaul die vorderen Hufbeschläge abgemacht?"

„Weil sie verzankt waren, hat Vater die Hufeisen enteignet!"

„Ach! Weißt es also. – Und am Postkarren die Splinte? Wer hat sie gezogen?"

„Das war ein Lacher für die Leute."

„So nennt man das, wusste ich nicht. Und die Fenster an der Schule? Wer, außer dein Vater, kommt auf die Idee, weil sie von innen beschlagen sind, mit einer Klamotte aufzuschießen?"

„Das war spät am Abend, da gab's keine Gefahr nicht."

„Aber ein kaltes Klassenzimmer, drei Tage lang!"

„Ist kein einziges Kind krank geworden! – Hat Vater gesagt."

„Grenzt an ein Wunder." Emma wandte sich an die Großmutter. „Wann war das, als du deinen Fünften, den Hoppenz Wilhelm, des Hauses verwiesest?"

„Warte mal, die Frieda kam im Herbst vierundneunzig. Fünf Jahre danach war das mit den Gänsen."

„Erzähl's!"

„Hab's wie viele Male getan. – Und überhaupt, erst muss der Männe auf den Weg!"

Anna nickte. „Bin gerade so weit." Sie fasste den Dobermann am Halsband und führte ihn an die Tür. Dort kraulte sie den Hund hinter den Ohren. „Pass gut auf! – Such's Herrchen!" Sie gab den Weg frei. „Such!"

Für Sekunden zögerte Männe. Dann rannte er in Richtung der Torfwiesen davon.

Erst Minuten danach zog Anna die Tür ins Schloss und legte den Riegel vor. War die eingeschlagene Richtung vom Tier richtig gewählt? Ihr kamen Zweifel. Dann aber sagte sie sich, zu ändern geht es sowieso nicht. Wir müssen mit dem Ergebnis leben.

Um sich abzulenken, ging sie in die Stube zurück und stichelte Emma an: „ Frage Großmutter Pauline ruhig noch einmal, wie das war mit den Gänsen. Man hört's halt immer wieder gern."

„Ist das richtig, an den alten Geschichten festzuhalten?", fragte Pauline.

„Erzähl schon, Großmutter", verlangte Emma, „auch wenn's zum wievielten Mal ist!"

„Na schön. – Mein Wilhelm war mit drei großen Gänsen im Sack vom Wald her zum Haus gekommen. Ganz außer Atem hatte er erklärt: ‚Überfahren die Guten, mitten im Dorf. Der Wagenfahrer weg. Niemand fühlt sich zuständig. Ich hatte Mitleid. Sollen die Tiere sich quälen?‘ Das Märchen war noch nicht zu Ende erzählt, da stand Förster Scholz auf dem Hof. In meinem Kopf jagten die Gedanken. Auf der einen Seite deckte ich mit Schweigen das Böse, auf der anderen Seite wollten so viele Mäuler gestopft sein. Ihr müsst wissen, die Gänse waren in einem guten Zustand! Sie waren schwer! – Und Weihnachten stand vor der Tür. Der innere Kampf war kurz aber heftig. Dann entschied ich mich. Ich schob den Sack mit den Toten Gänsen kurzerhand unter die Wasserbank, setzte mich darüber und raffte den Rock hoch. Wie eine Henne mit ihren Jungen saß ich mutig über die noch warmen Federviecher, furchtlos den Blick des Waldmannes standhaltend. – Und dessen Augen waren scharf! Kein Raum, kein Schrank blieb unkontrolliert. Doch vergebens. Das Federvieh war wie vom Erdboden verschwunden. Dabei hatte Scholz bis zum Zaun unseres Gemüsegartens eine schlaksige Gestalt, gerade wie Wilhelm mit einem Sack über der Schulter, im Visier seiner Flinte. ‚Gib Laut, Ganti, gib Laut!‘ Förster Scholz hoffte auf Antwort vom geliebten Gänsemann. Die vertraute Stimme sollte es bewerkstelligen. Aber nichts rührte sich. Nur für einen Moment wurde es brenzlig. Mein Lebenssaft zirkulierte wegen dem angespannten Sitzen nicht mehr so richtig durch die frei hängenden Beine. Ein ganz klein wenig stützte ich mich auf die Gänseleiber. – Da entwich dem geliebten Ganti des Försters ein letzter Hauch. Nicht gerade laut, aber hörbar. Geistesgegenwärtig habe ich noch unten geguckt. ‚Die Bohnen vom Mittag‘, habe ich dabei gesagt, ‚es musste raus.‘ Der Forstmann wurde einsichtig. ‚Wie sagt man so schön? Jedes Böhnchen ein Tönchen.‘ Na also.“

„Das hast du gut gemacht! – Und weiter?"

„Bevor Scholz ging, erläuterte er uns noch einmal das Vorkommnis. Nach seiner Ansicht wohnten seine Gänse in einem sicheren Stall. Schon wegen der Füchse. Was sich im Stall zutrug, konnte er nur vermuten. Sein Blickkontakt zum Dieb fand im Zwinger des Federviehs statt, als er den vermeintlichen Wilhelm dabei ertappte, wie dieser mit einem Fuchslauf Trittsiegel in den geglätteten Boden machte. So war's. – Stellt euch das mal vor!"

„Und danach?", fragte Emma.

„Haben wir die Gänse gebraten."

„Das war gut", lobte Alfred, „da waren alle Spuren weg! – Und später?"

„Das ist euch das Wichtigste, liegt man richtig? – Was wohl. Ich stellte das Bündel mit den Habseligkeiten von Wilhelm, meiner kriminellen Romanze, vor die Tür. ‚Raus mit dir, Wilhelm', hab ich gesagt, ‚und nie mehr zurück!'"

„‚Und auch kein Neuer kommt mir ins Haus!', haste gesagt." Alfred wusste es wörtlich.

„Habe ich gesagt."

Das Muttchen meldete sich ab. „Gehe kurz mal auf den Abort!" In Gedanken war Anna noch immer im Vergangenen, sah sich mit Paul beim Tanz auf der Kirmes. Spät nach Mitternacht brachte er sie nach Hause. Dabei erzählte er ihr vom Vater, den man vergiftete, als sein Zwillingsbruder und er gerade eingeschult wurden. Dann von der Mutter, die mit Geld nicht umgehen konnte. Deren Beutel mit den Goldstücken unter der Strohlage zusehends abnahm, bis nur noch zwei Handvoll darin waren. „Versteck es dir", hatte die Mutter verlangt. Doch wohin damit? Paul stand und sann. Da sah er den Kirschbaum im Garten mit dem in der Krone hängenden Vogelkasten. Dort hoch schaffte er sein Erbe. Tags darauf fanden Nachbarn die Mutter auf dem Hausboden erhängt. Die Zwillinge kamen zum Bruder der Mutter.

Als sie volljährig wurden, waren die drei Häuser der Eltern weg. Nach des Onkels Auskunft für Essen, Kleidung und Schulbesuch gezwungenermaßen verkauft worden.

Paul wurde mit dieser „Schande" nie ganz fertig. Dem Bruder fiel es leichter.

„Du als Köchin, ich als Pflasterleger", sagte er zu Anna an der Haustür, „das geht zusammen!" Dann fragte er unumwunden: „Willst du meine Frau werden?" Der Antrag kam so überraschend, dass Anna, unfähig eines klaren Gedankens, ins Haus lief. Sie zog die Großmutter ins Vertrauen. „So ein Fixer gefällt unsereins. – Und das Blanke oben im Vogelhaus, es ist weg?" – „Davon war keine Rede. Am Sonnabend sehe ich Paul, ich frage ihn." Der Sonnabend war zum Wiedersehen nicht vereinbart, doch Anna spürte, da war ein Einklang der Gefühle, und sie wollte es selbst in die Hände nehmen. Es war nicht schwer herauszufinden, wo im Moment neues Pflaster verlegt wurde. Zur Mittagszeit war es im Schützenhaus ruhig. Mit der Wirtin hatte Anna ein gutes Verhältnis. Schon am darauffolgenden Tag ging sie zum Bahnhofssteg. „Was du willst, will ich auch", bekundete sie schlicht, und es war keiner unter Pauls Kollegen, der es ihm nicht gönnte.

Noch am gleichen Abend schlichen sie gemeinsam zum einstigen Haus von Pauls Eltern. Es nieselte, und ein feiner grauer Dunst lag über den Dächern. Von der Seitenstraße her war der Garten einzusehen. Paul versuchte, sich zu erinnern. Die Hintertür, rechts daneben die Holzlaube. Zur Mauer hin die Grube für die Asche. Und daneben – er wollte seinen Augen kaum trauen – der große Kirschbaum mit dem Vogelhaus in luftiger Höhe. Anna fragte: „Derselbige von damals?" Paul überlegte nicht lange. „Werden es gleich wissen." Er tastete die Zaunlatten ab, ob sie auch hielten, ergriff die Hausecke und zog sich hoch. „Sollte man mich fangen, wir kennen uns nicht." Anna machten die Worte Furcht.

„Bleib", flehte sie mit verhaltener Stimme, „ist sicher umsonst, das Hochsteigen. Denk an die vielen Jahre, die ins Land gingen." Doch Paul war nicht zu bremsen. Gekonnt, mit jugendlichem Elan, stieg er von Ast zu Ast, höher und höher, bis in die Krone des Baumes. Dort angekommen, verweilte er einen Augenblick, horchte klopfenden Herzens nach allen Seiten hin, und als er überzeugt war, dass er unbemerkt den Kirschbaumriesen erklommen hatte, wendete er sich dem Vogelhaus zu. Das Einflugloch erwies sich für seine Hand als zu klein. Paul überlegte, wie war das damals? Ging nicht das Dach anzuheben? Nein, die Seitenwand hatte hinten ein Scharnier, jetzt wusste er es wieder. Den Riegel nach oben und am Nagel gezogen. – Das Nest im Innern des Kastens reichte fast bis zum Einflugloch und darunter – da lagen die Goldstücke. Eines neben dem anderen. Es verwunderte Paul, wie viele es waren, die er als Sechsjähriger hier verwahrte. Seine Hosentaschen füllten sich. Wie im Rausch verschloss er danach das Versteck und machte sich auf den Abstieg. „Reicht sicher zum Kauf von Betten, Schrank und Wiege!" Verlegen erwiderte Anna: „Die Wiege können wir sparen, die steht bereit!" Später stellte sich heraus, dass Küche und Stube auch noch vom „Vogelhausgeld" angeschafft werden konnten. Niemand freute sich über diesen Glücksfall mehr als Johanna. „Leicht haben es die jungen Leute heuer, nein so was! Dafür hat unsereins sein halbes Leben lang gespart."

Pauline war beim Futterherrichten für die Schweine. Ihr Stampfen drang von der Futterküche her durch das Haus. Bum, bum, bum, im gleichen Takt. Auf einmal verhaltene Stille. Sie leerte wohl den Trog, gab Kleie rein. Es klapperte. Sie füllte nach. Bum, bum, bum, drang es abermals durch das Gebälk.

Johanna kam zurück. „Bloß rein in die gute Stube! Auf dem Abort zieht's wie Hechtsuppe." Sie rieb die Hände an der Schürze. „Da

steh'n unsereins die Härchen ab, wie den Bäumen die blauen
Zünglein bei Gewitter!"

Der Wind legte sich. Verschlafen und müde blinzelten die
knorrigen Kiefern hinter dem Gärtchen. Über ihnen stand, auf
Ablösung wartend, der Sonnenball.
Anna holte Wasser am Brunnen. Die Arbeit ging ihr leicht von
der Hand. Nur ihre Gedanken kreisten in der Ferne. Hatte
Männe seinen Auftrag erfüllt, den Mann gefunden? War alles
gekommen, wie Paul es voraussah? Doch dann, eigenartig, wurde
es Anna leicht. Es kam ihr vor, als fühle sie eine fremde Macht.
Jemand, der sie führte. Alle Bedenken zerstreuten sich, und eine
tiefe Zuversicht nahm von ihr Besitz. In diesem Augenblick wusste sie, alles Unheil war von ihnen abgewendet. Sie atmete tief
und frei und brauchte von Paul nur noch die Bestätigung. Mit
diesem Glücksgefühl, ganz aus dem Innern, ging sie zum Haus
zurück.

Johanna erwartete sie. „Unsereins grübelt und grübelt, diese
schmale Rübe ..."
Anna sah Johanna an. „Immerzu diese schmale Rübe!", sagte sie
ein wenig gereizt. Doch dann verstummte sie, weil ein unheim-
licher Verdacht sie überkam.
Der alten Frau über die Schulter schauend, suchte sie mit den
Augen den Fremden auf dem Damm. Und von Ungewissheit ge-
trieben, fragte sie: „Bist du dir sicher?"
„So wahr ich Johanna Pohle heiße, dort steht er, Bratke! – Diesen
Menschen haben wir unser Unheil zu verdanken. Das ist der
Mann, der hier alles in Flammen aufgehen ließ."
Pauline zählte an den Fingern. „Fünfundzwanzig Jahre", sagte sie
dabei, und es klang ein wenig Bewunderung mit.
„Hieß es nicht lebenslang?" Johanna blieb hart.

Die Tochter nickte und sagte: „Ich glaube, das ist mit fünfundzwanzig Jahren abgetan!"

„Meinst du? Unsereins ist hier nicht auf dem Laufenden."

„Bratke Joseph also ... Damals war er vier- oder fünfundzwanzig. Guck, wie er aussieht, wie ein Greis!"

„Man könnte denken, er ist in meinem Alter!"

„Muss was dran sein, den Verbrecher treibt's zurück zum Ort der Tat."

Die Kinder drängelten sich hinter den Frauen. Der Feuerleger stand dort draußen, ließ wohl sein Leben Revue passieren. Ob er bereute, was er einst tat? Vielleicht ein wenig, schließlich war er gekommen.

„Alles für die Zusage, eine Anstellung zu erhalten", erklärte Pauline.

„Und Fackelgeld!", rief Emma.

„Unseren Großvater hat er auch umgebracht", wusste Alfred. „Und obendrein dem Großmütterchen eine Ruine und Schulden verpasst!"

„Schon wahr", bestätigte Pauline, „mit ein paar Bund Stroh und ein bisschen Öl ein Sägewerk, eine Windmühle und eine Wassermühle niedergebrannt. – Und den Mann genommen."

„Nun finde ich Ruhe." Johanna ging in die Küche, nahm eine Tasse, füllte sie halb voll mit klarem Brunnenwasser, gab drei Esslöffel gezuckerte Heidelbeeren hinzu und sagte zur Stube hin: „Richte mich! Es ist gelaufen."

„Gute Nacht, Muttchen! Schlaf gut!" Kaum hatte Pauline den Satz beendet, erschrak sie. Weshalb richtete sich die Mutter so zeitig für die Nacht? Ihr fehlte doch nichts? Und die Andeutungen wegen Bratke? Sie wusste sicher seit dem Mittag, wer da auf dem Damm des Teiches stand, und keiner von der Familie hatte ihre Hinweise verstanden. War es dieses Mal wieder so? Ihr Blick fiel auf die Schale mit den Äpfeln. Für jeden im Haus hatte die

Mutter einen Apfel aufgeschnitten. Es war das Zeichen in der Familie seit jeher. „Es ist gelaufen." War das nicht das Gleiche wie: „Es ist vollbracht."? Hieß das nicht, das wollte ich noch erleben, der Kreis hat sich geschlossen?

Pauline ging mit Anna das Vieh füttern. Sie musste mit jemandem reden. Bei den Hühnern im kleinen Anbau fragte sie die Tochter: „Waren sie fleißig, die Hennen?" Es sollte unbeschwert klingen, doch Anna hörte die Sorge heraus.
„Sieben Eier von zwölf Legern. Nicht übel, denk ich." Sie richtete sich auf.
„Machst dir Gedanken, Mutter? Denkst, der Plan von Paul geht nicht auf?"
Pauline schüttelte den Kopf. „Wird wohl alles bedacht sein. Es ist was anderes. Das Muttchen macht mir Sorgen. Sie wusste den halben Tag lang schon, wer draußen steht."
Anna verstand die Mutter nicht. „Was machst du dir für unnötiges Kopfzerbrechen! – Manchmal treibt sie der Schelm."
„Nein, nein, diesmal nicht! – Wenn ich mir's richtig überlege, fast den ganzen Tag hat sie am Fenster verbracht. Da war viel Muße zum Bedenken."
„Wenn man es so sieht ..."
„Und die Äpfel, für jeden einen!"
„Das ist wahr! Ist mir vorhin gar nicht aufgefallen. Doch wenn du es jetzt sagst ..."
Die Mutter griff Anna am Arm. „Geh'n wir! Habe keine Ruhe. Muss gucken, was das Muttchen treibt."
Auf der Bank, an der alten Kastanie, lag die Schüssel für die Eier. Pauline nahm sie auf und wartete, bis Annas Schürze geleert war. Dabei sah sie zum Damm hin. Wo war Bratke? War er zum Ständer gegangen? Nein, nicht mal sein Leinensack leuchtete

von dort. Es war eine Befreiung, die da aus ihr herausfuhr: „Das Gute siegt!"

Die Frauen wussten nicht, dass ein anderer, der jüngste Spross von Teichert, durch sein Erscheinen den Bratke zum Aufbruch getrieben hatte. Otto war gekommen, um ein letztes Mal das Haus seiner Vorfahren zu sehen. Von der Familie hatte er sich schon am Morgen verabschiedet. Er freute sich auf das, was auf ihn zukam. Der Frachter lag im Hafen bereit. Otto war neunzehn und unbefangen. Er fürchtete sich nicht vor der Arbeit, die ihn erwartete. Im Arbeitsvertrag wurde er als „Deckmann" geführt. Nur jeden Einzelnen der Familie, dass gestand er sich ein, würde er vermissen.

Er trat aus dem Unterholz, zögerte. Doch dann legte er entschlossen den gepflückten Blumengruß an der Haustür ab. Es sollte als allerletztes Dankesagen genügen.

Als Pauline und Anna die Stube betraten, spielten die Kinder gerade Schule. Frieda war die Lehrerin. „Was das Schicksal zusammenfügt, braucht kein Tischler leimen", lehrte sie. „Folglich ist na … na … dichtet mal weiter. Seid ihr schwerfällig! – Folglich ist jeder, der sich verheiratet, schon geleimt." Sie kicherte vor Übermut.

Emma fand das Spiel langweilig. Ihr fiel es schwer, Friedas Gedankengänge nachzuvollziehen.

Alfred glaubte, Neues parat zu haben. „Der Fremde ist gegangen!"

„Wir wissen." Die Finger der Mutter folgten dem Scheitel des Jungen. „Ist auch gut so."

„Was wollte er?" Alfred schob die Mutter behutsam von sich.

„Wir wissen es nicht. Sicher nur gucken."

„Sich erfreuen an anderer Unglück."

„Was hätte er davon? – Denke, es war das Gewissen, was ihn hertrieb!"

Alfred sah es ähnlich. „Das wird's gewesen sein. Jetzt kann er wieder ruhig schlafen."

Pauline gab Anna ein Zeichen. Diese wusste, was die Mutter bewog, die Treppe hochzugehen. Doch sie war zuversichtlich. So begann sie, die Sachen der Kinder zusammenzulegen. Hin und wieder sah sie dabei zum „Großen Kuckuck", wie alle liebevoll die Wanduhr mit dem Schnitzwerk nannten. Nun aber müsste Männe jeden Augenblick an der Tür kratzen.

Sie ahnte nicht, dass Paul auf Triebens Brücke stand, jener Stelle, die der Großvater in vergangenen Tagen mit einem Bettlaken über dem Kopf aufsuchte, um die Schieber zur Regulierung der Wassertiefe zu ziehen.

Paul war in sich gekehrt. Ihm war, als stünde er als Außenstehender hier und beobachte, was andere betraf. Es gibt eine höhere Gewalt, sagte er sich, ganz bestimmt. Ich habe sie am eigenen Leib erfahren. Als die Glückszeit vorüber war, das Spiel kippte, und der ewig betrunkene Heinrich raus zur Straße ging. Da war es auf ihn gekommen, jenes Unerklärliche, und er wusste, dass alles gut werden würde.

An der Linde, neben den Stufen, hatte sich Heinrich hingestellt und ungeniert uriniert, als Männe zum Gasthaus kam.

Heinrich brachte den Hund mit in die Gaststube. Zum Belustigung aller Gäste stellte er das Tier auf die Theke. „Ein Unterteller Bier gefälligst?" Man schäkerte und liebkoste Männe, bis einer der Spieler ganz zufällig die Botschaft am Halsband sah. Bruno Wolf, der Schneidermeister aus Prinkenau, war es schließlich gewesen, der die Sicherung löste, den Zettel auseinanderfaltete und laut vorlas: „Erscheinen augenblicklich dringlichst erbeten. Todesgefahr!" Ganz still war es nach diesen Worten im Gastraum, bis Weihs aus Sagan gerufen hatte: „Und Paul sitzt da, als ginge ihn das alles nichts an!"

Der Bann war gebrochen. Der Wirt heftete den Beweis ans Schlüsselbrett, und Wolf half Paul in die Jacke. „Todesgefahr! – Was soll noch kommen?" – „Ein Taugenichts", hatte der Wirt behauptet, „den das kaltlässt!"

Lutye, der Mann aus Breslau, war für seine Geradlinigkeit bekannt. „In den Statuten steht, Abbruch nicht vor Mitternacht des dritten Tages. – Es muss überarbeitet werden."

Paul hatte das Geld zusammengerafft, die Schuldscheine eingelöst, den Männe an die Schnur genommen und war grußlos davongelaufen.

Hier an der Brücke fand er zu sich. Nie wieder Drei-Tages-Spiele. Kein Vollhaus. Er schwor es sich. Gewöhnlich gibt es nur eine Chance. Du hast sie gehabt.

So ging er, beseelt vom Glück, nach Hause. Und je näher er kam, umso ausholender wurden seine Schritte. Er konnte es kaum erwarten, die frohe Botschaft seiner Anna kundzutun. Selbst Männe, der gut erzogene Dobermann spürte, dass etwas Außergewöhnliches geschehen war. Er presste seinen Körper beim Laufen gegen die Beine seines Herrn. Dabei sah er freudig knurrend hoch zu, bis sich ihre Blicke trafen.

Paul blieb stehen, löste die Schnur, hob das Tier an den Vorderbeinen hoch und streichelte es. „Darfst mit rein", sagte er zärtlich. Dann drehte er sich herum und zog den Riegel zurück. An der Haustür stand die Frau. „Hier", er reichte Anna die eingelösten Schuldscheine. „Alles ist gut."

Anna wankte, suchte am Türpfosten Halt. „Hast es tatsächlich geschafft", brachte sie endlich hervor.

Paul nahm sie in die Arme. „Passiert nie wieder!"

„Schwörst du's?"

„Hab ich schon. – Vorm Herrn."

Anna sah sich die Schuldscheine genauer an, rechnete nach. „Da waren nicht nur die Kühe weg, auch Haus und Stall!"

Paul holte vom Küchenschrank den Hammer und die Zigarrenkiste mit den Nägeln. Beides Überbleibsel von Teichert.

Anna wusste, was kam. Sie rückte den Tisch zur Seite. Gemeinsam zogen sie das Sofa vor. Seit Langem war das hinterste Brett des Fußbodens unter dem Fenster lose. Paul schob es zur Wand hin, sodass es sich anheben ließ. Ein dunkler Spalt tat sich auf. „Hier kommen die Schuldscheine rein", erklärte er, „zur ewigen Mahnung!"

„Müsst das Muttchen wissen!"

Der Mann erschrak. „Kein Wort zu ihr! Könnte die Schande nicht ertragen." Er faltete die Scheine zusammen, nagelte sie am Balken fest, ließ das Brett herunter und schob es in seine alte Lage.

Vom Pochen neugierig geworden, kam Pauline herein. „Hat man Geheimnisse?"

Anna tat belanglos. „Eine kleine Reparatur."

„Ein Stapel Papiere haben wir versteckt", erklärte Alfred, „wegen der Mahnung!"

Pauline sah von einem zum anderen. „Unterm Strohsack ist Aufgeschriebenes auch sicher."

„Mag sein!" Anna half, das Sofa unter das Fenster zu rücken. „Paul wollt's halt." Sie sah die Mutter fragend an. „Und das Muttchen?"

„Es füllte eine Petroleumlampe auf, damit es den Eimer findet bei Nacht."

„Eins von den neuen, kleinen Lämpchen?"

„Ja das viereckige. – Sieht wirklich schön aus, wenn's brennt."

Es war früher Morgen. Paul bestrich eigenhändig die Stullen der Kinder mit Butter und Mus aus Pflaumen.

„Als hätten wir beim Heumachen geholfen", flüsterte Emma.

Großmutter Pauline kam herunter. Ihr zitterten vor Aufregung die Hände.

„Wird Hilfe gebraucht?" Anna wischte mit einem Lappen die Fliesen um die Eimer blank.

Pauline zuckte mit den Achseln. „Unverändert."

„Geh trotzdem gucken", entschied Anna und eilte davon.

Frieda war plötzlich übel. Das kam in letzter Zeit öfter vor. Gewöhnlich war dann eine Rechenarbeit in der Schule angekündigt. Doch es war Sonntag und deshalb schulfrei.

Pauline bettete Frieda auf das Sofa in der Stube. Kaum war die Mutter gegangen, holte Frieda für die Verwandtschaft das Beste vor, und das Beste war der gehütete Weihnachtsbaumschmuck. Die schillernden Kugeln, Sterne und Ketten wanderten reihum. Sogar der kleine Arthur durfte sie anfassen. Frieda gab ihm Hilfestellung. „Vorsichtiger kann die Hebamme auch nicht sein." Sie stieg auf den gepolsterten Stuhl und reckte sich tief ins obere Büfettfach. Die Verwandtschaft sollte Großartiges erleben. – Die gute Uhr zum Umhängen von Johanna wanderte von Ohr zu Ohr. Die Uhr ging aufzuziehen und zu stellen. Die beiden Zeiger machten alles, was Frieda von ihnen verlangte. Doch wer ist für das Rücken der Zeiger verantwortlich? Derweil Emma und Frieda Mühle spielten, wollten Alfred und Arthur es ergründen. Bald wussten sie Bescheid. Die geerbte Uhr von Muttchen Johanna bestand aus vielen kleinen Rädchen. Man konnte sie wie Brummkreisel auf dem Tisch drehen lassen oder als Wasserräder zwischen Aschenbecher und Obstschale platzieren.

Die Frauen in der einstigen Mühle hatten selten so friedlich miteinander spielende Kinder wie an diesem Tag.

Kurz vor halb elf kam Doktor Franz. Er stellte sein Fahrrad gegen das Hoftor, hing Hut und Mantel darüber und lief schnellen Schrittes über den Hof.

Anna hielt dem gelehrten Mann die Tür auf und zeigte zur Treppe. „Oben, gleich rechts die Tür!"

Höflich bedankte sich der Doktor. Man hörte seine Schritte und das zaghafte Pochen. Für zwei Minuten war es still, dann kam der Doktor in die Küche hinunter. Sein Blick verriet alles.

Hinter dem Leichenwagen, der auf Bestellung am Mittag vorfuhr, lugte Albert Munske hervor. Nun sah der Spieler aus Bunzlau mit eigenen Augen, dass der Hund mit der Botschaft zu Recht das Spiel „Alles oder nichts" zum Abbruch gebracht und es mit rechten Dingen zugegangen war.

Die Jahre gingen dahin. Anna richtete noch zwei weitere Male die Wiege vor. Um Hulda und Lotte vergrößerte sich die Familie.

Paul war reifer geworden, und sein Haar auf dem Kopf lichtete sich. Doch es fiel nicht sehr auf, weil der Mann es verstand, die spärlich bewachsenen Stellen mit längeren Haarsträhnen von den Seiten des Scheitels zu überdecken.

Tagsüber pflasterte Paul die Straßen der Umgebung. Eine harte, alles abverlangende Beschäftigung. Des späten Nachmittags bis in den Abend hinein stand er mit der Frau, den fünf Kindern und der Schwiegermutter auf dem Acker.

Im Stall waren jetzt drei Kühe, von denen zwei Wagen und Pflug zogen. Am liebsten aber nahm Paul den Bottich und trug in ihm die Saat zum Feld. Dabei träumte er. Gewöhnlich vom großen Glück beim Kartenspiel. Denn das hatte er, trotz des Versprechens, nie ganz gelassen. Aber der Einsatz war jetzt kleiner. Die „Gilde" jener „Geheime Bund", wie er es Anna erklärte, forderte Treue, doch Pauls vorgespielte Krankheit ließ es angeblich nicht zu, an den Drei-Tages-Turnieren teilzunehmen. Und, weil Albert Munske aus Bunzlau total überschuldet, genau wie Paul es sich eigentlich finanziell gar nicht mehr leisten konnte, das „Vollhaus" zu praktizieren, war man im Lager der Spieler über beider Fernbleiben auf den großen Turnieren gespaltener Meinung, zumal Hochwürden Rentsch aus dem nahen Sachsen mit biblischen Worten beide entschuldigte.

Einmal hatte der Herr Pfarrer Paul zur Seite genommen. „Wie kamen Sie in den erlauchten Kreis? Seit Jahren gibt es die Hostenmühle nur noch dem Namen nach."

Paul konnte den gottesfürchtigen Rentsch nicht belügen. „Hochstapelei! – Ahnte nicht, was auf mich zukommt." Seit dieser Unterhaltung hatte Rentsch fast väterliche Gefühle für Paul. Half ihm oft, sogar mit unlauteren Mitteln. In Annas Küche am Kalender war eine dieser Hilfen festgehalten. „23.6.1910. Vom Besitzer der Hostenmühle an Erich Horn in Bolkenhain, Postscheckamt Breslau I. Gewonnene Summe zweihundertsiebenundfünfzig Mark und fünfzig Pfennige. Von Hochwürden überwiesen und zudem für weiteres Ausstehende mit vier Zahlen vor dem Komma aus der Patsche geholfen."

Anna las es immer wieder, begreifen konnte sie es nicht. Als Paul am Tag danach sämtliche ausstehenden Rechnungen beglich, ahnte sie, es war wieder einmal um viel gegangen. Dazu äußern wollte der Mann sich nicht.

Ein Mensch, der in der Stadt lebt, klatscht begeistert in die Hände, wenn er einen Hühnerhabicht für Minuten in seinem Flug beobachten kann. Ein Mensch vom Dorf lenkt seine Blicke in den Hinterhof. Wo sitzt die Henne mit dem Nachwuchs? Sind die Gänseküken eingesperrt? Noch anders verhält sich ein Mensch, der abseits von Lärm und Verkehr, mitten im Wald aufwuchs. Was mag den Habicht hertreiben? Ist vielleicht zu reichlich Nachwuchs eingetroffen? Er ist ein Teil der Natur. Er spürt am Verhalten des Hundes, ob es der Briefträger ist, der in der Schonung hustet, oder ein Fremder. Er sieht am Verhalten der Ameisen, ob es regnen wird, und am Gewicht der Katze, wie viel Mäuse es gibt. Und er weiß manchmal besser als der verantwortliche Förster, ob das Gleichgewicht in der Natur bewahrt ist oder ob es hier oder da Abweichungen gibt.

„Der Habicht war da! Geht mal schnell gucken, was los ist!"
Es ist eine Aufforderung der Großmutter, die Kinder müssen es schon tun. Weit ist es nicht zu den schlanken Fichten des „Weihnachtsbaumwaldes". Ein Sprung nur vorbei am seichten Teich, ein Satz über den verfilzten Torfgraben, die Böschung hoch in den „Bruch", dann beginnt er schon, der finster wirkende Weihnachtsbaumwald. Natürlich sitzt der Habicht nicht so nahe am Moor. Hier wird am Tage gearbeitet, und abends klingt der schabende Ton von Pauls Sense über das Wasser. Nein, hier ist es unruhig, hier sitzt der Habicht nicht. Auch nicht an der Schneise, wo das Unterholz alles ins Halbdunkel hüllt. Aber am Kahlschlag, wo die haushohen Fichten plötzlich wie eine Wand aufragen, wo Platz zum Anfliegen ist und wo der Blick über die Ebene jede Gefahr rechtzeitig erkennen lässt, hier haust er.

Er ist lange nicht so gefräßig, wie es manche gern glauben machen wollen. Er ist nicht der „fliegende Wolf", der sogar halbjährige Rehe schlägt. Nein, er hält es mehr mit nutzbringendem Verzehr. Ihm genügen Mäuse und andere kleine Tiere. Doch es gibt Jahre, wo der Verbrauch höher liegt als gewöhnlich, wo es an Nachschub fehlt. Auch in der Natur kommen Beschaffungsschwierigkeiten vor.

„Einer muss hoch", erklärte die Großmutter, welche die Neugier mitgetrieben hatte. Dann ging alles schnell.

Emma warf zwei von den drei Jungen aus dem Nest und band das Dritte als Köder an das stabile Fuchseisen. Dieses wiederum sicherte Großmutter Paulines Wäscheleine. Es konnte überhaupt nichts schiefgehen. Die drei Jungvögel waren ihnen sicher und einer der beiden Altvögel. Die Großmutter lobte das schnelle Handeln, errechnete den entstandenen Eierverlust, den der Verzehr von vier strammen Junghühnern durch das besorgte Vogelelternpaar mit sich gebracht hatte, und war bereit, eventuelles Nachjagen ohne Aufsicht durchführen zu lassen. Die Kinder schlugen sich gegenseitig auf die Schultern. Ein Zeichen ihres Stolzes und Grund zum Feiern.

Nun, eine Feier im zarten Kindesalter kann auch ohne große finanzielle Ausgaben schön werden. Sie benötigten keinen Wein, wie es bei derartigen Anlässen der Erwachsenen üblich war. Sie brauchten auch keinen Gänsebraten, um vor geladenen Gästen zu repräsentieren. Ihnen genügte Sauerkirschsaft, gebackene Äpfel und als Krönung Großmutter Paulines Pfannkuchen.

Sie saßen in der geräumigen Küche und erzählten sich Geschichten. Natürlich Jagdgeschichten. Der Vater hatte vor Jahren einen strammen Rehbock mit den bloßen Händen gefangen. Eine Überraschungsjagd, wie er behauptete. Bei scharfem Wind war er vor einem plötzlichen Sommergewitter auf die Wiese geeilt, um das Heu zusammenzutragen. Erste Blitze zuckten über dem Waldrand, in der Ferne grollte es. Der Vater war barfüßig gewesen. Fast lautlos war er auf dem satten Grasteppich dahingeeilt, besorgt den sich verfinsternden Himmel beobachtend. Um den Weg abzuschneiden, war er über eine umgestürzte Kiefer balanciert und von dort auf die Wiese gesprungen. Wenn Vater Paul die Geschichte erzählte und an diese Stelle gelangte, beschrieben seine Hände stets einen Riesensatz, so, als wäre er aus den oberen Fenstern eines Einfamilienhauses gesprungen. Er sprang also, und von der gegenüberliegenden Seite sprang der schon erwähnte stattliche Rehbock über den verschlammten Wiesengraben. – Ein fast deckungsgleicher Sprung von zwei verschiedenen Ausgangspunkten. Paul sah nur etwas Braunes auf sich zufliegen, nicht fähig, auch nur die kleinste Gegenreaktion vorzunehmen. An dieser Stelle der Erzählung wies er jedes Mal auf eine tatsächlich vorhandene hellere Haarsträhne auf seiner spärlich bewachsenen rechten Kopfhälfte hin, mit der Bemerkung, dass hier der Beweis dieser Jagd für jedermann sichtbar wäre.

Der Rehbock dagegen schaffte es, das Körpergewicht während der Flugphase auf die hinteren Partien des gestreckten Körpers zu verlagern, wodurch es eine Zweibeinlandung gab. Durch diese Reaktion bewies der Rehbock eindeutig, dass er körperlich und geistig voll auf der Höhe war und somit nicht als Glücksfang in Frage kam. Blitzartig packte Paul hin. Aber auch dafür hatte er eine Erklärung. Er, Vater Paul, brauchte nur hingreifen und schon hatte er die wuchtigen Spießer des Bockes in den Händen. Doch wie sollte der Bock die Situation meistern? Paul griff also das Tier am Geweih. Sein Griff war fest, hämmerte es doch in seinem Kopf unablässig: du oder ich. Er gab auch, so wie er es einmal in einem Film gesehen hatte, den gewissen Ruck, wodurch der Bock augenblicklich auf dem Rücken lag, stemmte sich danach voll auf Kopf und Hals, wobei er laut um Hilfe rief. So lange, bis Helfer mit Stricken herbeieilten.

Ab da sahen die Kinder den Vater mit anderen Augen. Er war ein Held, ganz klar. Ihre Achtung verstärkte sich noch wegen der soliden Kenntnisse des Vaters beim Umgang mit Kastenfallen für Ratten oder englischen Schlingen für frisches Hasenfleisch. Am meisten aber bewunderten sie sein Wissen über die gefährlichste aller Jagdwaffen, den Bumerang. Ob es die fremd klingenden Namen waren, die Vater Paul in seinen Geschichten verwendete, oder das noch nie Gesehene dieses Wunderholzes, wer weiß es. Doch wenn er auf Bitten endlich Wahrheiten über Einsatzpläne des Bumerangs ausplauderte, floss Blut. Er schilderte die Handlungen so detailliert, dass die Kinder in dem Helden jedes Mal den Vater persönlich sahen. Doch dieses einfache Hölzchen, mit so großer Treffsicherheit für sie anzufertigen, das schien unmöglich. Sogar das Aufzeichnen klappte erstaunlich schlecht. So schlecht, dass die Kinder von Mal zu Mal weniger an die Existenz dieses Bumerangs glaubten.

Erst Jahre später gelang es ihnen, Genaueres über die Wunderwaffe zu erfahren. Und wenn sie im Lexikon lasen: „knieförmig gebogenes Wurfholz der australischen Eingeborenen, kehrt bei Verfehlen des Zieles infolge seiner besonderen Gestalt zum Werfer zurück; meist Sportgerät", so kamen ihnen am Wortgehalt der Vatergeschichten wiederholt Zweifel. Bei ihm benutzten die Eingeborenen am Kilimandscharo in Afrika diese Wurfhölzer aber nicht zum sportlichen Wettkampf, sondern zur Großwildjagd. Fantasie und Groschenheft lassen eben vieles anders erscheinen.

Es war früher Mittag.

Die Gemüter in der großen Stube der Hostenmühle waren in Erwartung. Für Hulda begann ein neuer Lebensabschnitt, sie war eingeschult worden. In ihrem neuen Kleid ließ sie sich bewundern. Die Zuckertüte stand gegen den Schrank gelehnt. Den Wert einer Zuckertüte maßen die Geschwister an deren Gewicht. Die versteifte Spitze an Huldas Tüte bog um. Alle beneideten sie. Die Großmutter wischte sich den Schweiß von Stirn und Nacken.

„Sei artig, Huldachen, lade uns ein. – Nun mach schon!"

Hulda tat, wie ihr geheißen, zog mit vor Aufregung zitternden Händen am roten Schleifenband.

„Mach nur schön behutsam", mahnte Großmutter Pauline, wobei sie das Geschirr auf dem Tisch beiseiteschob. Ihre Finger suchten in der Schürzentasche nach dem Taschentuch. – Schon wischte sie abermals über Stirn und Nacken.

Hulda hatte indessen den Tüteneingang ausgeweitet und in das Behältnis hineingeschaut. „Oh", rief sie, „so viele!" Ihre Hände verschwanden in der Zuckertüte, und die Großmutter mahnte abermals: „Mach schön behutsam!"

Lotte hatte es auf dem Sofa nicht mehr ausgehalten. Sie drängelte sich vor und versuchte, in die Tüte hineinzusehen.

Hulda spannte die Muskeln, ihre Zunge sah ein wenig aus dem Mund heraus. Dann wurden kleine, weiße Flecken auf ihren Wangen sichtbar, und sie brachte einen tiefen Teller voll duftender Eierkuchen heraus.

„Hierher", befal die Mutter und langte hin. Bald aßen alle. Aßen und aßen. Nie zuvor, da waren sich alle einig, hatten ihnen Eierkuchen so gut geschmeckt.

Danach gingen die Frauen in den Stall. Das Vieh wollte versorgt sein.

Die Kinder zogen sich in die warme Ofenecke zurück. Wie gewöhnlich spielten sie „Neues Erzählen."

Emma machte den Anfang. „Ein Bauer", begann sie, „besteigt in Landau den Schnellzug nach Zweibrücken, wird aber, weil er nur eine einfache Fahrkarte hat, vom Schaffner aufmerksam gemacht, dass er Zuschlag zahlen muss, weil der Zug ein Schnellzug wäre. Der Bauer weigert sich mit den Worten: ‚Ich zahl kein Zuschlag. Fahrt langsamer, ich hab Zeit!'"

Alle klatschten, sogar Lotte. Nun war Arthur an der Reihe. „Mit einem Fallschirm ist ein Franzose aus seinem Flugzeug gesprungen. Ich glaube aus knapp dreihundert Meter Höhe. Das Flugzeug ist dann abgestürzt, aber das war Absicht. – Bonnet heißt er, der den Fallschirm ausprobierte." Diesmal hielt sich die Begeisterung der Zuhörer in Grenzen.

Alfred erhob sich. „Wie ein Gedicht geht's. – ‚Monatssprüche für Ehe lustige.‘"

„Immer diese Ehesprüche", unterbrach ihn Emma, „lass dir mal Neues einfallen!"

Alfred verteidigte sich. „Das ist neu genug. Stand erst vor zwei Wochen in der Zeitung. Und überhaupt, Du bist schon fünfzehn. Hast Glück, dass wir dich mitmachen lassen!"

„Bin in keiner Stellung nicht, wie Frieda."

„Weil dich niemand haben will!"

„Lass ihn doch", meldete sich Arthur, „mir gefällt's!"

Alfred tat beleidigt. „Wollt ihr's nun hör'n oder nicht?"

Emma lenkte ein. „Fang an!"

Alfred atmete tief. „Hoffentlich bekomme ich's zusammen. Also, das geht so: Im Januar frei kein Weib, denn da gibt's andern Zeitvertreib. Im Februar ist's auch nicht gut, weil man ihn Hornung nennen tut. Im Martio, lass das Freien sein, sonst steigt der Mars zur Frau hinein! Aprilis bringt der Narren Heer, und heirat'st du, so gibt's noch mehr. Im Mai ist die Walpurgisnacht, da nimm dich vor der Frau in Acht! Im Juni ist dann Peter und Paul, da wird gar bald die Wurzel faul. Im Juli schwitzt man so genug, darum ziehe nicht am Eh'standspflug! Wer im Auguste freien will, schickt seine Kinder in April. September bringt Michaelis bei, darum schickt sich nicht die Freierei. Oktober schafft uns neuen Wein, da haste mehr zu tun als frei'n. Martini bringt die Gans herbei, wer heiratet, hat dann deren zwei. Schlacht im Dezember deine Sau, und iss allein sie ohne Frau!"

„Das musst du mir aufschreiben!" Hulda war begeistert. „Das gefällt mir."

„Siehst du!" Alfred sah Emma herausfordernd an. „Alle kannten es eben nicht."

„Glück gehabt!"

Arthur war zur Tür gegangen, hatte gehorcht, und weil alles ruhig blieb, öffnete er die untere rechte Büfetttür. Schnell holte er einen Packen Briefe heraus.

„Du traust dir was..." Emma wollte es nicht glauben. „Wenn das Mama sieht!"

Der Bruder lenkte ein. „Sieht sie doch nicht."

Die Neugier bei Emma war größer als alle Vorsicht: „Was hast du vor?"

Arthur wusste nicht so recht, was er erwidern sollte. „Erst mal zählen." Er teilte den Briefstapel in zwei Hälften. Den größeren Packen Briefe legte er auf den Tisch, den anderen behielt er in den Händen. „Alle haben Briefmarken drauf aus Amerika."

„Was staunst du da? Ist doch logisch."

Arthur zählte die Briefe. „Sieben Stück", sagte er enttäuscht, „in sechs Jahren."

„Und nichts weiter steht drin als: ‚Mir geht's gut. – Habe ausreichend zu essen.– Spreche fast wie ein Einheimischer. – Hoffe, dass es euch in der alten Welt auch gut geht.' – Kein gutes Zeichen."

„Schwimmt einer oben, vergisst er die anderen unter sich, hat Mama gesagt."

„Sie hat aber auch gesagt, wenn einer ganz unten ist, schämt er sich und bleibt stille."

Arthur sagte nachdenklich: „Ich denk, dem Onkel geht's gut!"

Emma griff nach dem größeren Briefstapel. „Wurden die hier auch gezählt?"

„Nein! Aber es sind mehr, viel mehr! Die Frieda ist halt fleißig."

„Nur auf dem Papier!"

„Das stimmt so nicht! Sie arbeitet als Empfangsdame, das ist Verantwortung!"

„Quatsch", rief Emma altklug, „die Frieda macht sauber bei feinen Leuten!"

„Und abends steht sie am Straßenrand, sagt Papa!"

„Deshalb trägt sie auch so schicke Kleider."
„Igittigitt, wie die stinken, nach Parfüm!"

Es war kurz vor Mitternacht. Alle in der Hostenmühle schliefen. Wie aus weiter Ferne hörte Paul ein Bellen, doch Traum und Wirklichkeit verschmolzen. Er verspürte ein Befehlen, vermochte es aber nicht zu deuten. Bald gesellte sich ein lang gezogener Schabeton hinzu, rhythmisch, ohne Unterlass. Für Paul Anlass genug, sich seitwärts zu drehen. Erst als ein Knall das Bellen unterbrach, wachte er auf. Horchte. Machte sich jemand im Stall zu schaffen? Er richtete sich auf, rieb sich schlaftrunken die Augen. – Da war es wieder, dieses fordernde Bellen. Jetzt sprang Paul auf. „Männe?" Er ging zum Fenster. Durch das beschlagene Glas erblickte er den erregten Hund. Männe duckte sich, ging bellend rückwärts. „Da ist was passiert ..." Paul zog die Hosen über, lief raus auf den Hof. Sofort roch er es: „Feuer." Er sah um die Hausecke. Durch das Tor der Scheune wälzte sich weißer, milchiger Rauch. „Feuer!"
Paul lief, umsprungen vom wachsamen Männe, zur Scheune, schob den Riegel auf und warf das brennende Stroh aus der Tenne. Ohne Unterlass, mit den ungeschützten Händen.
Dann sah er die Petroleumlampe. Nach dem Füttern vergessen, lag sie umgekippt auf dem gestampften Lehm.
Drei Wochen musste Paul der Arbeit fernbleiben. Für das Kartenspielen aber gingen die sorgsam eingebundenen Brandblasenhände.

Als Lehrer Krause kam, war Anna froh, dass sie ihn allein empfangen durfte. Paul saß im Wirtshaus. Für Krauses Ansinnen, den Alfred nach Dresden zum Studieren der Malkunst zu schicken, brauchte sie, da war sie sich sicher, schon ein Weilchen, dem Paul die Zustimmung abzuringen. Ein bisschen war sie auf den Besuch des Lehrers vorbereitet. Alfred hatte ihr erzählt, dass er die Schule mit dem Dorfteich im Auftrag von Lehrer Krause viele Male auf Papier bringen musste. All diese Bemühungen hatte der kunstverständige Mann dann nach Dresden geschickt. Ein Kunstmaler, sagte sich Krause, hier aus dem Dorf, das wäre was. Ein wenig dachte er dabei auch an sich. Als Förderer und Entdecker wollte er in die Dorfgeschichte eingehen. Dass die Aufnahme zum Studium so schnell erfolgen würde, hatte der Lehrer aber nicht erwartet. Schon vier Wochen nach Abschicken der Unterlagen flatterte die Zulassung zum Studium dem Schulmann ins Haus. Eine Stiftung wollte das Studium bezahlen, ein „unbekannter Kunstfreund" das Studierzimmer.

„So viel Glück für unser Haus", rief die Großmutter, die mit am Tisch saß, „gab's seit ewiger Zeit nicht mehr!"

Pauls Hände waren abgeheilt. Seit knapp einer Woche setzte er wieder Stein neben Stein. Die Zeit drängte. Zu seinem Vesper legte Anna die Aufnahmebestätigung aus der sächsischen Stadt. Paul las lange und gründlich. In seinem Gesicht war keine Regung zu erkennen. „So, so", sagte er endlich, „man hat hinter meinem Rücken nach Dresden geschrieben. Der Herr Sohn will Künstler werden." Er stand auf, zog den Riemen aus den Hosenschlaufen und packte Alfred. „Da habt ihr die Antwort!" Der Riemen pfiff durch die Luft. Einmal. Zweimal. Dreimal. Der Junge verzog keine Miene. „Wirst ein Arbeiter, wie dein Vater! – Die Flunkern mit der Kunst streiche aus deinem Kopf!" Er ließ von Alfred ab, zog die Jacke über und ging auf geradem Weg zum Wirtshaus.

Arthur tröstete den Bruder. „Ich räche dich. Wart's ab! Trainiere bis zum Umfallen. Versprochen. Lass mich erst mal stark sein!"

Es verging der Rest des Nachmittags und die Hälfte der Nacht, ehe Paul zurückfand. Anna wunderte sich. Er hatte vor dem Kartenspiel eingekauft. „Wohl das schlechte Gewissen, das dich dazu trieb", sagte sie leise und zog Paul die Schuhe von den Füßen.

Danach legte sie ihn in der großen Stube zur Nacht. Heimlich durchsuchte Anna dabei seine Hosentaschen, doch außer dem Klappmesser fand sie nichts. In der Küche lag, über einen Stuhl geworfen, Pauls Jacke. Sie fühlte auch hier die Taschen ab. – Es knisterte. Ein Schuldschein? Anna wagte kaum hinzusehen. Zweihundertsiebenundfünfzig Mark und fünfzig Pfennige. Ihre Neugier wuchs. Wer kriegt's? Erich Horn aus Bolkenhain. Sie musste sich setzen. Lange, sagte sie sich, hältst du dieses Leben nicht mehr aus. Doch dann dachte sie an die Kinder und betete, dass wenigstens diese es einmal besser haben sollten.

Emma fand eine Anstellung als Hausmädchen, und Alfred hielt nach einer Lehrstelle Ausschau. Noch immer in seinem Stolz gekränkt, wollte er dieses Vorhaben selbst bewerkstelligen. So ging er zum Glaswerk. Zufällig lief er Herrn Direktor Menzel über den Weg. Dieser, aus der Packhalle kommend, blieb stehen. „Man sucht Arbeit?" Menzel sah an Alfred herunter, bis sein Blick auf dessen nackten Füßen hängen blieb.

„Glasmacher", stammelte Alfred, „das wäre was."

„Hat man das Glaspressen schon mit eigenen Augen gesehen?" Alfred schüttelte den Kopf. „Eigentlich nicht."

Menzel machte auf den Absätzen kehrt. „Folge er!"

Alfred kam aus dem Staunen nicht heraus. Er spürte nichts von den Gasen und der Hitze am Ofen. Wie durch einen Schleier sah er das Aufnehmen des flüssigen Glases durch die Anfänger, ihr Füllen der Formen. Die präzisen Schnitte der Presser. Das Gefühl der Männer für den richtigen Druck. Und dann das Geschaffene. – Schalen, Schüsseln, Gläser. Dabei diese Farben. Es war eine neue, wundersame Welt, die da auf Alfred einwirkte, die ihn faszinierte und nicht mehr losließ. Sein Entschluss stand fest. Hier wollte er mittun.

Menzel war angetan von Alfreds Begeisterung. Fast beiläufig sagte er: „Morgen früh, Punkt sechs ist er am Tor!"

Am folgenden Tag kam für Alfred die Ernüchterung. Neben dem Werktor stand eine Karre mit Besen und Schaufel. „Hof fegen ist angesagt!" Die Frauen aus dem Packschuppen verkündeten es ihm schadenfroh. Alfred machte sich verärgert daran, den Hof aufzuräumen.

Bis zum Feierabend hatte er es geschafft. Er wusste nicht, dass Menzel ihn vom Schreibtisch seines Büros aus beobachtete.

Am nächsten Morgen war die Karre weggeräumt. Klara, die Vorarbeiterin aus dem Packschuppen, kam Alfred entgegen. „Musst zum Packen!" Ganz so gehässig klang das nicht mehr. Fortan verpackte Alfred Aschenbecher in große Holzkisten. Vier Monate lang. Er wurde schon unruhig. Hatte Menzel ihn vergessen? Doch dann, an einem Sonnabend, kurz vor Feierabend, suchte Direktor Menzel ihn auf. „Ab morgen ist er Sortierer!" Alfred stammelte: „Dank auch!" Er wurde zuversichtlich. Allmählich ging es in Richtung Werkstätte. Der ersehnte Beruf eines Glasmachers rückte näher. Nach weiteren drei Monaten kam Alfred auf „Anordnung" in die Schleiferei. Längst fiel den anderen Beschäftigten auf, dass Menzel seine schützenden Hände über Alfred hielt. „Du kriegst deine eigene Werkstelle", behauptete einer der Lehrjungen beim Frühstück. „Bist das Zugkind des Alten."

Bisher war der Krieg für die Bewohner der Hostenmühle etwas weit Entferntes, von dessen Existenz man wohl gehört, der aber von anderen gemacht und unterhalten wurde. Nun war der Einberufungsbefehl für den Ernährer ins Haus gekommen. Das änderte die Situation grundlegend. Alle anstehenden Arbeiten wollten neu verteilt sein, ein Notdepot errichtet, Reisig und Waldspreu bevorratet werden. Und, obwohl es eigentlich unpassend war, wurde eines der Schweine geschlachtet. Wer konnte schon sagen, wie es ausging? Noch am letzten Abend versuchte Paul, den von Anna verwahrten Notgroschen beim Kartenspiel aufzubessern. Vergeblich. So stand die Frau mit den Kindern ohne finanziellen Rückhalt da.

Die Glashütte arbeitete fortan mit angeworbenen Arbeitskräften aus den entlegensten Winkeln des Landes. Für die Alteingesessenen kam hierdurch ein guter Zuverdienst ins Haus. Unterkunft und Beköstigung warfen manchen Groschen ab.
Alfred erkannte trotz seiner Jugend den Ernst der Stunde. Fortan züchtete er Kaninchen. Als Abnehmer des begehrten Fleisches kamen Glasmacherfrauen und andere Logikbetreiber in Frage. Das Geschäft florierte.
Nur die Großmutter wurde zusehends schwächer. Um ihr Herz anzukurbeln, musste Kaffee her. Bisher war es Anna stets gelungen, welchen herbeizuschaffen, doch je länger der Krieg dauerte, desto schwerer fiel ihr diese Sache.
Frieda stand im dreiundzwanzigsten Lebensjahr. „Ick habe was Festes", sagte sie, und schob ihren Geliebten beim zweiten Nachhausekommen vom Hauptstadtgang in die Stube der Hostenmühle. „Ein Großstädter, Franz mit Namen!"
„Sasse, heißt er weiter", vervollständigte ihr Zukünftiger.
Frieda kicherte. „So ist es. Und ein Späßchen hat der Jute stets parat."
Pauline war skeptisch. „Wenn's dabei bleibt." Sie überlegte einen Augenblick, dann fragte sie unumwunden: „Das mit dem auf der Straße steh'n, ist gang und gäbe?"
„Seit Kurzem passé!", fiel ihr Frieda ins Wort. „Franz mag's nicht mehr."
„So, so, der Franz." Für die Frau war Friedas Lebenswandel nicht nachvollziehbar. Überhaupt teilte sie alle Menschen in Gute und Böse ein. Selbst die eigenen Kinder. „Beim Kindersegen, sieben-

mal Abfall", hatte sie vor Kurzem verkündet, „wohl normal und vertretbar."

Die Papiere waren von Pauline längst in Ordnung gebracht. Seit ihrer vierten Ehe, der zweiten mit Johann Gottfried Seiler, vor fast zweiundvierzig Jahren, stand sie der Hostenmühle vor. Solange das Muttchen lebte, war diese von der Tochter nie übergangen worden, hatte bei allen Entscheidungen das letzte Wort, die entscheidende Stimme gehabt. Nun gab Pauline das Zepter an Anna weiter. Alles war dazu gesagt.

Von einem Arbeitskollegen erfuhr Alfred, wie man gutes Geld verdiente. „Seit jeher sind Pelztiere die Renner, werden mit Gold aufgewogen." Stimmte das, stand einem neuerlichen Geschäft nichts im Wege. Alfred überlegte: „Sind Maulwürfe nicht auch mit einem Pelz gesegnet?"

Seit diesem Tag spannte er die Maulwurffallen. Arthur und Hulda gingen mit auf die Wiese.

Alfred schob das „Schlachtgestell", das wie ein Miniaturgalgen aussah, in die weiche Wiesenerde. Dann griff er, ohne aufzustehen, mit der Linken nach hinten. Dort stand Hulda, und bei ihr lagen die gefangenen Maulwürfe.

Hulda reichte ihm eines der Tiere. „Lohnt sich die Arbeit, Alfred?"

„Arbeit lohnt immer!"

„Aber essen werde ich kein Stück davon."

Alfred erhob sich. „Essen möchte ich die Viecher auch nicht."

„Warum ziehst du sie dann ab?"

„Wegen der Felle!"

Hulda atmete auf. „Gott sei Dank!"

Alfred kauerte sich wieder auf die tropfnasse Wiese. Er wickelte den kleinen Wildfänger aus und begann, den ersten Maulwurf zu häuten. Wie viele Maulwürfe müssen wohl ihr Fell hergeben, damit der eitle Mensch einen einzigen Mantel für sich nähen kann? Hulda fragte den großen Bruder. Er wusste es auch nicht. „Man kann's errechnen."

Hulda rechnete. Das Rechnen fiel ihr schwer, weil ein Mantel verschieden groß sein kann.

„Man muss halt wissen, für wen", belehrte sie Alfred.

Hulda dachte an einen Mantel für die Großmutter. Ein Mantel ist aber leider nicht quadratisch. Und ein Mantel besteht aus mehreren Teilen, die wiederum sehr unterschiedlich in Größe und Form sind. Kurz, so sehr sich Hulda auch bemühte, das Errechnen der Maulwurfmantelopfer gelang ihr nicht.

Alfred machten ihre Bemühungen Spaß. Er wollte wohl nicht allein sein auf der Wiese. „Mach dir doch eine Zeichnung auf dem Wiesenweg!"

„Keine schlechte Idee." Hulda lief zum Weg und begann, alle Teile eines Großmuttermaulwurfmantels hinzumalen. „Wie lang sind Großmutters Arme, Alfred?"

„Komm her und messe bei mir!"

Hulda maß beim Bruder mit einem Strohhalm die Arme ab. „Und an welche Mantellänge denkst du?"

„Wenigstens bis an die Knie." Alfred zeigte Geduld.

Das Spannbrett füllte sich. „Zählst du mal nach?"

Hulda zählte einundzwanzig winzige Felle, bevor sie abermals zum Wiesenweg lief. Man kann die Felle auch aufmalen, überlegte sie.

Hinter den dichten Brombeersträuchern am Waldrand raschelte es. Hulda horchte. Vielleicht ein Reh? Jetzt kam das Rascheln mehr vom Wiesengraben. Dort konnte ein Reh sich nicht verstecken. Sicher ein Hase. Doch derart nah? Hulda schlich vorsichtig zum Graben. Nichts rührte sich. Dann abermals Rascheln. Diesmal am Staubrett. Das war kein Reh. Auch kein Hase. Das war Arthur.

Langsam schlenderte Hulda zur Mantelzeichnung zurück, tat, als interessiere sie das Rascheln überhaupt nicht. Sie hob nicht einmal den Kopf, als es keine zwei Schritte hinter ihr an der Birke kratzte. Wer hatte die stärkeren Nerven? Na? Sie vergaß fast, dass sie die Felle abmessen wollte.

Alfred sah herüber. „Macht Arbeit, was?"

„Mm." Hulda griff nach ihren Maßstrohhalmen.

„Spielverderber", rief Arthur und stellte sich ihr in den Weg.

„Verlierer! Verlierer!", konterte Hulda und malte die erste Maulwurfhaut in den Sand.

„Wie lange wird's dauern?", fragte Arthur, als sie den zweiten Ärmel vermaß. Hulda hörte deutlich seine Ungeduld. „So was frisst Zeit!"

Endlich war sie mit dem Einzeichnen der winzigen Felle am zweiten Ärmel fertig. „Wer wird dir die Maulwurffelle abkaufen, Alfred?"

Der große Bruder zog die Schultern hoch. Er wusste es nicht. „Jemand wird sich schon finden", erwiderte er endlich. „Ich frage den Fleischer."

Hulda fand das nicht gut. „Biete die Maulwurffelle einem an, der gerbt!"

„Kennst du jemand?"

„Leider nicht."

Alfred erhob sich und blickte zum Wald hin. Anfangs sah es aus, als erwarte er Hilfe von dort. Doch er stand und stand. Und bald verrieten seine zusammengekniffenen Augen, dass er sich stark machte, es allen zeigen wollte.

Hulda kam sich überflüssig vor. Sie verschob ihre Maulwurfmantelberechnung auf später. „Spielen wir woanders?", fragte sie Arthur und drängelte ihn in Richtung Garten.

„Von mir aus. – In der Scheune?"

Hulda sprang übermütig über den Graben. „Wie du willst."

Den Hof betraten sie durch das Gartentürchen. Fast gleichzeitig sahen sie einen Mann am Tor. Wer war das?

„Kommt nur!" Es war die Stimme des Vaters. Sie vergaßen das Spiel in der Scheune und liefen zum Tor. Wie anders der Vater in seiner Uniform wirkte. So unnahbar. Sein Gesichtsausdruck aber war warm, nur die Augen blickten müde. Sicher vom langen Unterwegssein.

Die Haustür tat sich auf. Die Mutter rief: „Ist es möglich?" Sie warf die Pantoffeln weg, raffte die Haare am Hinterkopf zusammen und lief dem Mann in die Arme. Kein Wort fiel, bis die Kinder sich dazwischendrängten.

Da räusperte sich Paul fast verlegen, sodass Anna von ihm abließ. Sie sah auf die Kinder herab und sagte: „Nun ist euer Papa wieder da, für ein paar Tage. Nicht wahr, da freut ihr euch." Erst jetzt sah sie sich Paul genauer an. „Bist du gesund, Paul?"

„Denk schon."

„Da bin ich froh! – Geh'n wir ins Haus."

Großmutter Pauline scheuerte gerade den Flur. „Herrje", rief sie, statt einer Begrüßung, „nichts ist fertig. Am liebsten wäre mir, ihr bleibt noch eine Weile draußen!"

„Von wegen", erwiderte Anna. „Guck, wer da ist!"

Paul reichte der Schwiegermutter die Hand. „So viel Zeit muss sein."

Pauline drückte den Rücken gerade. „Hast, wie ich sehe, das Gemetzel bisher verkraftet." Sie ergriff die gebotene Hand, sah Paul in die Augen und fragte: „Warst du schon am Feld?"

„Wann sollt ich?"

„Warst du wenigstens im Stall?"

„Bin gerade erst gekommen!"

„Aber die Anmeldung zum Kartenspielen hast du gemacht. – Brauchst nicht streiten, weiß es!"

Anna ging dazwischen. „Aber Mutter! Gleich bei der Begrüßung das Kriegsbeil ausgraben, muss das sein?"

„Lass mich in Ruhe! – Riecht er nach Bier, ja oder nein? Siehst du! Und wo hat er's geschlürft? In einer Schenke, leuchtet dir doch ein. Und was besprach er dort? Das nächste Kartenmischen. Ist doch klar!"

Zur Verwunderung der Frauen sagte Paul darauf: „Lass gut sein, Anna, deine Mutter hat recht." Und ein wenig verhalten fügte er hinzu: „Kann einfach nicht aus meiner Haut." Danach zog er die Tabakspfeife aus der Tasche und begann, die Hosentaschen nach dem Tabaksbeutel abzuklopfen. Ohne Eile stopfte er die Pfeife. „Das ‚Alles oder nichts', ihr wisst schon, das Turnier ums Ganze, ist ein für allemal abgehakt!"

„Zum wievielten Mal?" Pauline war unerbittlich.

„Diesmal stimmt es! – Den geheimen Bund, es gibt ihn nicht mehr. Das hat der Krieg gemacht."

Ehrfurchtsvoll faltete Anna die Hände. „Dass ein Krieg Gutes bewerkstelligen kann ..." Sie wollte sichergehen und fragte deshalb: „Kommst wirklich nicht schnurstracks vom Bahnhof?"

Paul sah zur Schwiegermutter hin, zündete seine Pfeife und erwiderte: „Ein kleiner Abstecher. Zwei Bier." Er ging zur Tür. „Nun sehe ich nach dem Vieh."

„Nicht mit der Piepe im Maul!", empörte sich Pauline.

„Nein, nein." Paul legte die Pfeife auf den Aschenbecher. „Ein kleines Spiel", räumte er dann ein, „wird's schon noch geben. Mit Spielern aus der Umgebung."

„Man denkt an Bierlehmann, Woslick, Friedrich und Wenske, den Haarekürzer?", fragte Pauline.

„Wäre eine gute Runde."

Man sah Pauline die Skepsis an. Sie ging zur Futterküche. Dort hörte man sie mit den Eimern schimpfen.

Paul inspizierte die Stallungen. Er war verwundert, in welch gutem Zustand sich das Vieh befand, trotz seiner vierzehnmonatigen Abwesenheit.

Danach ging er zum Ständer, jener Stelle, von welcher Bratke das Anwesen eingesehen hatte. Hier setzte er sich hin und sann über sein Leben nach. Eine Woche Fronturlaub, überlegte er, was ist das? Dann geht es wieder raus in den Splittergraben mit Helm und Gasmaske.

Als Hulda und Lotte kamen, Paul ihre kindliche Unbeschwertheit erlebte, verflog die Schwermut, kam sein Lebenswille zurück.

„Trägst du jetzt alle Tage die schöne Uniform, Papa?", fragte Lotte, „oder ziehst du sie beim Misten aus?"

„Aber Kind, sobald wir im Haus sind, kommen die Klamotten hier runter und weg damit in den Schrank."

„Nie wieder fort?"

„Glaub's nur! Die ganze lange Woche nicht."

Lotte streichelte das grobe Soldatentuch. „Siehst schön drin aus!"

Hulda wunderte sich. „Du musst in einer Woche wieder weg, Papa?"

„So ist es. Der Feind ruft!" Vater Paul erhob sich. „Geh'n wir, das Vieh will versorgt sein!"

„Kannst es nicht wissen", belehrte Hulda den Vater, „Großmutter stampfte schon die Kartoffeln und brühte Kleie auf."

Lotte zog den Vater am Arm. „Großmutter Pauline fütterte bereits das Schwein und die Kühe."

„Und der Hund hat frisches Wasser gekriegt. Danach holte Großmutter Pauline die Schafe von der Weide."

„Dann trug sie Körner in den Hühnerstall und stellte der Katze frische Milch hin."

„Guck mal, jetzt bringt sie die zweite Brut von den Gänsen in den Verschlag."

„Dass sie uns nur nicht fällt! Sie schlürft wieder, macht ganz kurze Schritte über den abschüssigen Hof. – Wenn Mama nur bald Kaffee kriegen würde für Großmutters müdes Herz."

In der Futterküche band Lotte die nach Harz riechenden gehackten Holzscheite mit einer Schnur aneinander und ließ das Ganze als Kohlenzug am Ofen vorbeipoltern. „Nein, unsere Lotte", freute sich Pauline, „solche Einfälle aber auch." Sie wischte, wie gewöhnlich, den Schweiß von Stirn und Nacken, ergriff einen Eimer und ging hinaus.

Als Lotte nach drei oder vier Runden mit ihrem Kohlenzug, das Fahren mit leeren Waggons überdrüssig, zum Beladen ausgerechnet die drei Tage alten Gänschen holte und sie durch rohe Gewalt zum Sitzen auf den sperrigen Holzscheiten zwang, überlebten nur sechs von acht die Prozedur.

Die Arbeit, der Stress mit den Kindern und die plötzliche Heimkehr des Mannes, das alles zusammen verkraftete Anna nicht. Sie musste sich ins Bett legen.

Gegen Abend kam die Schelken. „Am Sandberg steht Kochan mit Radbruch! Der Dritte in diesem Jahr dort mit Schaden. – Doch darum geht's nicht." Sie sah Anna tief in die Augen. „Bist schmal geworden ..."

Anna seufzte.

Die Schelken trank einen Schnaps und noch einen. Sie warf einen weiteren Blick auf die Kranke, drehte den Wecker, der auf dem Nachtschrank stand, herum, sodass sie das Zifferblatt sehen konnte, und sagte: „Ließ alles liegen, wegen dir. Bin nicht mal mit dem Füttern am Ende!"

Anna richtete sich im Bett auf und goss das Glas der befreundeten Frau nochmals bis zum Rand voll.

Die Schelken konnte es kaum erwarten. „Auf deine Gesundheit, Anna!" Sie verzog das Gesicht, als hätte sie Salzsäure geschluckt.

Anna sah sie fragend an. „Kommst nicht ohne Grund ..."

Die Schelken wehrte ab. „Nichts von Bedeutung, Anna. Nur, man macht sich halt seine Gedanken!"

„Rede schon", ermunterte sie Anna.

„Weißt selbst, in ein paar Wochen ist der Spargel so weit."

„Aber, aber! Bis dahin steh ich ganz sicher auf festen Beinen." Anna lachte verächtlich. Sie wurde plötzlich stark und richtete sich im Bett auf. „Brauchst dich um keine anderweitige Arbeitskraft kümmern. Werde zur Stelle sein!"

Derweil beobachtete Arthur ein Ameisenvolk, das auf Raub auszog. Die Tiere benutzten eine ausgelaufene Straße quer über den Hof. Arthur kratzte eine Querrinne in die Ameisenstraße, aber das emsige Treiben hielt er damit nicht auf.

Er suchte sich einen Ast und legte ihn quer über die Ameisenstraße. Umsonst. Nicht mal eine Stockung trat ein. Arthur war begeistert. Was trieb die Ameisen? Weshalb umliefen sie das Hindernis nicht? Er sann, wie werden die Ameisen reagieren, wenn ich ihre Straße unter Wasser setze? Werden sie dann vielleicht neben der überschwemmten Straße weitermarschieren oder ihren Raubzug ganz und gar einstellen? Er sah sich um. Ein Napf oder dergleichen müsste her. Am Stall stand ein Eimer. Doch so weit weg wagte Arthur sich nicht. So gab er den Gedanken einer Ameisenstraßenüberschwemmung auf.

Vor der Scheune riss Arthur eine Handvoll Grashalme ab und flocht daraus eine Kette. Es wurde eine schlechte Kette. Sie zeugte von wenig Liebe. So war er froh, als man ihn rief.

An seinem dritten Fronturlaubstag ging Paul ins Dorf. Er wollte sich zeigen und ein Spielchen wagen.

Bei Bier Lehmann machte er Halt, trank ein Bier mit einem Klaren und hörte sich das Neueste aus den umliegenden Dörfern an.

Die füllige Chefin fragte: „Kublick war Pflasterer wie du?"

Paul nickte. „Erst kurz vor meiner Einberufung wechselte er in die Brikettfabrik."

„Kennst ihn also. Er ist in aller Munde. – Nach Schichtschluss, Freitag vorige Woche, ging er mit mehreren Kumpels in die Kantine. Dort leerten sie eine Flasche selbst gemachten Kirschlikör. Wie nicht anders zu erwarten, wollte Kublick danach mehr. Das stieß Steinberg, seinem Schichtleiter, auf. Für eine Weile ging er deshalb nach draußen, und als er wieder herein-kam, brachte er eine volle Flasche Korn mit. ‚Trink dich satt!', verlangte er. Kublick bedankte sich brav, setzte die Flasche an, spuckte, wurde rot wie ein Krebs und schrie: ‚Veralbern kannst du einen anderen!', Schon flog die Flasche gegen die Wand. ‚Bist du verrückt geworden?', rief nun seinerseits Steinberg, ‚der gute Korn!' – ‚Von wegen Korn. Gemeines Leitungswasser war in der Flasche!' – ‚Leitungswasser? Du spinnst wohl!' – Kublick war sich seiner Sache sicher. ‚War es Schnaps, brennt's.' – Steinberg nahm daraufhin seelenruhig die Streichhölzer aus der Tasche, trat an die Lache und zündete sie an. – Und sie brannte! Natürlich war es ein abgekartetes Spiel. Aber seit diesem Tag säuft Kublick nicht mehr."

Paul hatte amüsiert zugehört. „Wegen Kublick", sagte er dann, „gab es vor Jahren schon mal Gerede. Vergesse es nie, wie er randvoll in der Bahnhofskneipe vom Stuhl kippte. Geibert Fritz, gewöhnlich nicht gerade der Schnellste, lief zur Tischlerei und holte einen Sarg."

„Kann mich erinnern." Die Wirtin füllte die Gläser. „Mattusch bekam später Ärger. Man munkelte hinter vorgehaltener Hand, dass gebrauchte Särge bei ihm zur Auslieferung kämen."

„Ja, ja, die lieben Volksgenossen. – Der mit dem mittelschweren Hut war Kublick auch?"

„Gott bewahre! Das war Possack Emil."

„Jetzt fällt's mir ein!"

„Jener war zum Frühschoppen gegangen. Man konsumierte auf die nüchternen Magen ein wenig zu viel. Emil hatte Mühe, den Weg nach Hause zu finden. Vielleicht schämte er sich auch ein bisschen, so zur sonntäglichen Mittagszeit herumzulaufen. Jedenfalls setzte er sich auf einen Sims und schlief ein."

„Weiß schon, nach einer guten Stunde wachte er auf. Die Erinnerung kam zurück. Aha, dachte er, bist eingeschlafen auf dem Weg zu Muttern."

„Genauso wird es gewesen sein!" Die Wirtin stellte die Biergläser auf den Tisch. „Und dann fiel sein Blick zufällig auf seinen Hut, den er, aus was für Gründen auch immer, in den Händen hielt."

„Und was entdeckte er da?" Paul spielte belustigt mit. „Über sieben Mark!"

„Erinnere mich, Fremde waren im Dorf. – Und eine Hochzeitsgesellschaft kam aus der Kirche ..."

„Wie Possack auch herumrennt. Kein Wunder, dass er Mitleid erweckte." Paul nahm einen kräftigen Schluck. „Dein Mann, Senta-Adele, hat zufällig Zeit für ein Spielchen?"

„Er weiß, dass du hier sitzt. Schließt nur ein Fass an, dann kommt er. Sei unbesorgt!"

„Und der dritte Mann?"

„Gewöhnlich kommt Friedrich nach dem Mittag vorbei."

„Hoffen wir das Beste!"

„Wenn nicht, spiele ich zwei Runden mit!"

Paul nickte anerkennend. „Wahrlich, ein sauberes Angebot."

Senta-Adele spülte die Gläser. Hin und wieder seufzte sie. Bald kam sie und setzte sich ihrem einzigen Gast gegenüber. „Man munkelt, dein Ältester fängt Maulwürfe und zieht sie hinterher ab ..."

„Hat er getan. Ist was Wahres dran!"

Die Wirtin spielte mit der Tischdecke. „Nur nebenbei, wird er die Felle überhaupt los?"

„Was soll man dazu sagen? Beim Fellaufkauf in der Stadt wussten sie wohl nichts damit anzufangen."

„Hab ich mir gedacht!" Die Frau fühlte sich bestärkt.

Paul nahm abermals einen Schluck. „Alfred soll den Sack mit den Fellen genauso wieder nach Hause gebracht haben, wie er mit ihm losfuhr!"

„Stimmt's also doch!"

„Natürlich. ‚Initiative wird leider nicht belohnt!' – Alfreds Worte."

Die Wirtin räkelte sich. „Hat dein Junge denn viele Maulwürfe gefangen?"

Paul hörte Neugier, aber auch Schadenfreude in ihrer Frage. Trotzdem erwiderte er artig: „Ein Kartoffelsack, zwei Handbreit voll!"

Die Wirtin lehnte sich zurück. Sie hatte mehr erwartet. „Was soll nun werden?"

Paul spürte, die Frau machte sich echt Gedanken. „Lassen wir es auf uns zukommen", erwiderte er deshalb betont ruhig. „Kommt Zeit, kommt Rat!"

Der beleibte Bierverleger, kam. Er räusperte sich. Die letzten Worte des Gespräches hatte er wohl gehört. „Was ist der einzelne Mensch?", fragte er. „Hat das Wort des Einzelnen Gewicht?"

Paul kannte Lehmann allzu gut. Er wusste, dass der Mann gern philosophierte. „Denke manchmal schon", erwiderte er und reichte dem Wirt die Hand. „Natürlich, Weltveränderndes wird der Einzelne nur selten zuwege bringen. Dann muss er schon ein Genie sein. So ein Miniaturrädchen aber, wie es dort in der Stadt sitzt, ist für die Gesellschaft ohne Bedeutung. Ein Nichts. Ein kaum spürbarer Bremser."

„So ein Nichts kann seine Mitmenschen aber ganz mächtig verärgern!", rief Senta-Adele erregt dazwischen.

Ihr Gatte fuhr unbeirrt fort: „Hinausschieben kann er etwas, doch aufhalten niemals! Wie sollte er auch? Jedes losgelöste Individuum vom Allgemeinwohl muss sich zwangsläufig den eigenen Strick drehen!"

„Das ist einleuchtend, wie die Prophezeiung, dass dem Winter ein neuer Frühling folgt!" Die Lehmann war ganz bei der Sache. „Wie heißt denn dieses Nichts? – Mann, sag's schon. Gerste?"

„Nein, Hopfen", bekundete der Gatte. „Wahrscheinlich stark verunreinigt. Ausschuss!"

„Wollt ihr wissen", fragte Paul, „was er meinem Alfred sagte, als dieser den Sack auf den Tisch stellte? – ‚Ein Mäusefänger beehrt uns!' Nun sagt selbst, ist dieser Hopfen blöd oder nicht?"

„Mäusefänger hat er deinen Jungen genannt?" Die Lehmann schüttelte sich.

„Und wie er die Felle begutachtet haben soll ... Mit zwei Fingern hob er sie an. – Der Große machte es uns vor."

„Hat dein Junge dem Hopfen denn nicht gesagt, dass es sich um Maulwurffelle handelt?"

„Hat er!"

„Na, und dann?"

„Ob Maulwurf, Ratte oder Maus! Alles Ungeziefer."

„Verstehe", rief die Lehmann, „dieser Hopfen hat in seinen schlauen Verordnungen nichts über Maulwurffelle stehen, deshalb interessieren sie ihn auch nicht!"

„Auf die Idee, sich schnell mal schlauzumachen, ist er natürlich nicht gekommen."

„Natürlich nicht." Paul hob sein Glas. „Lassen wir's gut sein!"

Senta-Adele tat es ihm gleich, nahm einen kräftigen Schluck und reichte danach ihr Glas dem Gatten. „Mache es leer!"

„Aber immer!"

„Weißt du übrigens, Paul", fragte Senta-Adele dann, „dass mein Angetrauter fleißig beim Werkeln ist? Ein Stall entsteht hinter der Abfüllung."

„Was wollt ihr einsperren?" Paul war in Erwartung.

„Zwergziegen!"

„Zwergziegen? Gibt es überhaupt welche?"

„Selbstverständlich. Ich war bei Kunert. Habe bei ihm mehreren den Hals gekrault."

„Es war'n nicht zufällig junge Ziegen?"

Senta-Adele sah Paul von der Seite an. „Wofür hältst du mich?"

Paul lenkte ein. „Bin nur skeptisch, weil ich noch keine gesehen habe. – Und weshalb wollt ihr unbedingt Zwergziegen anschaffen?"

„Weil uns die Tierchen gefallen", erklärte die Frau ihm gegenüber, „und weil sie anspruchslos sind!"

Paul überlegte. „Wie kommt es eigentlich zum Zwergwuchs der Ziegen? Hat doch alles seine Ursache."

„Schlechte Haltung über viele Generationen", erklärte ihm Senta-Adele und fragte anschließend: „Was glaubst du, Paul, wiegt eine neugeborene Zwergziege?"

„Woher soll ich das wissen?"

„Na, schätzen wirst du doch können!"

„Du bist mir eine! Schätzen, ohne je so'n Tier gesehen zu haben!"

„Nur aus Spaß."

„Gut, sagen wir ein Kilo?"

„Donnerwetter", rief die Lehmann, „bin überrascht! – Knapp neunhundert Gramm wiegen neugeborene Zwergziegen."

„Da lag ich wirklich gut."

123

Das Thema Ziegenhaltung trug lange zur Unterhaltung bei. Kann man Zwergziegen, wie ihre großen Verwandten, melken? Wie viel Milch geben sie und mit welchem Fettgehalt? Sind es vielleicht Feinschmecker? Muss der Stall beheizt werden? Das Ziegenthema schien unerschöpflich, und es hätte wohl noch eine ganze Weile die Gemüter erhitzt, wäre da nicht Woslick gekommen. So stand einem Spiel mit den Karten nichts mehr im Wege.

Am späten Abend, als die Karten ruhten, und Bierverleger Lehmann eine Freirunde gab, tat Woslick allen kund, dass er auf Gemüse setzte. Seine Skatfreunde sollten seine ersten Kunden sein. Das Gartenland, dem Kiefernwald abgerungen, war mager. „Willst du auf solchem Boden etwas ernten", erklärte er, „musst du investieren! Mutterboden, Mist, Kompost. Reihum, ohne Pause."
„Und wie lange", fragte die Lehmann, „glaubst du, hält das dann an?"
Woslick nahm die Karten vom Tisch und mischte, ohne hinzusehen. „Wir denken stets ein Jahr!"
„Verstehe ich dich richtig", fragte Max, „dieses Jahr Mutterboden, im kommenden Jahr Mist, im folgenden Kompost und so weiter?"
„Anders geht's nicht! Der Kies hier, ein Spaten tief überall, frisst unablässig an der Krume."
„Es sei denn", mischte sich Paul ein, „ihr nehmt ihn drei Spaten tief raus!"
„Stückweise haben wir das schon gemacht. – Weißt du, was das für Arbeit ist?"
„Schlimmer als Straßenpflaster verlegen, kann's nicht sein."
„Aber weniger auch nicht."
„Und der Kies selber, wie sieht er aus?"
Woslick zog die Schultern hoch. „Wie Kies eben aussieht!"

„Geht er zum Bauen?"

„Gesiebt allemal. – Denkst du an was Bestimmtes?"

„Klar", Paul trommelte mit dem Mittelfinger auf die Tischkante. „Unser Schwein hätte ein Leichtes, um auszubrechen. Irgendwann wird der Krieg vorbei sein."

„Ist gebongt! – Sag den Frauen Bescheid. Nicht dass ich die Tour zu euch raus mit dem Braunen umsonst mache!"

„Nein, nein. Abgesprochen ist abgesprochen."

„Das finde ich aber wacker von dir, Paul", sagte Senta-Adele, „obwohl du wieder an die Front musst, hegst du Pläne für die Zukunft!"

„Halt mich eben strikt an die Worte von unserem Muttchen, der Mutter meiner Schwiegermutter, ihr kennt sie ja noch. Die behauptete: ‚Einer aus der Hostenmühle stirbt in keiner Fremde nicht. Das macht er mit Würde daheim.'"

Woslick war von Pauls Worten angetan. Er schlug diesem mit der flachen Hand freundschaftlich auf die Schulter und rief: „Dann halte dich dran, mein lieber Paul, und mach eurem Muttchen keine Schande!"

„Das ist wahr", fügte Lehmann hinzu, „eine Nachrede als falsche Prophetin hat sie nicht verdient!" Er wurde ernst. „Wie lange ist es eigentlich her?"

Paul musste nicht erst überlegen. „Am zwanzigsten April werden es zehn Jahre, dass unser Muttchen die Augen für immer schloss!"

„Ist es die Möglichkeit!" Die Lehmann stand auf, nahm die Gläser zusammen und ging zum Spülbecken. „Wie die Jahre verfliegen ..."

Sie traten aus dem Kiefernwald und konnten nun die Wiesen überblicken. Eine flache, gleichmäßig grüne Fläche. Unter ihren

125

Füßen federte es. „Gebt acht", verlangte der Vater, „sonst holt ihr euch nasse Beine!"

Die Kinder reihten sich ein, den Blick nach unten gerichtet. Ihre Schritte waren kaum zu hören, nur ein feiner Schleifton drang ab und an nach oben.

„Weiß, was die Großmutter sagt, wenn wir zurückkommen", behauptete Hulda, „trinken wir schnell einen kleinen selbst gemachten Blaubeerschnaps."

„Weshalb eigentlich?" Lotte blieb der Aufklärung wegen stehen.

„Wegen dem Abschied vom Papa."

„Ach so."

Vater Paul sah es ähnlich. „Kann ohne Weiteres so kommen!"

Vom Hochwald her drang das Klopfen eines Spechts an ihre Ohren, aufdringlich und laut.

Ein Hase sprang neben ihnen auf. Er huschte ins Dickicht des Mühlengrabens.

Endlich die Brücke. Sie konnten wieder nebeneinander gehen.

Lord, der Mischling vom Schelk'schen Hof, tat wachsam.

„Männes Intelligenz wird er wohl nie erreichen", kommentierte Anna sein Getue.

Abermals schlug der Hund an.

„Will er uns nicht kennen?" In Alfreds Worten hörte man deutlich den Verdruss.

Lord tat weiter, als kämen Fremde.

„Ruhe!", befahl Alfred.

„Mit dem Hund schmierte man uns an", bekannte der Vater, „guckt seine Augen! Wie die eines Verbrechers."

„Lord hört", wusste Hulda, „doch nur, wenn man einen Knüppel schwingt!"

„Am besten wäre", sagte darauf Vater Paul, „er ginge zur Schelken zurück!"

„Das wollte ich ja", mischte sich da Anna ein, „denkst du, die Schelken spielte mit? ‚Geschäft ist Geschäft', hat sie gesagt, als ich mit Lord auf ihren Hof kam. ‚Ihr wolltet einen Wachhund, den habt ihr bekommen. Männchen machen, Pantoffel bringen, davon war nie die Rede.'"

„Donnerwetter!"

„Und so eine Frau", rief Hulda, „ist von Mama die Freundschaft!"

Die Mutter lenkte ein. „Aufpassen tut Lord, ohne Frage. Mit Übereifer. – Wir messen ihn an Männe. Doch so einen Hund gibt es nicht noch einmal. Der Männe, das war eine Einmaligkeit."

„Das ist richtig", wusste Arthur, „der Männe hätte einen Stein verdient, mit all seinen guten Taten darauf!"

Lotte bekräftigte: „Müssten wir wirklich machen. – Und Hühner hat er auch keine gefressen, wie es der Lord macht."

„Nun weiß der Vater auch das!"

„Schrecklich", stöhnte Paul.

Da trat die Großmutter aus der Haustür. Die linke Hand auf dem Rücken. In der rechten Hand die Schnapsflasche.

Alle amüsierten sich.

Hulda hüpfte vor Vergnügen. „Recht gehabt! Recht gehabt! – Wartet einen Moment, gleich sagt sie es ..."

Pauline wusste nicht so recht, was sie von der allgemeinen Erheiterung halten sollte. Weil die Aufklärung ausblieb, griff sie in die Schürzentasche und brachte drei Schnapsgläser hervor.

„Jetzt sagt sie es", flüsterte Arthur hinter vorgehaltener Hand.

„Kommt mal nahe und helft", verlangte Pauline.

„Na, Hulda, wohl eine Pechsträhne?", fragte Arthur schadenfroh.

Hulda blieb gelassen. „Abwarten!"

Die Großmutter zog den Korken aus der Schnapsflasche. „Das ist ein Tropfen", lobte sie, „fast zu schade, um ihn wegzutrinken."

„Wirst schon einen Grund haben", stichelte Anna.

„Denkst du? – Stimmt. So bald sind wir nicht wieder alle beisammen." Sie reichte Anna, dann Paul ein Glas. „Pass weiter auf, Paul, dass dir keiner was antut", sagte sie dabei, „überall lungern böse Menschen!"

„Sei unbesorgt, ich halte die Ohren steif!"

„Da bin ich beruhigt. – Also dann, bevor die Gläser warm werden, schlucken wir sie geschwind, die kleinen selbst gemachten Blaubeerschnäpse!"

Der folgende Sommer war launisch. Seine Kraft hatte er bald aufgebraucht, doch das Korn stand gut auf den Feldern. Nur die Kartoffeln waren, der langen Trockenheit wegen, spärlich im Ansatz.

Seit gut vier Monaten stand Alfred an der Werkstelle. Sein Ziel war erreicht, und er brachte gutes Geld ins Haus. So manches Loch konnte die Mutter dadurch stopfen. Sogar richtiger Bohnenkaffee, zum Ankurbeln des schwachen Großmutterherzens, war ihr vergönnt zu erhaschen. Nicht allzu lange, doch über die schwülen Tage würde es reichen.

Anna sah aus dem Fenster, hin zu den Kindern, die übermütig am Teich spielten. Zu ihrer Verwunderung holte sich Hulda den hölzernen Waschtrog und Arthur den runden Bottich. Beide hatten sich bis auf Hemd und Hose ausgezogen, um freier hantieren zu können.

Was sollte das werden? Jeder der beiden hatte einen armlangen Stock in der Hand, an dessen Ende eine kurze Schnur befestigt war. Ach so, sie wollen gegeneinander kreiseln, überlegte Anna. Das kann ja heiter werden. Hier kommt es auf die Geschicklichkeit des Einzelnen an. Da müsste Hulda als Mädchen einen kleinen Vorteil haben.

Anna beobachtete den Fortgang des Ganzen mit höchstem Interesse. Die Kreisel in den Händen der Kinder hatte Paul geschnitzt.

Sie sah, wie Hulda die Lippen aufeinanderpresste, sodass ihre Wangen rot anliefen. Arthur dagegen strahlte Ruhe aus. Alles, was er tat, schien durchdacht und abgewogen.

Es ging los.

Auf Huldas Kommando hin wurden die Kreisel zum Drehen gebracht.

Anna wurde von dem Spiel angesteckt. Sie schloss das Fenster und lief raus zum Wehr. Von hier hatte sie bessere Sicht. Doch was war das? Der Kreisel von Arthur war über die Kante des Bottichs gesprungen. Hulda beobachtete es. Triumphierend sah sie zur Mutter hin. Gleich entscheidet sich das Spiel, las Anna in ihren Augen. Doch dann sprang auch Huldas Kreisel vom Boden ihres Waschtrogs. Flink wickelte Hulda die Schnur auf ... Schon riss sie die Arme hoch, ihr Kreisel drehte wieder.

In diesem Moment fiel Arthurs Kreisel abermals zu Boden. „Drei Neustarts sind erlaubt?"

„Ja, wie ausgemacht", erwiderte Hulda und brachte ihren Kreisel auf Touren.

„Jetzt oder nie!"

„Nicht übermütig werden", mahnte die Mutter beim Näherkommen. „Das geht oft ganz schnell ins Auge!"

„Werde ich schon nicht."

„Hörte sich aber gerade ein wenig danach an ..."

Da passierte es. Huldas Kreisel drehte im Gras.

„Unentschieden!", rief Arthur.

„Wieso, wir haben doch noch jeder einen Versuch!"

„Na gut, bring deinen Kreisel zum Drehen ..."

„Wessen Kreisel zuerst runterspringt, hat verloren!", erklärte die Mutter, vom Wettkampf angesteckt. „Deshalb keinen Fehler machen! Den Kreisel ganz ruhig treiben."

Da passierte es. Fast gleichzeitig sprangen beider Kinder Kreisel auf die trockene Wiese.

„Also doch unentschieden!", rief die Mutter.

Arthur war ehrgeizig. „Mein Kreisel war einen Moment später unten!"

Anna beschwichtigte. „Es ist ein Mädchen und gerade mal zehn! – Was soll denn der Sieger bekommen?"

„Wer gewinnt, braucht heute Abend nicht beim Füttern helfen. Der hat frei!"

„Na freue dich, das trifft euch beide!"

Für einen Moment überzog ein Lächeln Arthurs Antlitz, dann wurde sein Gesichtsausdruck ernst. „Und wer schleppt die Eimer?" Man hörte seine Verunsicherung.

„Das macht Mama heute alleine."

„Kommt nicht in Frage, das gibt's nicht!"

„Wär ja noch schöner!"

Anna sah die Reaktion der Kinder mit Freude. Sie war stolz auf den Nachwuchs.

Die Kinder wollten, dass die Mutter mitkam zu den Koppeln. Dort wollten sie die Störche beim Futtersuchen beobachten. Unterwegs sah Anna nach den schnell ziehenden Wolken. „Wir werden etwas abbekommen!", sagte sie deshalb.

„Willst du, dass wir zurückgehen?" Arthur zog eine Reihe Birkenblätter vom nächsten Ast.

„Bin mir nicht sicher ..."

„Wir könnten ja zum Geräteschuppen am Hasenteich gehen. Wenn es regnet, stell'n wir uns unter."

Anna wunderte sich. Wie kam der Junge darauf? Sie wollte es gerade fragen, da sagte Arthur: „Dort kann man durch die Spalten gucken." Er sah, dass die Mutter mit seiner Erklärung nichts anfangen konnte, und fügte deshalb hinzu: „Im Schlick fangen da die Störche fette Frösche!"
Anna atmete auf. „Na dann, nichts wie hin!"
„Das mit den Störchen stimmt, aber am Ständer baden sie nackt!"
Anna griff sich Hulda. „Wer?"
„Die Konfirmanden", erwiderte Arthur an Huldas Stelle.
„So, so." Anna wies nach den Koppeln. „Gehen wir!"
Sie kamen zum Graben und krochen dort durch den Weidezaun.
Jetzt sahen sie hin und wieder den schwarz geteerten Geräteschuppen durch die tief hängenden Äste der Trauerweiden.
„Können wir überhaupt in den Schuppen rein?", fragte Anna.
Arthur nickte. „Weiß, wo der Schlüssel liegt."
Sie umgingen das dichte Brombeergestrüpp, das hier bis ans Wasser reichte, und stiegen zum Wehr hoch. Das letzte Stück des Weges benutzten sie den Damm des Teiches, der, flach und breit, schnurgerade zum Schuppen führte.
Arthur zwängte sich an den sperrigen Hagebutten vorbei um die Schuppenecke, reckte sich und tastete den überstehenden Dachbalken ab.
„Weshalb die Umstände?", fragte die Mutter, „die Tür ist offen."
„Wirklich?" Arthur blickte durch das Fenster. Und tatsächlich, ein schmaler Lichtstrahl von der Tür her erhellte das Innere des Schuppens. Verunsichert sah der Junge sich um.
Die Mutter beobachtete es. „Komm ruhig her", sagte sie deshalb, „hier ist niemand!"
„Aber wer schloss den Schuppen auf?"
„Vielleicht der Fischwärter."

„Das glaube ich nicht. – Da wäre er hier."

„Na dann eben ich", meldete sich eine bekannte Männerstimme.

„Kuhle, du?", fragte Anna ein wenig verunsichert.

Kuhle stieg behände mit einem Spaten aus dem Rabatteinwald.

„Ha… Ha… Hatte etwas zu erledigen!"

Anna tat, als wäre das die natürlichste Sache der Welt. „Ach so …"

Kuhle zeigte zum Himmel. „Hä… Hä… Hätt es nach Hause ni… nicht mehr geschafft!" Er trat näher und reichte jedem die Hand. „Ge… Ge… Geht gleich los", verkündete er dabei, und wie auf Bestellung begann es zu regnen. Alle drängelten sich in den schützenden Schuppen. Zuerst fielen die Wassertropfen vereinzelt kerzengerade, dann aber hauste es in den Bäumen, und es prasselte nur so auf den harten Waldboden.

„Da haben wir Glück gehabt", kommentierte Arthur die Situation.

„Das kann man wohl sagen." Anna sah zu den Wipfeln hoch. Sie kniff dabei die Augen zusammen, als ob sie die Wassertropfen zählen wollte.

Kuhle beobachtete es. „I… In zehn Minuten ist der Zauber vorüber!"

„Na, na! – Die Wolken hängen tief. Sieht nicht aus, als ob's gleich vorbei wäre."

„Gl… Gl… Glaub einem erfahrenen Mann, Anna! I… In zehn Minuten können wir weiter."

Anna gab nach. „Wäre schön."

Das Regenwasser fand einen Weg durch die Pappe des Schuppendaches und tropfte an mehreren Stellen aus den Bretterfugen. Kuhle hielt die Hände auf.

Wenn das Wasser in seinen Handtellern überschwappen wollte, nahm er einen kräftigen Schluck. Ohne sich um zudrehen, fragte er plötzlich: „W… W… Warum ich hier mit dem Spaten bin, interessiert dich wohl gar nicht?"

Anna wich aus. „Wirst deine Gründe haben …"

Kuhle machte eine Pause. Er hielt die Hände abermals unter das nun schwächer werdende Rinnsal, passte den richtigen Augenblick ab und führte die Wasserladung zum Mund. „Eu… Eu… Euer einstiges Sägewerk", sagte er dann, „hier hinter den Rabatten ha… ha… habe ich gesucht."

Anna wunderte sich. „Weshalb?"

„Bi… Bin für alten Krempel. Dachte, vielleicht liegt noch Brauchbares in den Parzellen. Lager oder Ähnliches."

Anna lachte bitter. „Nach so vielen Jahren …"

„Nach fünfunddreißig Jahren!" Arthur konnte man nichts vormachen.

Anna ging zur Tür, sah zum Wald hin und sagte: „Ist nicht mehr das Unsrige. Weißt ja selber, dass wir vieles veräußern mussten nach dem Feuer. Einige Schienen lagen noch lange herum. Auch Hunte. Wo's geblieben ist, frage mich nicht!"

„Sch… Schienen hat der Heinrichschacht. Hörte es von Lodig."

„Na siehst du! – Dann werden auch die Hunte dort sein."

„Un… Und die Sägen, d… d… die brauchte niemand?"

„Die suchst du?"

Kuhle nickte. „Me… Mechanik ist meine Lei… Leidenschaft."

Anna überlegte. „Weggeschmissen wurde nichts. Und Brauchbares wurde der Wiederverwertung zugeführt. – Könnt mal die Mutter fragen."

Kuhle nickte abermals. „Tä… Tätest mir einen großen Gefallen. We… Weißt doch, bi… bin nicht kleinlich."

„Ein Geschäftemacher bist du. Ein ganz gerissener. Würde mich nicht wundern, wenn du eines schönen Tages Flöhe verkaufst!"

Kuhle wehrte ab. „Nu… Nun übertreibst du."

Der Regen war vorüber. Man ging hinaus.

Kuhle verschloss den Schuppen sorgfältig und legte den Schlüssel hinter den Balken.

Die Kinder übten am Graben, wer am weitesten springen konnte. Arthur war stets der Sieger.
Bis zum Ständer des Hasenteiches ging Kuhle mit. Dort stand, an einen Baum gelehnt, sein Fahrrad. „S… So weit bin ich", sagte er und hob das Rad auf den Weg. „D… Dort drüben drehte das Wasserrad. – Wo aber stand das Gatter?"
Anna sah Kuhle von der Seite an. War er so naiv oder tat er nur so? „Auf dem kürzesten Weg!", erklärte sie dann, weil sie spürte, er meinte es ehrlich.
„K… K… Kürzester Weg. – Bedeutet das auf einer Linie?"
Anna drehte sich herum. Sie überlegte. „Nicht unbedingt", erwiderte sie dann. „Doch höchstens eine Übersetzung entfernt!"
Kuhle peilte über den Daumen, ging zwei Schritte zum Graben hin und legte sein Fahrrad ins Brombeergestrüpp. „D… Da muss ich noch mal gucken."
„Tu, was du nicht lassen kannst!" Anna ging in Richtung der Wiesen. „Schade um die Zeit, die du dabei verplemperst."
„Ma… Ma… Manchmal weiß man nie …"
„Einen schönen Gruß auch an die Angetraute!"
„W… Werde es ausrichten", erwiderte Kuhle, aber da war er schon auf der gegenüberliegenden Seite des Grabens.

Es war Erntezeit. Alfred spannte die Kühe vor den Wagen. Die Hacker auf dem Feld warteten.
Die Kartoffeln waren prächtig gediehen. Wie in den Jahren zuvor, führte Pauline die Schar der Erntehelfer durch die Furchen, stets darauf achtend, dass ein jeder seine Arbeit gewissenhaft tat. Hin und wieder nahm sie dabei Anna zur Seite, erklärte und wies auf

dieses und jenes hin. Ihr war das Anweisen in den Jahren, die sie die Hostenmühle leitete, in Fleisch und Blut übergegangen. Sie führte das Zepter. Nun wollte sie es weiterreichen. Anna sollte fortan dem Haus vorstehen. Wie hatte Johanna gesagt: „Man fühlt, wenn die Stunde zum Abtreten heran ist. Dann zögere nicht! Packe zusammen und warte!" Ganz so wörtlich war das sicher nicht gemeint, doch der Sinn dieser Behauptung war für Pauline bindend.

Beim Aufladen der schweren Kartoffelsäcke war Arthur vornweg. Schließlich hatte er versprochen, den großen Bruder mit Kraft zu rächen. Das Stemmen der Säcke sah er deshalb als Teil des Trainings.

Alfred fuhr nun schon die zweite Fuhre Kartoffeln zur Miete hin. Er wusste nicht, dass zur gleichen Zeit der Vater vom Weg abbog und quer durch die Schonung, vorbei an den Torfwiesen, dem Anwesen zustrebte.

Am Umlaufgraben umging Paul den Buchenhain. Seine Rechnung ging auf. Vom Hochwald aus übersah man Felder und Wiesen. Er hörte das Scherzen der Hacker auf dem Feld und sah, wie das Gespann hinter dem Stall wendete.

Bedächtig ging Paul weiter. Ab jetzt nicht mehr durch den hohen Heidewuchs, sondern auf dem Waldweg. In Gedanken war er bei den Arbeitskollegen. Zuletzt hatten sie am Bahnhof Pflastersteine verlegt. Nun ruhte der Bahnhofsbau, der vor Beginn des Krieges so vielversprechend begonnen hatte. Mit dem Frieden, sagte sich Paul, wird Normalität zurückkehren. Denn Arbeit zu haben, bedeutet Geld verdienen. Und das brauchte er.

Das Gespann fuhr klappernd dem Feld entgegen. Keine hundert Meter von Paul entfernt, doch Alfred sah den Vater am Wald nicht. Ein wenig verärgert folgte Paul deshalb dem Wagen.

Plötzlich Knurren und Zähnefletschen. Paul stand wie versteinert. Langsam drehte er sich herum. Ein Wolfshund. Ein schönes Tier, fuhr es ihm durch den Sinn.

Schrittweise kam der Hund näher. Ganz langsam hob Paul den Zeigefinger.

„Ruhig, ganz ruhig ..."

Der Hund verharrte, ließ aber kein Auge von Paul. Sein Knurren ging in kurzes, lautes Bellen über. Das ist gut, überlegte Paul, das hört man bis zum Feld. „Ganz ruhig", befahl er abermals, „scheinst ein ganz Schlimmer zu sein ..."

Endlich kam Hilfe. Alfred war als Erster heran. „Schluss, Karo!" Er packte das Tier am Halsband. „Ist einer von uns!"

„Danke, kommst gerade noch rechtzeitig!"

„Die Hand", sagte Alfred zum Vater, „kann ich dir nicht geben, da kennt dich Karo nicht gut genug."

„Schon recht. – Schaff ihn an die Bude. – Und Lord?"

„Verfing sich in einer Schlinge. – Wir wollten Hasenfleisch be- schaffen."

Die anderen kamen hinzu. Anna standen vor Freude die Tränen in den Augen. Nun war der Verdiener wieder zurück, und wie es schien, ohne Blessuren. Für den neuen Wächter hielt Anna es für angebracht, sich zu entschuldigen. „Ein echter Wolfshund, der Karo", sagte sie einlenkend.

„Als Mama ihn holte", erklärte Hulda dem Vater, „riss er sich unterwegs los und biss drei Gänse vom Biermann!"

„So was kann schon mal vorkommen", beschwichtigte Arthur.

„Sagte ich auch", beteuerte Anna, „wir bezahlten die Gänse, und die Angelegenheit war aus der Welt geschafft."

„Am nächsten Tag erwürgte er das Schaf. Und höre mal, Papa, weißt du, was die Großmutter sagte? ‚Passt besser auf euer Viehzeug auf! Der Hund kann nichts dafür. Er tut nur seine Pflicht!'"

„Da hat sie nicht ganz unrecht!"

„Was soll ich dir sagen, Paul, zwei Tage später reißt sich Karo los und holt den Postboten vom Fahrrad. – Nicht gebissen, nur umgeworfen hat er ihn. Ihm ging's auch gar nicht um den Mann, sondern um die Posttasche. – Wie die Briefe und Zeitungen hinterher aussahen ..."

„Und wie soll es weitergehen?"

„Ich habe vom Lord beim Fleischer erzählt. Da war ein Schausteller gerade drin, der will ihn sich holen."

„Dann nichts wie weg mit dem Vieh. – Seit wann ist er auf dem Hof?"

„Gerade mal zwei Wochen. – Nein, ein Männe ist er nicht!"

Paul nickte bejahend: „So ein Tier wie den Männe gibt's nur einmal. Der sah und verstand alles!"

„Und er hat uns zweimal vorm Bösen bewahrt!"

Ganz gerührt fügte Paul hinzu: „Darf nicht dran denken."

Der Zufall wollte es, dass in diesem Moment der Briefträger kam. Er zog einen Brief aus der Tasche.

Anna wog das Schreiben in der Hand. „Sehr leicht", stellte sie fest. Sie suchte den Absender. „Grundbuchamt", wiederholte sie laut und reichte den Brief zurück. „Sicher falsch adressiert. Schicke ihn wieder dorthin, wo er herkam!"

„Das darf ich nicht", empörte sich der Postmann, „ist schließlich Behördenpost!"

„Dann gib ihn der Mutter! An sie ist er adressiert."

„Aber Mama", mischte sich Hulda ein, „unsere Großmutter, die Pauline Hoppenz, steht noch auf dem Acker!"

„Ach ja, das habe ich nicht bedacht." Sie überlegte: „Vielleicht ist es wirklich das Beste, ich nehme den Brief an mich!"

„So denke ich auch." Der Postbote atmete hörbar, wendete sein Fahrrad, warf gekonnt das rechte Bein über die Querstange und stieß sich ab. „Nichts für ungut!" Er trat in die Pedalen.

Anna griff sich die Jüngste. „Hol die Großmutter! Sie möchte zur Scheune kommen."

Lotte rannte los.

Pauline hatte es nicht eilig. „Ein Brief, na und! Lesen wir beim Vesper."

Lotte kam schnell zurück. „Beim Essen wird's gelesen, sagt die Großmutter! Und man ist, was man kann. Nicht das, was man sein möchte."

„Ach?" Anna stemmte die Fäuste in die Hüften. „Als ob ich mich hervortun würde. – Lauf noch einmal zum Feld und richte der Großmutter aus, es eilt!"

Bis Lotte hinter den Haselnusssträuchern verschwunden war, sah die Mutter ihr nach. Weshalb, so fragte sie sich, will die Großmutter nur immer gebettelt sein?

Endlich sah sie Lotte an der Hand der Großmutter zurückkommen.

Schon von Weitem fragte Pauline: „Warum Hektik? – Hat es wenigstens Zeit, bis man eine Schale Kaffee schlürfte?"

„Was weiß man bei Behördenpost ..." Anna ging zur Bank und setzte sich. Wortlos legte sie den Brief neben sich.

Pauline trat mit auf dem Rücken verschränkten Armen näher. Sie las die Adresse. „Schön", lobte sie, „der Brief ist an meine Wenigkeit gerichtet. – Und wer schrieb?"

Anna stieß mit dem rechten Zeigefinger ein wenig an die vorderste Kuvertecke, sodass sich das braune Papier auf dem Tisch drehte. Jetzt konnte Pauline den Absender lesen. Sie las, nahm die rechte Hand vom gebeugten Rücken, wischte sich die Augen und sagte: „Ab jetzt führst du, Anna, das Regiment!"

Anna sah die Mutter verwundert an. „Ahnst, was drinsteht?"

„Hab's selber angerührt. – Mach den Brief auf! Hat alles seine Richtigkeit!"

Am Abendbrottisch herrschte stille Erwartung. Ein jeder löffelte seine Suppe. Nur Paul, dem Heimgekehrten, stand das Essen nicht an. „Zu ausgemergelt", erklärte er, „braucht Weile!" Er saß mit dem Rücken gegen den Ofen gelehnt und rauchte seine Pfeife. Satter, blauer Dunst zog über ihn hinweg zur Petroleumlampe, drehte dort hoch zu und verflüchtigte sich am Fenster. „Wann ging sie eigentlich hinauf?", fragte er unvermittelt.

Ein jeder wusste, wer gemeint war. „In der siebenten Stunde", erwiderte Anna, „mit einem geschälten Apfel."

Lange blieb es ruhig, dann fragte Paul: „Und sie wollte wirklich nichts weiter?"

„Glaub's nur!"

Paul blies abermals blauen Dunst zur Lampe hin und verlangte: „Frau, geh mal gucken!"

Anna stand augenblicklich auf. „Wollt's sowieso!" Sie strich die Schürze glatt und fügte hinzu: „So eine innere Unruhe hatte ich lange nicht."

„Großmutter gab sich wie immer", sagte Alfred, „und trotzdem, heute war sie anders."

„Du meinst beängstigend?"

„Ja, das mein ich. – Und dann ihre Andeutungen ..."

„Die gibt's schon lange!"

Paul wies zur Tür. „Mach Frau, sieh nach!"

Anna stieg die Stufen nach oben. Wenn wir nur irgendwo Kaffee bekommen hätten, überlegte sie. Seit zwei Wochen keine einzige Bohne für das schwache Mutterherz. Vor der Kammertür blieb sie stehen. Horchte. Doch alles war ruhig. Etwas zu ruhig ... In plötzlicher Angst riss sie die Tür auf. – Da lag die Mutter, mit über der Brust gefalteten Händen und leicht geöffnetem Mund. Anna trat näher. Dieser friedliche Ausdruck im Antlitz der Mutter. Ihr war, als erkenne sie ein feines Lächeln und, obwohl die Mutter ihre Augen geschlossen hielt, fühlte sie deren Blick.

Wie eigenartig friedlich … Welch tiefe Ruhe … Und kein bisschen Bitternis …

Anna zog den Stuhl heran und setzte sich neben das Bett der Mutter. Erst jetzt fiel ihr auf, dass die Lampe brannte. Ihr Blick ging zum Nachttisch. Dort lagen die Körner vom Apfel, den die Mutter gegessen hatte.

Welch ein Abgang, dachte sie da. Ohne Krankenlager. Ohne Schmerzen. Mit klarem Verstand bis zum letzten Atemzug. Was für ein göttliches Geschenk.

Von Ehrfurcht ergriffen, faltete Anna die Hände. „Ich danke dir, Herr, der du es der geliebten Mutter so leicht gemacht hast, auf dem letzten Weg. Riefst sie ab aus dem vollen Leben. Noch am Nachmittag stand sie mit uns zusammen auf dem Acker. Hab Dank!" Sie wandte sich der Mutter zu und fuhr fort: „Sei im Übrigen ganz still, du wirst schon zum Ziel gelangen, glaube, dass sein Liebeswille stillen werde dein Verlangen! Suche Jesus und sein Licht, alles andre hilft dir nicht!" Es stand ihr nicht an nachzusuchen, ob die Worte passten. Es kam ihr aus dem Innern. Es wollte gesagt sein.

Anna erhob sich. Sie stellte den Stuhl an seinen Platz, sah noch einmal in das Antlitz der geliebten Mutter, nahm die Lampe und ging hinunter zu den anderen.

Es brauchte keiner Worte.

Paul holte den Kalender. Sein Finger suchte das Datum. „Pauline Hoppenz", sagte er dann, „meine Schwiegermutter", er sah zu den Kindern, „eure Großmutter, starb nach achtundsechzig gelebten Jahren, sechs Monaten und acht Tagen, heute am sechsundzwanzigsten Oktober neunzehnhundertsiebzehn! Wollen wir uns erheben und ihr zu Ehren beten."

Wieder und wieder stieg ein Morgen über dem Wald auf, ließ ihn glänzen oder finster scheinen, je nach Jahreszeit. Der Acker blitzte vom Tau berührt oder lag speckigbraun dem Winde preisgegeben. Am Teich hinter dem Wehr jagten der Habicht, und in der Schonung daneben, dort, wo einst das Sägewerk stand, der Liebling aller Bewohner der Hostenmühle, Kater Murx. Er hatte es sich zur Aufgabe gemacht, seinen Leuten wenigstens einmal in der Woche einen Hasen zu bringen. Am Tag lag Kater Murx, dem der Wolfshund Karo einst das rechte Ohr abgebissen hatte, in der Küche. Faul und mit einem Gesicht, als könne er kein Wässerchen trüben. Doch sobald es draußen finster wurde, kam Leben in das Tier. Dann reckte und streckte sich Murx, ging behäbig zur Tür und miaute dort so kläglich, dass man meinen konnte, er wäre am Ende seiner Kräfte und schaffe es nicht bis ans Hoftor. In den Morgenstunden dann aber kehrte Murx heim, oftmals mit einem Hasen, der nicht weniger wog als er selbst.

Fleisch war nach dem Krieg Mangelware. So war Anna froh, dass Murx nicht nur an sich dachte. Und sie war fest davon überzeugt, dass Murx verstand, was gesprochen wurde, denn sein Jagdtrieb setzte just ein, als Paul eines Tages von der Arbeit kommend Alfred das weitere Halten von Kaninchen im Kuhstall verbot. „Eins geht nur, Kühe oder Karnickel!" Noch am gleichen Tag hatte Alfred zwei seiner Freunde aus der Glasfabrik geholt, und zusammen zogen sie fünf Kaninchen das Fell über die Ohren.

Abnehmer für den begehrten Braten gab es genug. Das mit dem Verkauf des Kaninchenfleisches hatte Paul wohl nicht bedacht, sich deshalb mit dem Jungen anzulegen, wagte er aber nicht. „Wart's ab", sagte Arthur an diesem Abend, „ich räche dich!" Er war gerade vierzehn geworden, doch der vier Jahre ältere Bruder hatte Mühe, ihn beim Armdrücken zu besiegen. Arthurs Training mit den Futtersäcken, die er unzählige Male vom Wagen ab- und auflud, das Schwimmen im Teich vor dem Abendessen, das Laufen ums Anwesen jeden Morgen vor dem Weg zur Schule zahlten sich aus. Machten ihn stark. Ließen ihn älter scheinen, als er war.

Unter den Freunden von Alfred mischte ein Junge aus Freital mit. Er stammte aus einem Fleischereibetrieb, war aufgeschlossen und stets zu Späßen bereit. Auch Emma gefiel er. „Es war Liebe auf den zweiten Blick", behauptete Paul. „Wann hat der Herr des Hauses Zeit? Ich halt um Emmas Hand an." Es waren keine leeren Worte. Schon den Sonntag darauf saß er mit an Annas Mittagstisch.

Zum Jahresende sollte Alfred seine eigene Werkstelle bekommen. Direktor Menzel hatte es so nebenbei verlauten lassen. Alfred war glücklich. Er, ein Spitzenverdiener in der Fabrik, mit nicht mal zwanzig Jahren! Das sollte ihm mal einer nachmachen! Seine Freude übertrug sich auf den Bruder. Arthur wollte ebenfalls Glasmacher werden. Für Alfred ein Leichtes, den Bruder im Glaswerk unterzubringen. Die Andeutung bei Direktor Menzel, Bruder Arthur wolle ihm nacheifern, genügte. „Kommende Woche bringe er ihn mit!"

Vater Paul vergaß vor Verwunderung an diesem Wochenende das Kartenspiel. Seit Kurzem gingen die Arbeiten am städtischen Bahnhof weiter. Neue Gleise wurden verlegt, alte abgetragen. Der Hochdamm ging seiner Vollendung entgegen. Für Paul und seine Kollegen bedeutete dies Arbeit ohne Ende. Doch die Bezahlung für diese Schinderei war unangemessen und mit Alfreds Lohn nicht zu vergleichen.

Neid und Wut machten Paul aggressiv. Die Familie mied ihn, so gut es ging.

Am Zahltag dann die Hiobsbotschaft, den ganzen Lohn von Alfred hatte der Vater noch während der Schicht geholt. Zähneknirschend hatte Direktor Menzel der Aushändigung zugestimmt. Alfred war noch nicht volljährig. Der Vater hatte auf sein Erziehungsrecht gepocht, und um Böses zu verhüten, war man darauf eingegangen.

Am darauffolgenden Zahltag das Gleiche. „Wozu geh ich arbeiten?", fragte Alfred die Mutter, „wenn der Alte mein Geld verspielt!"

Anna tröstete ihren Ältesten. „Das Gute siegt!"

Alfred spuckte verächtlich in den Hofsand. „Da wird man wohl nachhelfen müssen!"

Die Mutter war hellwach. „Was haste vor?"

Alfred lächelte weise. „Wo nichts ist, kann man nichts holen! Soll sich schinden, wer will. Ich bleibe zu Hause!"

„Das geht nicht! – Der Vater wirft dich raus ..."

„Soll er! – Finde schon eine Bleibe."

„Tue mir das nicht an, Junge! – Rede mit Menzel! Vielleicht weiß der einen Ausweg."

Alfred ließ sich umstimmen. „Versuch's halt."

Das Gespräch mit dem Direktor brachte tatsächlich eine Wende. „Mit dem Zuhausebleiben streiche aus deinem Kopf", verlangte Menzel, „doch das ‚Wo nichts ist, kann man nichts holen' gefällt mir." Er setzte sich an den Schreibtisch und füllte pro forma einen Schuldschein aus. „Einer verspielt 's Geld, der andere versäuft's." Menzel reichte das Papier herüber. „Gib es zur Buchhaltung! Deinen Lohn holst du fortan in der Direktion."

Emma nahm das Fahrrad vom Vater. Es war ein altes Fahrrad. Paul hatte es gebraucht erworben. Bei jeder Umdrehung des Hinterrades gab es einen leisen, schmatzenden Ton von sich, und von der Kette her knisterte es. Hinzu kamen die hohe Querstange und die nach hinten gebogene Lenkstange. Schweißnass erreichte Emma das Haus der Schelken.

In der Küche sah sie einen Schatten und klopfte deshalb ans Fenster.

„Wer da?", fragte die Schelken mit hoher Stimme.

„Ich bin's, die Emma aus der Hostenmühle!"

„Ach?"

Emma hörte eine Tür gehen und kurz danach Schritte im Flur.

„Komm rein", verlangte die Schelken, „zieh aber die Schuhe aus! Bin gerade mit dem Wischen fertig!"

Emma tat, wie ihr geheißen.

Die Schelken führte sie in die kleine Wohnstube. „Darfst aber nicht so genau hinsehen ..."

Emma winkte ab. „Bei uns glänzt's auch nicht alle Tage!" Sie setzte sich auf den einzigen Sessel. „Wir kennen uns lange genug", begann sie ohne Umschweife, „brauch nicht erst drum herum reden!"

Die Schelken spürte, dass etwas Außergewöhnliches passiert sein musste. Sie setzte sich Emma gegenüber auf das Sofa und wartete.

Emma zog ihr Taschentuch aus dem Ärmel, schnäuzte sich und fuhr fort:

„Seit gestern ist es sicher, man kriegt was Kleines!"

Die Schelken warf so schnell nichts um. „Haste ein Mannsbild dazu?"

Emma nickte.

„Was willst du noch?" Für die Schelken war der Fall klar, trotzdem bohrte sie: „Kennt man ihn?"

„Möglich. – Ein Einträger von der Hütte. Alfred bracht ihn mit."

„Der kleine Untersetzte?"

Emma bestätigte: „Selbiger!"

„Gute Wahl! Nicht bloß Haut und Knochen. – Steht er dazu?"

„Denke schon. Hab noch nicht mit ihm darüber gesprochen."

„Verstehe! – Soll es also in die Hände nehmen ..."

„Nein, nein! Das kriege ich hin. – Dachte mehr an den Vater."

Die Schelke wand sich. „Keine leichte Aufgabe ..." Sie zerdrückte mit den Fingern eine Fliege, die ihr auf die Bluse geflogen war, und entschied endlich: „Bin morgen zum Kaffee bei euch!"

Emma wäre der Frau am liebsten um den Hals gefallen. „Geht halt nichts über eine echte Freundschaft."

Beim Gehen, Emma war schon auf der Schwelle, fiel es ihr wieder ein. „Ein Leinenflicken liegt nicht zufällig herum?"

„Was soll daraus wer'n?"

„Die Wiege will ich herrichten. Der doppelte Boden, dort wo die Saat hineinkommt, ist morsch."

„Kein Wunder! – Die wievielte Brut soll darin groß werden, die dritte?"

„Die vierte."

„Na siehst du! Und nun willst du die Roggenkörner und was sonst noch anfällt in einen Leinensack verfrachten."

„Begreifst wirklich schnell!"

Die Schelken fühlte sich geschmeichelt. „Im Gedanken liegt der Hinweis ..." Sie genoss sichtlich das Lob. „Reines Glück auch", behauptete sie dann und hob dabei die Stimme, „gerade gestern nähte ich einen neuen Sack für Quarkmachen. Der alte liegt in der Kammer. Der geht für deine Zwecke allemal." Sie schob Emma zur Seite und verschwand in der schummrigen Kammer. „Siehst du", rief sie bald, „hier ist er!"

Emma hörte sie das Leinen glatt streichen. „Es muss Saat vom eigenen Feld rein", erklärte die Schelken beim Zurückkommen, „sonst wirkt es nicht!"

„Ich hörte davon. – Und trockenen Torf will ich reintun."

„Warum nicht! – Aber vor allem verschiedene Samenarten!"

„Und an welche denkst du?"

145

„Na, die man zum Überleben für Mensch und Tier braucht! – Paar Körner vom Roggen. Paar Körner Hafer. Bisschen Hirse. Eine Handvoll Samen von den Tomaten.– Was du eben findest."
„Gut, dass ich gefragt habe!" Emma bedankte sich artig. „Bis morgen dann, zum Vesper!"
Die Schelken hörte Emmas Sorge. „Richte es schon ein!"

Obwohl ein feiner Regen über dem Land lag, war die Schelken pünktlich zum Kaffee gekommen. Sie hing das nasse Kopftuch über einen Rechen am Tor und die gestrickte Jacke an die Haustürklinke. „Siehst gut aus, Paul", erklärte sie dem Hausherrn bei der Begrüßung, „wie fünfzig!" Danach gab sie Emma die Hand. Und als sehe sie Wundersames, fragte sie: „Abgesprochen oder eine Fügung des Herrn?"
Emma wurde blass. „Was meinst du ...", stammelte sie endlich.
Die Schelken wendete sich, ohne darauf einzugehen, an Anna.
„Als Emma unterwegs war, warst du einundzwanzig?"
Anna nickte wie unter Zwang.
Paul fuhr hoch, sah die Frau an, dann die Tochter.
Die Schelken nahm Anna in die Arme, zog Paul hinzu und hauchte: „Ihr habt das Glück gepachtet ..."
Anna sah über den Arm der Schelken zur Tochter hin. „Ist's wahr?"
Emma nickte: „Bin mir sicher."
Da befreite sich Paul aus der Umarmung, doch er blieb stumm.

Das Leben in der Hostenmühle ging weiter. Emma heiratete, brachte einen Jungen zur Welt und war bald wieder schwanger. Zusammen mit Paul begann sie, auf dem geerbten Acker neben der einstigen Mühle ein Haus zu bauen.

Der alte Herr ging jetzt selten aus dem Haus. Das Spiel mit den Karten beherrschte den Mann nur noch einmal alle vier Wochen.

Der gute Verdienst von Alfred nahm der Mutter die finanziellen Sorgen.

Arthur trainierte unverdrossen, verlangte seinem Körper alles ab. Sein Trainer, einst zugetan dem geheimen Bund, wusste von wundersamen Kräften. Nannte es „asiatische Kunst". Der Mann machte Anna Angst. Hatte Paul am Ende dem Jungen den Bund überlassen? Vieles, glaubte sie, ging hier nicht mit rechten Dingen zu. – Sie standen alle am Holzschuppen. Paul spaltete Eichenstämme. Da kam Arthur, verlangte, dass sich der Bruder auf den Sägebock setzte. Alle aus der Familie sahen es. – Mühelos stemmte er Alfred, auf dem Sägebock sitzend, hoch.

Im Nachhinein hatte Anna den Sägebock gewogen, rechnete das Gewicht des Ältesten hinzu. Fast dreihundert Pfund! Hatte dieses Gewicht der Arthur mit seinen achtzehn Jahren wirklich bewältigt oder waren sie alle einer Täuschung zum Opfer gefallen? Hatte Hypnose eine Rolle gespielt? Anna fand keine Antwort.

Mit Leichtigkeit bestritt Arthur fortan seine sportlichen Kämpfe. Ging gewöhnlich als Sieger hervor. „Fixiere ich den Gegner richtig mit den Augen, ist er willenlos", hatte er einmal der Mutter anvertraut. „Nur eben dieses ‚Richtig' ist der Punkt. Steht alles in den Anweisungen."

Bald fand sich im Umkreis kein Gegner mehr. Niemand wollte gegen Arthur antreten. Weite Wege kamen deshalb auf ihn zu. Immer länger blieb er fort.

Alfred wurde von Reiter, einem Arbeitskollegen, zur Hochzeit geladen. Seine Tischdame reiste aus dem fernen Stettin an. Sie sahen sich, und es war um beide geschehen.

Auf Drängen der Eltern fuhr Gertrud noch einmal mit nach Hause zurück, doch nur, um ihre Sachen zu holen. Dabei waren die Eltern resolute Leute. Vor allem die Mutter. Eine verschworene Kämpferin. In unzähligen Versammlungen erprobt. Das Sprachrohr gegen die, wie sie meinte, Geisel der Menschheit, die Trunksucht.

Vielleicht spürte Gertrud die Gunst der Stunde. Die Ehe der Eltern stand auf Messerschneide. Um die Familie zu retten, hatte Rentzsch nach einem rabiaten Mittel gegriffen. Völlig betrunken sprengte er in die Jahreshauptversammlung, der „Liga gegen den Alkoholismus", just in dem Moment, als seine Frau zur Vorsitzenden gewählt werden sollte. Was blieb der guten Ehehälfte anderes übrig? Sie verzichtete auf Amt und Würden.

Als Gertrud packte, herrschte Schweigen im Rent'schen Gemäuer. Doch die Tochter hatte einen Schuhkarton voller Zeitungsartikel im Nachtschrank der Mutter gefunden, die allesamt darauf hindeuteten, dass diese bald gewendet, den Alkoholgegnern den Kampf ansagen wollte. Mit „Wein und Bier, das rate ich dir" sollte der Neuanfang beginnen. „Trübsal ade, Lachen ist Trumpf, wie soll'n zwei Kurze schaden" hing schon am Spiegel.

Es war nur eine Sache von Stunden, dass der Gatte es entdeckte und sich ihrer wieder annahm.

Von einem sicheren Mittel, sich vor Trunkenheit zu bewahren, schwärmte fortan die Frau. „Man genieße in der Frühe nüchtern sieben bis neun bittere Mandeln und trinke dazu ein frisches Hühnerei."

Doch ihre Stimme war vom harten Kampf für die Alkoholgegner angegriffen. „Darum ungesalzene Butter in die Brühe von abgesottenem Kraut getan und getrunken hilft. – Denkst nur du, oft probiert, nichts passiert!"

Gertrud hatte der Mutter ein klein wenig Mut gemacht, indem sie sagte: „So viele Schlingen gibt es nicht, dass man dich aufhalten kann!"

Ein kleiner Zirkus schlug sein Zelt auf dem städtischen Marktflecken auf.
Lotte brachte die Neuigkeit aus der Schule mit. „Einen Esel hat man dabei", wusste sie, „wer auf ihn drei volle Runden in der Manege reitet, bekommt fünf blanke Märker."
Für Arthur stand fest, das Geld verdiene ich mir.
Als die Familie dann aber in der Vorstellung saß, kamen ihm doch Bedenken.
Der Esel war gut dressiert. Der ihn führende Clown ein schlauer Mann.
„Kein Trick", belehrte die Mutter, „alles Dressur!"
Das also war es. Für Arthur kam diese Feststellung im richtigen Moment. Er musste nur das Tier vom Clown trennen.
Arthur meldete sich. „Wer wagt, der gewinnt!"
Zuerst auf den Esel, danach aufgepasst, dass das Tier seinen Herrn nicht sehen und hören konnte. Aber drei Runden in der Manege können verdammt lang sein. Für Arthur ging die Sache schlecht aus.
In der Abendveranstaltung wollte er das Gleiche noch einmal probieren, obwohl der Clown diesmal Bescheid wusste. – Es klappte wieder nicht.
Der Zirkus zog weiter. Alfred, Arthur, Hulda und Lotte folgten ihm, mit neuer Taktik von Alfred kundgetan: „Zuerst den Clown kaltstellen!"
Aufgeben wollten sie nicht.
Da hörten sie in der Veranstaltung den Zirkusdirektor sagen: „Das beliebte Eselreiten muss wegen Erkrankung des Esels leider ausfallen!"

Auf dem Weg, hinter Triebens Brücke, im Buckschen, stand ein schwerer Ackerwagen mit Achsenbruch. Es war kurz vor dem Finsterwerden.

„Wer wollte da mit dem Kopf durch die Wand?", wunderte sich Hulda.

„Ein Kleiner, der Noack Reinhard", antwortete es vom Dickicht her.

„Und der Gaul?"

„Den holte der Vater heim."

„Herrje ! War der Wagen geborgt?"

„Ist das nicht klar? Womit einen Wagen kaufen?"

Sie blieben stehen.

„Sauber abgeschert", stellte Alfred fest.

„Kann man's schweißen?" Lotte sah von einem zum anderen.

„Glaube ich nicht." Reinhard erhob sich.

Alfred sah nach der Kartoffelladung. „War zu gut gemeint", sagte er, und man hörte den Vorwurf heraus.

„Wer denkt nicht so, wenn der Tag sich neigt." Für Arthur war das Überladen völlig normal.

Reinhard kam mit müden, schweren Schritten näher. Vorsichtig fragte er: „Liegt bei euch was an?"

Alfred wand sich. „Gibt ein stärkeres Gespann ..."

„Man weiß, ihr fahrt halt nur mit Kühen."

Arthur entschied spontan: „Ich spanne an! Wir laden um." Er blickte auf Alfred.

„Komm mit!", befahl er. „Sieh das Eisenzeug hinterm Stall durch! Eine alte Achse passt bestimmt!"

„Daran habe ich gar nicht gedacht."

„Aber ich."

Es wurde Mitternacht, bis alle Kartoffelsäcke am Stall standen, und der Morgen dämmerte bereits, da zog Arthur die letzten Schrauben am Wagen fest.

Ins Bett zu gehen lohnte nicht mehr. So saß man, bis es Zeit wurde, zur Arbeit aufzubrechen.

Reinhard erzählte von Doktor Himmel, den der trinkfeste Paulick an der Post in ein Gespräch verwickelt hatte: „Von Ihnen stand heute etwas in der Zeitung, Herr Sanitätsrat!' – ‚So? Was denn?' – ‚Die Todesanzeige von Bäcker Wiesner.'"

„Paulick treibt gewöhnlich seine Späße mit dem Doktor", wusste Alfred. „Nicht lange her. Das Wartezimmer beim Doktor voller Patienten. Paulick mittendrin. Angeblich plagte ihn das Rheuma. Himmel fragte routinemäßig: ‚Haben Sie schon jemand diesbezüglich konsultiert, Herr Paulick?' – ‚Ja', erwiderte Paulick, ‚den Apotheker fragte ich um Rat.' – ‚Und welchen Unsinn hat er Ihnen geraten?', fragte Himmel. – ‚Er hat mich zu Ihnen geschickt, Herr Sanitätsrat!'"

„So ist Paulick", rief Arthur. „Eine echte Persönlichkeit."

Reinhard fröstelte. Umladen und Achse wechseln hatten ihn ausgelaugt. „Ist der Oktober kalt, macht der Raupenfraß halt", kommentierte er den Reif über der Wiese.

„So kann man's sehen", sagte Arthur darauf, „aber das ist sicher: ‚Bringt Oktober Frost und Wind, wird der Januar gelind!'"

„Aus dir spricht eure Großmutter!"

„Ja, ein bisschen! – Sie sagte auch: ‚Hängt das Laub bis November hinein, wird der Winter lange sein!'"

„Und hängt's?"

„Hab kein Auge drauf geworfen."

Sie fuhren bedächtig. Arthur vorneweg. Hinter ihm Lotte. Sie waren zeitig losgefahren, wohlwissend, dass das Markttreiben erst nach neun Uhr so richtig ins Laufen kam.

An den Gärten stiegen sie kurz von ihren Fahrrädern.

Arthur rückte die Säcke mit den Äpfeln zurecht.

Dann ging es weiter. Sie überquerten den Kippenweg. Zur Linken nun Wiesen. Gewöhnlich standen hier Rehe. Doch jetzt in der Frühe war das Spähen nach ihnen müßig.

Der Weg führte leicht bergan. Kaum merklich, aber die Last auf dem Gepäckträger hinter ihren Rücken drückte, wollte bewegt sein.

Endlich war die Hügelkuppe erreicht. Die Räder rollten ab nun fast von allein.

Ein Eichhörnchen sprang übermütig den schlanken Birkenstamm hoch und betrachtete aus luftiger Höhe furchtlos die Umgebung.

Lotte musste wieder treten. „Siehst mager aus", murmelte sie dem Tier nachschauend, „wirst es schwer haben über den Winter."

Ein Gespann kam ihnen entgegen. Sie mussten aus der Spur. Arthur hob zur Begrüßung die Hand.

Kubisch grüßte zurück. Er sprang vom Bock, massierte die steif gewordenen Beine. Unumwunden fragte er: „Habt ihr beiden einen Augenblick Muse?"

„Wenn der Augenblick keine Stunde währt", erwiderte Arthur, um gleich danach zu fragen: „Was liegt denn an?"

Kubisch wies mit der Peitsche zum Kahlschlag. „Fünf Stämme laden. – Bestes Bauholz. Geht ruck, zuck!"

„Dann wollen wir mal."

Kubisch lächelte dankbar. Er hob die Zügel. „Vorwärts!"

Das Pferd legte sich in das Geschirr. Der Wagen polterte.

„Stellt eure Fahrräder ruhig gegen einen Baum", riet Kubisch, ohne sich umzusehen, „hier kommt so gleich keiner vorbei!"

„Wir kümmern uns."

Die Stämme waren bald geladen. Kubisch hatte mit Arthur ja auch den Richtigen getroffen. „Deine Kraft möchte man haben", sagte er anerkennend, „treibst, wie man hörte, Sport. Tust ringen ..."

„Man hörte richtig.“

„Das Üben ist es nicht alleine“, behauptete Kubisch dann, „das meiste wurde einem in die Wiege gelegt.“

„Schon möglich.“

„Kannst du glauben. – Ich kenne noch euer Muttchen. Wann trat sie eigentlich die große Reise an?“

„Am zwanzigsten April neunzehnhundertsieben.“

„Genau! – Die war auch nicht ohne! Klein, aber zäh wie eine Katze.“

„Sagt Mama auch. – Kann mich an das Muttchen nicht mehr erinnern. War erst zwei Jahre alt, als sie von uns ging.“

„Dann ist es klar.“ Kubisch griff in die Hosentasche, brachte ein Taschenmesser hervor, klappte es auf und ging zum Pferd. Dort schob er die Klinge in das Polster des Geschirrs. „Der Notgroschen für den Ernstfall“, erklärte er bedenkenlos und zwinkerte dabei Arthur zu. „Ein Fünfziger für die Mühe.“

„War nicht notwendig ...“

„Nimm es ruhig, trifft keinen Armen.“

„Na dann, hab Dank!“

„Prima“, rief Lotte, als sie wieder auf ihren Fahrrädern saßen, „wir haben heute das Glück auf unserer Seite.“

„Klopf auf Holz! Noch sind die beiden Säcke mit den Äpfeln nicht verkauft.“

„Das machst du mit links, mit deinem Blick.“

„Gelingt nicht immer!“

„Rede nicht so was. – Wenn du die Weiber anguckst, werden sie reinweg dusslig. Schmelzen dahin wie Schnee in der Sonne.“

„Wollen wir hoffen, dass es so wird.“

An der Litfaßsäule, neben dem Gasthaus, befand sich der erste Gemüsestand. Arthur sah nach den Preisen. „Sind die blöd?“, flüsterte er, „da ist nicht mal der Transport beglichen.“

„Komm", verlangte Lotte, „wir stellen uns an die Kirche! Versuchen's halt."

„Nicht für den Preis hier!"

„Gott bewahre! Genau das Doppelte schreibe ich aufs Kärtchen."

Keine halbe Stunde verstrich, und die beiden Säcke mit den Äpfeln waren verkauft.

„Wäre nur Nachschub greifbar ..." Lotte zählte die Einnahme. „Das glaubt uns niemand."

Arthur horchte auf. „Nachschub? – Haben wir!"

„Wie meinst du das?"

„Wirst du gleich erleben. Folge mir!"

Sie schoben ihre Fahrräder durch das Gedränge bis zum Anfang des Markttreibens. Dort am Stand neben der Litfaßsäule ließ sich Arthur die Säcke füllen.

Diesmal ging der Verkauf nur schleppend voran. Und bei Marktschluss war nicht einmal ein Drittel der Äpfel abgesetzt.

Anna ging es nicht gut. Ihr Körper hatte sich verzehrt durch den Ärger, den ihr Paul bereitete. Dabei hatte sie alle Hände voll zu tun. Schließlich richtete sie die Hochzeit für Alfred. Und es sollte eine standesgemäße Hochzeit werden.

Die Liste mit den Gästen war lang. Alle im Haus zu beköstigen, war nicht möglich. So ließ sie die Scheune schmücken.

Und es ging ihr augenblicklich besser, als sie erfuhr, dass Arthur es nun doch einrichten konnte, am Hochzeitstag des Bruders daheim zu sein. Das Turnier in Leipzig, jener Stelle, wo einst Arthurs Laufbahn seinen Anfang nahm, er neunzehnhundertzweiundzwanzig seine erste, wichtige Medaille errang, war um eine Woche vorverlegt worden. „Am Donnerstag, zum Polterabend, bin ich zurück."

Gewöhnlich waren Arthurs Ankündigungen und die folgende Tat eins, doch diesmal meldeten sich bei der Mutter Bedenken.
„Am Donnerstag hast du einen Kampf ...“
Arthur beruhigte sie. „Ich schaffe den Abendzug, sei unbesorgt!“
Seine Zuversicht zerstreute Annas Bedenken.

Einen Tag noch hielt es Paul in der Hostenmühle, dann trieb ihn eine innere Unruhe ins Wirtshaus.
Zwei Nächte hindurch spielte er dort das Teufelsspiel, derweil Anna alles für die Hochzeit richtete.
Am Mittwoch, zur Abendbrotzeit, öffnete sich die Tür. Paul kam zurück. Betrunken und mit tiefen, ausdruckslosen Augen. „Geld her!“, hauchte er. Seine Stimme klang eigenartig fremd.
Anna stand auf, ging zum Mann hin. „Komm Paul, zieh dich erst einmal aus ...“
Paul machte eine wegwerfende Handbewegung. „Nichts da! – Zum letzten Mal, das Hochzeitsgeld aus dem Strumpf oder ...“
Ein Messer blitzte in seiner Hand. „Ich bringe dich um!“
Gelähmt durch die Morddrohung, rührte sich niemand am Tisch.
Durch Annas Kopf jagten tausend Gedanken. Dieser Ausgang war vorauszusehen, gestand sie sich ein. Es musste so enden.
– Da hörte sie eine Stimme. Leise, aber zwingend. „Das Messer weg, oder du bist ein toter Mann!“
Es war Arthurs Stimme, doch der Junge war weit weg. Es war unmöglich, dass er da redete. Alles nur Einbildung, sagte sich Anna, Arthur kann nicht helfen. Diesmal nicht.
Paul drehte sich seitlich. Also gab es jemanden hinter der Tür.
Er sah zum Flur hin. Aus seinem Gesicht wich alle Farbe. Ein Zittern ging durch die Hand mit dem Mordwerkzeug, lief über den Körper bis hin zu den Beinen. Dann fiel das Messer. Der metallene Ton stand im Raum.

Arthur kam herein. Anna griff nach ihm, konnte das Wunder nicht glauben. Doch der Junge war leibhaftig.

Arthur warf Mantel und Tasche auf das Sofa und nahm die geliebte Mutter in seine starken Arme. Ganz behutsam, als trage er Zerbrechliches, geleitete er sie zum Tisch.

Paul stand noch immer am Ofensims. Sein Verstand konnte das Geschehene nicht erfassen. Sein Blick schien wirr, als er auf die Knie fiel. Bald schüttelte es ihn wie von Krämpfen.

Endlich zog Paul sich am Türrahmen hoch, drehte sich herum und verließ wortlos die Stube.

Als die Haustür zuschlug, atmeten alle auf.

„Verkriecht er sich im Stall?", fragte Lotte, die als Erste die Sprache wiedergefunden hatte, „oder treibt's ihn fort?" Geduldig wartete sie am Fenster, wie sich die Dinge entwickeln würden. „Nein", sagte sie dann, „der Stall ist nicht das Richtige. Dort stinkt's. In der Scheune schläft es sich besser."

Alfreds Hochzeit wurde ein würdiges Fest. Für das leibliche Wohl der Gäste hatte Anna bestens gesorgt. Man tanzte nach den Klängen eines Grammofons, und der selbst gemachte Kirschwein ließ die Wogen bald hochschlagen. Am tiefsten in das Glas schaute Alfreds Schwiegermutter. „Deutsche Eichen stehen sicher! Und Prost!" Man hörte es alle halbe Stunde.

Nur Paul, der Bräutigamvater, saß abseits. „Das leidige Asthma", stöhnte er jedes Mal, wurde er des Desinteresses wegen befragt.

„Und die schlohweißen Strähnen waren über Nacht an den Schläfen?"

In sich gekehrt, erwiderte Paul: „Ein Wink des Herrn."

Beim Abtanzen des Schleiers, in vorgerückter Stunde, sprach Paul zum ersten Mal nach der Messerattacke mit Anna. „Nie wieder", beteuerte er, „müsst ihr so was erleben. Bin fortan ein anderer Mensch. Schwöre es bei meinem Leben! Das Kapitel Kartenspielen ist abgehakt."

Mit jedem Glas getrunkenem Wein wuchs die Stimmung. Bald philosophierte man über das Erinnerungsvermögen des Einzelnen.

„Mein weitestes Zurückerinnern bringt mich in das beneidenswerte Alter von knapp drei Jahren", erklärte Arthur.

„Nun übertreibst du aber", rief Hulda.

Arthur ließ sich nicht abbringen. „Es war ein warmer Septembertag, so wie man ihn mit zunehmenden Jahren glaubt, nie wieder erlebt zu haben. Wir wohnten abgelegen in einem kleinen, unscheinbaren Häuschen."

„Na, das ist ja nun keine Neuigkeit nicht." Hulda schüttelte verständnislos den Kopf.

„Lass Arthur doch reden!" Emma fand Gefallen an dessen Geschichte.

„Wollt ihr's nun hör'n oder nicht?"

„Rede weiter", ermunterte ihn Emma.

„Wusst ich doch. – Also, die zwei von uns bewohnten oberen Räume lagen wie Perlen auf einer Schnur, einer hinter dem anderen, mit einer Tür verbunden. Der hintere Raum war die elterliche Schlafstube. Das Heiligtum unserer Mama. Hier standen die Ehebetten und der wuchtige Schrank mit den Wertsachen."

„Ist heute noch so!"

Arthur ließ sich nicht aus der Ruhe bringen. „Als Wertsachen bezeichnete Mama die notarielle Bestätigung, dass das Brachland an der Chaussee als Baustelle veräußert worden war. Des Weiteren den Kassenzettel für ein gebraucht erworbenes Fahrrad und eine Quittung über fünf Sack Kalk für die Wiese."

„Und ein Taschentuch mit deinem Taufgeld und dem, was in den Jahren dazukam", vervollständigte Emma die Aufzählung.

„Richtig! – Und wollt ihr wissen, weshalb ich getauft wurde? – Weil die Familie glaubte, dass der Arthur seinen ersten Geburtstag nicht erleben würde und deshalb als Heide unter die Erde käme."

Anna bestätigte: „War wirklich so! Und was wurde aus dem Winzling? Unser Kräftigster!"

„Da habt ihr's gehört, was ich sagte, stimmt! Nun, der Arthur erlebte seinen ersten Geburtstag und viele folgende. In der Angst hatte ich zwei Tanten als Paten bekommen und einen Patenonkel. Die beiden Tanten waren, das stellte sich später heraus, ein Fehlgriff meiner Eltern gewesen."

„So darfst du es nicht sehen!" Die Mutter ließ Güte walten.

„Wieso nicht? – Sie erinnerten sich beide ihres Paten erst wieder, als dieser sich anschickte, die Schule zu verlassen. Und dann auch nur, um beim Schmaus dabei zu sein. Mit einem Baumwollhemd als Geschenk. Der dritte im Bunde, Onkel Gustav, vom Teichert stets als wahrer Sohn angezweifelt, hatte dafür in die Brieftasche gegriffen. – Ein fast ungebrauchter Zehnmarkschein gehörte fortan mir!"

Anna wunderte sich. „Wie du die Sachen siehst ..."

„Heute frage ich mich", fuhr Arthur fort, „weshalb tat Onkel Gustav das eigentlich? Sah er genauso schwarz wie ihr und glaubte, mit dem Geld jene Kiste für die letzte Reise mitbezahlen zu müssen?"

„Nun ist es aber gut", unterbrach ihn die Mutter, „jene Kiste für die letzte Reise. – Wie sich das anhört. – Wie kommst du eigentlich auf das Thema? – Das Geld liegt doch an seinem Platz!"

„Denkst du?"

„Das weiß ich!"

„Nun passt mal auf: Vor der elterlichen Schlafstube lag das Kinderzimmer. Das Kinderzimmer war der kleinste Raum im Haus. In ihm standen zwei Betten."

„In ihm stehen zwei Betten", verbesserte Hulda.

„Und ein Schreibtisch!"

„Den Papa auf einer Auktion erworben hat", fügte Hulda hinzu.

„Wissen wir doch! – Und nun kommt's: Dieses Zimmer mit den beiden einfarbigen Bettgestellen ist das Erste, an was ich mich erinnern kann! Nun werdet ihr euch sicher fragen, weshalb nur? – Den Grund dafür werde ich versuchen, euch glaubhaft ... Anders, so geht's nicht. – Gehen wir mal davon aus, dass sich nur Außergewöhnliches in unseren Hirnwindungen festsetzt, muss jener warme Septembermorgen andersartig als all die Tage zuvor gewesen sein. Doch der Reihe nach. Es begann damit, dass Emma mich mit ihrem hastigen Anziehen in außergewöhnlich früher Stunde weckte."

„Das ist wahr! Das habe ich getan."

„Seht ihr! Sie weiß nicht, um welchen Tag es geht, aber sie hat's getan. – Sie stopfte ihr Brüderchen in Hemd und Hose und schob's die Treppe runter."

„Was willst du damit sagen?"

„Nichts. Nur, dass es so war und ich mich noch erinnere."

Paul erhob sich in seiner Ecke, strich das Jackett glatt und sagte mit leiser Stimme: „Man darf nicht vergessen, ganz richtig. – Werde es stückchenweise zurücktun, geht nicht anders. Zum Erntedankfest liegt's Taufgeld und das Dazugetane vollzählig, wo's war." Er schob sich an den verdutzten Gästen vorbei zur Tür hin. „Muss gut sein. Richte mich für's Bett."

Damit keine Trübsal aufkam, ermunterte Emma den Bruder: „Erzähle weiter! Warst nicht am Ende mit deiner Geschichte, Brüderchen. Etwas fehlt ..."

Tante Bertha, Annas jüngere Schwester, kam Arthur zuvor. „Erinnere mich auch noch an vieles von damals. Geht doch um Huldas Geburt. Oder? – Ich kochte das Mittagessen und versorgte das Vieh. Dann scheuerte ich die Küche und fand

sogar Zeit, ein Spielchen ‚Dame‘ mit euch Kindern mit zu-
spielen.“

„Waren denn genug Kinder da?“

„Klar, hatte doch die Meinigen mit. Nur Emma mit ihren sieben
Jahren hielt sich bei allem raus. Ihr genügte ein Blatt Papier und
ein Bleistift, um sich stundenlang alleine zu beschäftigen.“

Arthur sagte verärgert. „Es ist meine Geschichte!“

„Bitte, wenn de meinst … Weißt du noch, dein Aufenthalt auf
dem Sofa wurde jäh unterbrochen, als ich mit der freudigen
Nachricht kam: ‚Ein Mädchen!‘“

„Erinnere mich daran nicht mehr, aber was dann folgte, weiß ich
noch genau! Man sagt, der erste Eindruck ist der beste. Wenn
das stimmt, sah es für Hulda trübe aus. – Wir waren kaum in
die Schlafstube getreten, als uns jähes Geschrei empfing. ‚Kommt
schon‘, ermunterte uns Mama. Schritt für Schritt näherten wir
uns der Wiege mit dem plärrenden Inhalt. Ersparen wir uns die
Einzelheiten. – Ich vergesse es nie!“

„Nun wird wieder gesungen“, rief Anna und verlangte: ‚Im
schönsten Wiesengrunde.‘ Aber alle!“

Später nahm sie Arthur an die Seite. „Machst mir richtig Angst,
Junge! Bist da, wenn die Not am größten ist. Weißt Sachen, die
du nicht wissen kannst. – Oder warst du alles durchwühlen?
Nein? Dann stimmt was nicht! Dass du dich nicht dem Teufel
verkauft hast …“

Arthur besänftigte die Mutter. „Was du dir nur ausmalst, Mama.
Logisch gedacht ist keine Hexerei! Das funktioniert, wenn man’s
will.“

„Wenn es so ist, bin ich beruhigt!“ Anna drückte Arthur an sich,
doch ganz überzeugt hatte der Junge sie nicht.

Die Jahre gingen dahin. Gertrud, Alfreds Frau, wiegte das dritte Kind. Hulda war aus dem Haus, und Lotte zog es immer öfter ins Dickicht des Kiefernwaldes. Dort traf sie sich mit Willy, ihrer ersten großen Liebe.

Arthur plagte eine fiebrige Erkältung, die er mit Tee und Bienenhonig kurierte. Weil wichtige Wettkämpfe bevorstanden, trainierte er trotz dieses Handicaps. Die erhofften Resultate blieben allerdings aus. Sein Trainer sah es mit Sorge. Als Arthur klatschnass beim Aufwärmen zusammenbrach, war für den Mann das Maß voll. „Holt den Arzt! Er soll sofort kommen!"

Doktor Himmel war für seine Ruhe bekannt. Es kam nicht selten vor, dass er sich erst einmal mit an den Tisch seiner Patienten setzte und kräftig hinlangte, bevor er zur Tat schritt.

Diesmal kam er gleich. Er übersah sogar den gedeckten Tisch. Seine Diagnose bei Arthur: Lungenentzündung. Er verordnete Einreibung, Wadenwickel und absolute Bettruhe.

Die Familie blieb gelassen. Arthur, ein Mann, groß und stark wie ein Baum, würde allemal mit diesem Bazillus fertig. Noch nie war Arthur krank gewesen. Dieser junge Körper bäumte sich auf und vernichtete alles Kranke. Ruck, zuck würde das gehen.

Doch es kam anders. Drei Tage währte der Kampf, dann war er für Arthur verloren.

Als die Glocke von der Schule es allen kundtat, saß Anna am Totenbett. Ihr Blick streifte das weiße Tuch, ging langsam zum Regal hin und verweilte dort verwundert. Wo waren die Bücher, Arthurs gehüteter Schatz, mit den Trainingsplänen und geheimen Anweisungen? Niemand war gekommen, sie zu holen, und Arthur hatte seit Tagen fest im Bett gelegen.

Ein Schauer lief Anna über den Rücken. Gab es mehr zwischen Himmel und Erde, als sie bisher für möglich gehalten hatte? In ihrer seelischen Not faltete sie die Hände und sagte die Worte

Jesu: „Selig seid ihr, die ihr hier hungert; denn ihr sollt satt werden. Selig seid ihr, die ihr hier weinet; denn ihr werdet lachen."
Und eigenartig, es ging etwas Leichtes nach diesen Worten in ihr vor, als sage jemand: Gräme dich nicht, es ist vollbracht.

Der neue Herbst war gekommen, mit Wind und erstem Frost in den Nächten.
Lotte setzte sich bei den niedrigen Kiefern ab.
„Wo bist du geblieben?", fragte der Verdacht schöpfende Vater.
Lotte tat unschuldig. „Wo schon? Durch den Hochwald ging ich zum Haus zurück."
Zwei Tage später das gleiche Spiel. Diesmal sagte Paul nichts. Ein drittes Mal läufst du mir nicht davon, das stand für ihn fest. Nun, das dritte Mal kam bald, beim gemeinsamen Steinpilzesuchen. Paul tauchte als Erster in der Schonung unter. „Wollen doch mal sehen, wo das Vögelchen hinfliegt ..."
Und das Vögelchen flog. Nicht allzu weit, doch es flog. Es flog einen Rehwechsel entlang, bog scharf nach rechts ab, umflog eine ehemalige Kiesgrube und begann zu pfeifen. Zuerst leise, dann laut und fordernd. Paul robbte näher. Sieh an, der Willy aus der Nachbarschaft erschien am ausgebrannten Brachland.
Paul wollte zurück, wagte es aber wegen der Geräusche, die er verursachen würde, nicht. Da sah man ihn auch schon.
Ohne Umschweife erklärte Lotte: „Seit Oktober bin ich einundzwanzig, somit volljährig."
„Was willst du damit sagen?"
„Es ist passiert!"
„Ach."
„Und nun sträubt sich der Willy!"
„Verstehe, Eile ist geboten ..."
„Erkennst immer alles schnell."

Paul wandte sich an den Nachbarjungen. „Was sagst du dazu?"
„Wir haben keinen Verzug nicht. – Der Lohn als Stellmacher, nicht gerade berauschend ..."
„Wem sagst du das. Aber steh'n muss man zur Tat, das ist erst mal sicher!"
Willy gab sich geschlagen. „Rede mit die daheim!"
„Die daheim! – Das sind deine Erzeuger. Man spricht von Vater und Mutter!"
„Ja, schon."
Paul zeigte zum Ausbau. „Also mach's!" Er reichte Lotte den Korb. „Geh'n wir! Es ist kein langer Tag mehr." Am Graben wartete Gertrud. Sie fühlte sich seit Wochen unwohl. Ihre Erzählungen aus der Vergangenheit verwunderten die Schwiegereltern. Nur den Kindern gefielen sie. „Mama macht Märchenstunde." In diesen Märchenstunden fuhr Gertrud mit dem Schiff über die Ostsee, wandelte in fremden Gefilden oder in herrschaftlichen Gärten. Alles Erinnerungen an längst Gewesenes. Selten sprach sie vom Augenblicklichen. Noch weniger von der Zukunft. Es schien, als ahne sie etwas.
Gertrud wankte, hielt sich am Kinderwagen fest. Ihr Atem ging kurz. „Was ist mit dir?" Der Schwiegervater sah es mit Sorge.
Sie erwiderte, und es sollte belanglos klingen: „Bei uns Frauen gibt es gewisse Momente ..."
Paul nahm ihr das Verharmlosen der Situation nicht ab. „Hole einen der Jungen, Lotte. Aber fix!"
Man trug Gertrud ins Haus. Richtete das Bett.
Annas prüfender Blick blieb auf dem Bild über den Betten haften. Zwei verschleierte Engel auf sattgrüner Wiese. Im Hintergrund das Haus der Engel. Groß und wuchtig. Ein richtiger Palast.
Anna wischte mit dem Finger über das Kleid des vordersten Engels. – Fliegendreck.

Gertrud beobachtete es. Richtete sich auf. „Komm nicht über die Runden. Wo zuerst anpacken ..."

„Lass man, wird alles wieder!" Anna wischte den Finger an der Schürze ab.

„Wozu ist unsereins da?"

Ein leiser Wind rüttelte am Fensterkreuz.

Gertrud schloss die Augen, sann abwesend vor sich hin.

Anna wollte sie auf andere Gedanken bringen. „Du kennst die Alma?"

Ohne die Augen aufzutun, fragte Gertrud: „Die Schwester vom lahmen Fritz?"

„Genau die! An ihrem Geburtstag beichtete ihr Hedwig, ihre Älteste, dass sie schwanger sei, sie ihr Zweites bekäme. Da stand Alma auf und sagte: ‚Hier ist einer zu viel an Bord ...' Sie ging hoch in ihr Zimmer, und weil sie zum Abendbrot nicht herunter kam, wollte Hedwig sie holen. – Sie fand die Mutter tot. Einer zu viel an Bord."

„Kann man nicht glauben."

Der Wind war stärker geworden. Er brachte schwere, dunkle Wolken. Anna sah es mit Genugtuung. Sicher würde es bald regnen.

Alfred kam ins Zimmer der kranken Frau. Anna machte mit den Händen die Tretbewegung, zeigte nach oben, ihre Lippen formten dabei das Wort „Himmel", so machte sie ihm verständlich, dass er den Doktor holen sollte.

Alfred legte den Finger auf den Mund und schlich davon.

Mit dem Regen kam Doktor Himmel. Er untersuchte Gertrud sorgfältig. „Sofort ins Krankenhaus", sagte er am Schluss. „Jede Minute zählt!"

Bevor er sein Fahrrad nahm, drückte er Annas Hand, lange und fest. Da wusste die Hausherrin, dass es um ihre Schwiegertochter schlecht stand und nur ein Wunder das zarte Leben erhalten konnte.

Und wie manches Mal, wenn ihr schwer ums Herz gewesen war, ging sie auch diesmal zum Teich. Dort unter den starken Eichen, vor Generationen gepflanzt, fühlte sie sich geborgen, konnte sie in sich gehen. In dieser schönen Natur kamen ihre Kräfte zurück, die sie nötig brauchte. Doch je länger sie diesmal hier verweilte, umso mehr wurde es ihr zur Gewissheit, der zweite Schicksalsschlag, so kurz hintereinander, stand ins Haus. Drei Kinder würden ohne die leibliche Mutter aufwachsen. So trat sie an jeden einzelnen der Baumriesen. „Helft!", flehte sie. Und sie glaubte eine Antwort zu spüren.

Eine Woche danach, am fünften Januar neunzehnhundertdrei-ßig, vollendete sich Gertruds Leben. Ihre Kinder riefen Anna, die Großmutter, fortan Muttel, und aus Paul, dem Großvater, machten sie den „Alten Herrn".

Zu allem Übel wurde Alfred arbeitslos.

So gesellte sich zur Trauer die Not ins Haus.

In dieser schweren Zeit wuchs Anna über sich selbst hinaus. Nichts geschah in der Hostenmühle ohne ihre Zustimmung. Kein Samen kam in die Erde, ohne dass Anna Tag und Stunde dafür bestimmt hatte. Kein Pfund Mehl und keine Tüte Zucker kamen ins Haus, waren sie nicht von ihr befohlen. Sie hatte ein wach-sames Auge auf die Fische im Halter ebenso wie auf die Gänse im Gatter. Und sie verwaltete alle Einnahmen. Fuhr Alfred auf den Markt und verkaufte dort Kartoffeln, Kohlrüben, Karpfen, Haselnüsse und Hühnereier, so gehörte die Einnahme pfennig-genau in Annas Eduscho-Büchse. Kam Paul am Sonnabend vom Pflaster verlegen nach Hause, war sein erster Gang zur Frau. „Abliefern", nannte er die Handlung. Manchmal auch: „Taschen umstülpen." Er scherzte trotz des Armseins.

Lottes angekündigter Nachwuchs ließ zum Glück auf sich warten.

Als er dann kam, hatte sich Willy einer anderen zugetan.

„So geht's nicht mehr weiter", behauptete der Alte Herr, „es muss etwas geschehen ... Ersatz muss her!" Er ging zum Einkauf. Als er zurückkehrte, verkündete er froh: „Ein Sohn ward geboren!"

Am Abendbrottisch erfuhr die Familie Einzelheiten. Der „Sohn" war ein in Logis wohnender Gärtnergeselle. Nach den Worten des Alten Herrn ein „Naturmensch". Zusammen mit seinem Bruder war er in Löbau auf Wanderschaft gegangen und durch „behördliche Kraft" zum Verweilen auf Abruf vor zwei Tagen bei der Witwe Mautenbrick einquartiert worden.

Anna gefiel das Dazutun nicht. „Geht es nicht auch ohne?"

Paul spuckte den Kautabak aus. „Ohne geht es nicht. – Soll es später mal heißen: Ein beim Heumachen gezeugtes Kind?"

„Wenn man's so sieht ...Und Lotte, hast du mit ihr gesprochen?"

„Erst mal bring ich ihn her!"

Vierundzwanzig Stunden später war es dann so weit. Paul hatte die Schiffermütze mit dem Schild nach hinten auf dem Kopf, und an seinem Arm hing ein von der Sonne gebräuntes Menschenkind, was monoton die Witze einer Grammofonplatte wiederholte: „Mensch Meier, was ist denn mit dir los? Was machst du denn für ein Gesicht?" Und nach einer Pause mit tiefer Stimme: „Ach, ich hab ja so 'ne Sorgen ..."

Paul führte den Besucher an den Küchentisch und sagte leise, aber eindringlich: „Pst!" Er sah in die Runde. „Das ist Mar... wie war es gleich?"

„Martin!"

Paul wartete, bis Martin am Tisch Halt fand, und wies mit der nun freien Rechten auf seine Frau. „Unsere Muttel!"

„Angenehm."

„Und das", Paul zeigte auf die Tochter, „ist Lotte."

166

„Angenehm", wiederholte Martin, wobei er mit ausgebreiteten Händen, den rechten Fuß zurücknehmend, einen gekonnten Knicks vollführte.

Der Alte Herr sah Lotte an. Na, fragten seine Augen, was hältst du von dem Jungen?

Am Anfang zierte sich Lotte, dann aber erklärte sie: „Der Martin gefällt mir! Ein richtig großer Säugling."

Paul führte Martin zum Sofa. „Hol Gläser, Frau", verlangte er, griff in die Jackentasche und brachte eine Flasche Pfefferminzlikör hervor. Er ließ den Korken knallen. „Das ist Musik!" Und gleich danach: „Randvoll, wie es sich gehört!"

Martin wurde der Kopf schwer, trotzdem säuselte er: „Rein mit dem Fuder!"

„Trinkst du sonst auch?", fragte Lotte, wobei sie dem Besucher das Glas abnahm.

„Höchstens bei Festlichkeiten. – Heute hat mich euer Paul dazu angehalten."

„Konnte nicht anders sein!"

„Wäre sonst bestimmt nicht mitgetippelt."

„Trinken wir noch einen?" Der Hausherr schien in Geberlaune.

„Lieber nicht." Martin schüttelte sich.

Weil Martin fortan öfter vorbeischaute, knüpften sich zwischen Lotte und ihm bald zarte Bande.

Ein Zimmer am Läden, von Martin bei Theumers angemietet, so ganz in der Nähe der Hostenmühle, blieb immer öfter verwaist. Zur Kirmes ging er mit Lotte als fester Freundin. Dorthin kam auch Alfred. Er hatte wieder Arbeit. Seine Jugendliebe, und das stimmte ihn froh, saß am Nebentisch. Fünfzehn Jahre hatten sie sich nicht gesehen. Doch verhaltene Freude brachte von beiden lange Verdrängtes zum Vorschein. Nach dem dritten Walzer wusste Martha über alles Durchlebte von Alfred Bescheid. Witwer war er, Vater von drei schulpflichtigen Kindern. So gut wie mittellos, aber mit schier unbändiger Lebenserwartung. So überraschte es sie keineswegs, als Alfred fragte, und es kam ihr vor, als hätte er keine Sekunde zu verlieren, ob sie seine Frau werden wollte. So mir nichts, dir nichts zwischen zwei Drehungen beim Walzertanzen.

Sie sagte nicht Ja, aber auch nicht Nein, doch den Heimweg nahmen sie gemeinsam. Hierbei erfuhr Alfred, dass Martha noch Ostern mit dem Sohn des Gärtnereibesitzers Heidenreich verlobt gewesen war. Sie, die Magd von nebenan, er der künftige Gärtnermeister, Herr über Kohl, Sellerie und Stiefmütterchen. Geld wollte die strenge Mutter und Geschäftsfrau von einer zukünftigen Schwiegertochter eingebracht sehen. Viel Geld. Da war eine Magd fehl am Platz. „Wer nichts erheiratet und ererbt, bleibt ein armer Teufel, bis er sterbt", ließ sie den Sohn wissen. „Sag, was fehlt uns", fragte Hermann zurück. „Wir haben satt zu essen. Die Gärtnerei floriert." – Die Mutter blieb hart. „Mein letztes Wort."

Martha ging mit Hermann zum Ostertanz. Kurz vor Mitternacht brachte er sie nach Hause. Als sie das Fenster schloss, stand er noch am Tor. In den Morgenstunden klopften Nachbarn Martha aus dem Bett. Man hatte Hermann gefunden. Mit einem Schuss aus des Vaters Revolver hatte er seinem Leben ein Ende gesetzt. Nun sollte Martha alles werden. – Tochter, Erbin, Herrin. Doch sie blieb bei Ritters in Stellung. Ein wenig war daran Erhard, Ritters Sohn, schuld. Er rief Martha „Olga", wie die verstorbene Großmutter.

Olga wachte an Erhards Bett, wie einst die Großmutter, wenn er krank war. Sie hielt die Hände schützend über ihn, wenn seine allzu gestrengen Eltern zürnten. Von ihr bekam Erhard jene Zuwendung an Liebe, die er so nötig brauchte.

Am Mutterteich setzten sie sich, sahen dem Graben nach zur Hostenmühle. Durch den dichten Fichtenbestand leuchteten der Wagenschuppen und ein Teil der Scheune. Genug für Alfred, das Anwesen zu beschreiben. Mit einem Stock wies er westwärts. „Dort steht das Haus des Schwagers. Ein wenig davon ist das Meinige. – Streckte das Geld für das Dach vor. Wenn wir bauen, wird's mit Pauls Hilfe ausgeglichen."

Martha wunderte sich. „Wie einfach bei euch alles geht."

„So muss es sein! – Und nun erzähle, wie erging's dir?"

„Auf die Welt kam ich in Großenhain", erwiderte Martha belustigt. „Aber das hab ich dir längst erzählt!"

„Man wird nicht nur geboren ..."

„Willst mehr wissen ... Im Elternhaus blieb ich bis kurz vor meinem siebenten Geburtstag. Dann war der Brand, und wir Kinder wurden in der Verwandtschaft aufgeteilt."

„Welcher Brand? Etwa wie bei uns?"

„Möglich. – Wir wohnten zur Miete. Im Hinterhaus. Eine Treppe hoch. Papa war auf Arbeit, Mama einkaufen. Frieda fror. Max machte Feuer im Ofen. Die Holzscheite schob er wohl nicht weit genug in das Feuerloch. Sie fielen brennend heraus. Der Vorhang fing Feuer. Bald schlugen die Flammen bis zur Stubendecke."

„Und dann?"

„Die kleine Erna im Steckkissen schrie. Olga, gerade zwei, hustete, rang nach Luft. Ich öffnete das Fenster, rief um Hilfe. – Niemand hörte es."

„Schrecklich! – Und dann?"

„Raus mussten wir! Doch wie? Der Weg zum Hausflur war durch die Flammen abgeschnitten. In meiner Angst warf ich alles Greifbare zum Fenster hinaus. Sogar die Betten. ‚Spring', befahl ich Max, und der Bruder zögerte keinen Augenblick."

„Wie alt war Max?"

„Eineinhalb Jahre jünger als ich. Etwas über fünf. – Dann war Frieda an der Reihe. Doch Frieda hatte Angst vor der Tiefe. Ich musste sie herausschubsen, genau wie Olga. Zum Schluss griff ich mir die kleine Erna im Steckkissen und sprang hinterher."

„Mit nicht mal sieben Jahren ..." Alfred konnte es kaum fassen. „Und ihr habt das Unglück alle unbeschadet überstanden?"

„Das nicht gerade, doch für die Situation verlief es glimpflich. – Olga trug eine Prellung am Bein davon. Frieda war der rechte Arm ausgekugelt, und Max blutete die gebrochene Nase. Alles ohne gesundheitliche Folgen."

„Und weshalb wurdet ihr Kinder dann in der Verwandtschaft aufgeteilt?"

„Weil Mama tot war! – Sie kam vom Einkauf, sah das Feuer und hatte nur noch einen Gedanken: die Kinder. Niemand vermochte sie aufzuhalten."

Schon bald trug der Küchenschrank einen Aufkleber. „Bunt macht lustig", sagte Muttel. „Lies vor, Lotte! Sehen wirklich schön aus, die vier Schachteln und die Flasche."

„Das Reinemachen", buchstabierte Lotte, „wird zum Spiel durch Ata, Imi und Persil! Sag das der Mutti heute und morgen, dann spart sie Geld und hat nie Sorgen."

Die Mutter bekräftigte: „Hört sich gut an. Kann man sich immer wieder zu Gemüt' führen." Sie streichelte Marthas Arm. „Macht auch sauber."

Mit einem säuberlich gefalteten Zettel kam Alfred herein. Ohne Umschweife begann er: „Hier, Muttel, so haben wir uns das vorgestellt!"

Anna griff zur Brille. Sie las gründlich. „Ist das von euch auch gut durchdacht?", fragte sie dann. Ohne eine Antwort abzuwarten, fuhr sie fort: „Wisst ihr, auf einer Seite im Kalender war mal ein Spruch. Eine Stelle darin ging so: ‚Gebe die erworbenen Güter nie zu früh den Kindern ab, sonst wirst du zu ihren Sklaven, und sie bringen dich ins Grab!'"

„Was hat das mit uns zu tun?"

„Versteh schon, es ist umgedreht. Du, Alfred, willst nichts, sondern gibst. Da spricht dein gutes Herz. Trotzdem, weiß man, wie's mal kommt?"

„Es gibt nichts Schlechtes, was kommen kann. Ich habe meine Arbeit und einen guten Verdienst. – Ehrlich gesagt, mir liegt die Landwirtschaft sowieso nicht. Na, und Martin ist Gärtner von Beruf. Und er will sich selbstständig machen. Der Boden dafür liegt hier bereit. Was soll's!"

„Habe kein gutes Gefühl ... Sogar in der Bibel steht, der Erstgeborene übernimmt 's Zepter."

Lotte sah sich schon im Gewächshaus stehen. „So ein Verkauf im Glashaus gefällt mir. Die Schelken sagt, feuchtwarme Luft macht die Lunge frei. Hinzu kommt: ‚Ist der Handel noch so klein, er bringt mehr als Arbeit ein.'"

Martin winkte ab. „Bis dahin ist's ein weiter Weg."

„Packen wir's halt alle zusammen an. Wäre doch gelacht, wenn's uns nicht gelingt."

Muttel wunderte sich. „Lotte, Lotte. Worte kannst du heuer finden ..."

Der Alte Herr, bisher still in seiner Ecke, meldete sich. „Ganz mein Ding ist es nicht, was ihr da ausgeheckt habt. Martin ist Gärtner. Na prima. Doch das Land zu bearbeiten, ist erst die halbe Miete!"

Lotte brauste auf. „Das mit dem Geschäftemachen werden wir schon schaffen! – Was ein Hochzeitsstrauß zum Beispiel kostet, auf den Pfennig genau kann ich's dir sagen."

„Als wenn's damit getan wäre!" Kopfschüttelnd verließ der Alte Herr die Stube.

Trotz aller warnenden Worte der Eltern wurde alles für die künftigen Besitzer der Hostenmühle von Lotte und Alfred in die Wege geleitet.

Ein zünftiges Frühlingsfest versöhnte die Eltern, zumal Anna fortan eine bescheidene Rente von Paul zur Verfügung stand, sodass sie sich unabhängig wähnte. Denn sie war es gewesen, die Pauls Arbeitgeber nacheinander aufgesucht hatte, um sich die zur Rentenzahlung notwendigen Arbeitsjahre bestätigen zu lassen – was der Mann mit dem festen Glauben, nie das Rentenalter zu erreichen, sein Leben lang als vergeudetes Getue abgetan hatte.

Bald danach zog Alfred mit Martha und nun vier Kindern bei Emma und Paul ein. Doch nicht für lange. Die Stuben waren winzig. Im folgenden Frühjahr packten sie erneut ihre Sachen. Es war kurz vor Pfingsten.

Die Gemüter in der Hostenmühle waren von Zuversicht beseelt. Eine feine Ruhe durchzog das Haus. Die Kinder waren in der Schule. Die Frauen strickten aus Schafwolle Strümpfe für den Winter.

Der Alte Herr saß dabei, lehnte sich gegen die Wand der Hölle und las im „Kobold" oberbayrischen Humor. Seine Lippen formten die gelesenen Worte, und zustimmendes Nicken tat kund, dass das Gelesene seine Zustimmung fand.

Martin hatte Anstellung in der Stadtgärtnerei gefunden. Kam er von der Arbeit, „erfand" er meistens etwas, oder er erzählte von seinen Erfindungen. Manchmal wurde er auch poetisch. Dann konnte die Familie so aufschlussreiche Worte hören wie: „Die angenehmsten Menschen sind mir Männer mit Zukunft und Frauen mit Vergangenheit."

Schon in jungen Jahren, so erzählte Martin, hätte er sich der Wissenschaft des „Erfindens" gewidmet. Er wollte der Nachwelt eine Freude bereiten. Leider existierte von seinen Erfindungen stets irgendwo im Land ein ähnliches Exemplar. Er war am Verzweifeln.

Doch eines Tages kam ihm der Zufall zu Hilfe. Nach dem Verrichten seiner Notdurft auf der Wanderschaft bekam er Ärger bei der Klosettreinigung. Wie ein Wink des Herrn empfand Martin diesen Ärger. Hatten nicht schon ganz Große die genialsten Einfälle im Schlaf oder durch den Zufall bekommen? Kurz, er setzte sich an den Tisch, nahm Tinte und Papier und verfasste folgenden Text:

„Geehrtes Patentamt! Meine Herren!

Aufgrund jahrelanger Studien bin ich heute in der glücklichen Lage, Ihnen einen winzigen Handgriff anzukündigen, welcher künftig Reinigungsmittel und Klosettbürsten so gut wie unnötig macht. – Sogar die Wassermenge eines jeden Spülklosetts kann ohne Weiteres um die Hälfte reduziert werden. Berechnungen folgen. Und für den Benutzer selbigen wird der Spülvorgang zu einer der angenehmsten Beschäftigungen in seinem Tagesablauf. Zum Patent: Einlegen eines Papierstreifens in das Klosettbecken vor der Notdurft. Erfolg: Wie oben beschrieben.

Hochachtungsvoll
meine Wenigkeit, ein Gärtner und Erfinder."
Vier Wochen danach bekam Martin folgenden Antwortbrief, den ein Patentamtmitarbeiter ihm zusandte:

„Geehrter, humorvoller Erfinder!

Ihr Brief vom vierzehnten Mai neunzehnhundertzweiunddreißig ging bei uns am neunzehnten Mai neunzehnhundertzweiunddreißig ein. Zur Sache: Ihr Denken und Gewohnheiten verändernder

Vorschlag wurde geprüft und für genial befunden. Aufgrund der dadurch entstehenden umfangreichen Veränderungen in Staat und Wirtschaft wurde Ihr Schreiben von uns an das zustehende Personal weitergeleitet. Patentvergabe erfolgt später in würdiger Form.

In Dankbarkeit
Pauke. Erster Mann der Patentvergabe."

Dieses Antwortschreiben ließ sich Martin einrahmen, und es hängt seitdem über dem Bett des Erfinders. Die Jahre haben es gelb werden lassen, und nur die Stubenfliegen betrachten es hin und wieder. Anna fand sogar den Mut, den wartenden Schwiegersohn auf die die Welt verändernden Angelegenheiten hinzuweisen, welche oft gerade durch sadistische Büromenschen verschleppt wurden. „Man sollte halt Geduld üben ...“
„So viele Jahre ...“
„Dass ich nicht lache! Wie lange brauchte der Mensch, bis er fliegen konnte?“
Mit dieser Antwort machte sie Martin glücklich. „Da ist was Wahres dran!“
In der Gärtnerei sorgte Martin dafür, dass das Handwerkszeug stets einsatzbereit war. Er zog, wenn nötig, neue Zinken in die Rechen oder schärfte die Spaten. Zum Letzteren stand ihm eine altertümliche Schleifmaschine mit, wie er beteuerte, „eingebauter Entstaubung“ zur Verfügung. Die Schleifmaschine war in einem Gewächshausanbau aus gehobelten Brettern untergebracht.
Martin hatte persönlich ein Schild an die Tür genagelt: „Rauchen verboten!“ Und er hielt streng Wacht, dass auch jeder Besucher die Vorschrift einhielt.

Eines Tages vergaß sich Martin, als ein Kunde zur Tür hineinsah. Er grüßte freundlich und ließ dabei die halb zu Ende gerauchte Zigarette im Schleifstaub schluckenden Trichter verschwinden. Als Martin am Abend die folgenden Sekunden beschrieb, glaubte die Familie, er zitiere eine Stelle aus der Heiligen Schrift: „Es wurde hell, und in der Ferne glaubte ich, den Gesang der Engel zu vernehmen. Eine unsichtbare Macht nahm von mir Besitz, um mich fliegen zu lassen. Und es senkte sich die Finsternis herab, um alles in sich aufzunehmen. – Die Helligkeit, das Schweben ins Unendliche und meinen Geist."

„Ein Attentat", hauchte der Alte Herr.

„Nein, nein", widersprach Martin. „Höhere Gewalt!"

Lotte prophezeite: „Es wird an den Tag kommen." Sie sollte recht behalten.

Die Experten, zwei Männer aus Alfreds Bekanntenkreis, waren sich bald einig: „Stichflamme und Druckwelle wurden von Martins weggeworfener halber Zigarette ausgelöst. Eindeutig, eine Staubexplosion!"

Martin ging da nicht mit. Hatte er vielleicht Holzspäne im Staubkasten gehabt? Na also. Metall hatte er geschliffen.

„Reg dich nicht auf! – Die Versicherung zahlt", tröstete ihn der Meister.

Martin horchte auf. Also war an der Staubexplosion etwas Hieb- und Stichfestes dran. Er wollte der Sache auf den Grund gehen. Es musste ja nicht gleich sein.

Muttel las in der Bibel. Sie hatte das dicke Buch, seit Arthur gestorben war, nicht mehr angerührt. Und nun auf einmal ... Hatte sie einen Grund? In der Bibel steckte ein Brief. Martin hatte ihn ihr zur Aufbewahrung gegeben. „Einige Gedanken zur Entwicklung der Tiere", stand auf dem Kuvert.

Muttel wunderte sich. „Womit sich Martin so beschäftigt ..."

Das Kuvert war nicht mal zugeklebt. Sie las: „Durch umfangreiche Studien bin ich zu der Überzeugung gekommen, dass jedes Organ eines Tieres, welches gefördert wird, sich vervollkommnet. Ein Organ wiederum, welches durch die Entwicklung oder durch Veränderungen in der Natur wenig gefördert oder gar überflüssig wird, verkümmert. Ebenso verhält es sich bei der Entwicklung der Tiere. Als Beispiel möchte ich jene Bakterien, welche in den Därmen leben, nennen. Sie besitzen weder Ohren noch Augen, haben sich sozusagen auf ihr Parasitenleben vollkommen eingestellt. Besitzen dadurch, dass sie im Innern eines anderen Tieres leben, nicht einmal Feinde. Sie vermehren sich und machen Schaden, trotz Rückentwicklung. Ja, sie werden meiner Ansicht nach immer lebensfähiger.“

Anna legte den Brief wieder an seinen angestammten Platz. „Und wegen dieses Gekritzels kommt Martin extra vom Feld rein.“ Sie schob die Bibel unter das Kopfkissen. „Vielleicht interessiert sich tatsächlich mal jemand für des Mannes Ideen. Über was Martin sich Gedanken macht ... Begabt ist er, ohne Frage. Nur bei der Anwendung des Wissens vergreift er sich!“

Durch das Fenster sah sie Martin auf dem nahen Acker. Er schritt das Feld ab, schrieb etwas in ein Heft, wiederholte alles, verglich die Ergebnisse und begann mit dem Graben.

Anna wunderte sich. Was mochte der Schwiegersohn suchen? Gesätes sicher nicht. Da brauchte er keine sechzig Zentimeter in die Tiefe.

Entschlossen band sie das Kopftuch um und schlüpfte in die Gummistiefel. „Dem gehe ich auf den Grund!“

„Kannst über die Brücke kommen!“ Martin wies nach vorn.

Anna tat, wie ihr geraten.

Die Brücke des Schwiegersohns war ein knorriges Eichenbrett. „Stell dich hierhin“, befahl er bald darauf, „und rühre dich nicht vom Fleck!“

Anna machte das Spiel mit.

Martin ging, wie zur Parade, quer über das Feld.

Anna zählte seine Stiefelabdrücke. Sieben in westlicher, sieben in südlicher Richtung. „Hier ist es!" Martin kniete nieder und wühlte, wie ein vom Jagdfieber gepackter Hund, in der weichen Erde.

Annas Neugier wuchs. „Noch tiefer?"

Martin gab keine Antwort, doch die Entschlossenheit, mit der er weitermachte, sagte alles.

„Vielleicht nicht so genau genommen?"

Martin weitete das Loch nach allen Seiten aus. Ohne sichtbares Ergebnis.

Er überlegte. Hatte sich ein Fehler in seine Berechnungen geschlichen?

Er holte ein vergilbtes Papier aus der Tasche und faltete es auseinander.

Anna sah darauf unzählige Linien. „Ein Lageplan?"

„Gut kombiniert!"

„Da gehört richtiges Handwerkszeug her! Dazu Bretter, Stricke, Eimer."

Martin hatte sich vergeblich geschunden und war deshalb ein geduldiger Zuhörer.

Plötzlich durchzuckte Anna ein böser Gedanke. „Wenn du dich nun dumm anstellst und das Papier aus Versehen falsch herum hältst?"

Martin fuhr hoch. „Falsch herum?"

„Wäre doch möglich! Wo du oben vermutest, ist unten und umgedreht."

Martin richtete den Plan aus. „Hat alles seine Richtigkeit!"

„War eine Vermutung, mehr nicht!"

„Schon gut." Er ließ das Papier in seinen unergründlichen Taschen verschwinden.

177

Anna griff nach dem Spaten. „Vielleicht habe ich mehr Glück ...“
Der Schwiegersohn winkte ab. „Hat keinen Zweck. Ein Flugzeug
muss her!“

„Ein Flugzeug?“

„Aber feste. – Oder ein Ballon.“

„Das versteh, wer kann!“

Martin erklärte ruhig: „Stell dir mal vor, hier auf diesem Acker
hätte vor fünfzig Jahren eine Scheune gestanden. Eine große
Scheune. Eines schönen Tages kam ein Gewitter. – Ein Blitz und
die Scheune brannte nieder bis auf die Grundmauern. Den Rest
besorgten später die Besitzer. Dann kam die Erkenntnis. So fiel
brachliegendes Land. Mit Unkraut übersät. Deshalb fort mit den
Brandresten. Mutterboden aufgefahren und fertig war ein Stück
neuen Feldes. – Bis hierher klar?“

„Bin doch nicht von gestern. – Suchst also Mauerreste?“

„Das mit der Scheune war ein Beispiel! – Wollte damit nur
deutlich machen, dass auf ganz natürliche Weise etwas unter
dem Boden hier sein kann, von dem heutzutage niemand etwas
ahnt!“

„Also keine Grundmauern. Gott sei gelobt. – Wozu dann eine
Flugmaschine?“

„Ich mach es kurz: Von einem Flugzeug aus den Acker foto-
grafiert, wobei noch gewisse Raffinessen angewendet werden
müssten, wäre auf dem Film der vollständige Grundriss der einst
hier gestandenen Scheune zu sehen. Und weißt du weshalb?
Weil die Kartoffeln überall dort, wo die Grundmauern der einstigen Scheune tief unten in der Erde stecken, weniger entwi-
ckelt wären. Die Mauerreste lassen keine Feuchtigkeit durch.
Die Kartoffeln müssen mit dem zufrieden sein, was ihnen von
oben zugeteilt wird.“

„So, so. – Und das bemalte Papier?“

„Steckte hinter den Ziegeln auf dem Dachboden.“

„Und was hast du erlesen?“

„Dass findige Köpfe einst die Wassermenge durch Rohre unter den Feldern regulierten.“

„Donnerwetter! Sicher der Seiler Johann, mein Vater.“

„Vielleicht schon sein Schwiegervater, der Pohle Christian.“

„Weißt du, wie man so was nennt? – Dränage. Und die willst du ausbuddeln?“

„Wer behauptet denn das? – Finden will ich sie!“

„Wozu? Das Feld ist in gutem Zustand. Die Rohre arbeiten vielleicht noch.“

„Sie arbeiten ganz sicher! Weshalb auch nicht? – Trotzdem würde mich dieses Rohrsystem unter unseren Füßen außerordentlich interessieren.“

Martin nahm in einem Augenblick der Besinnung Anna den Spaten aus der Hand, hob ihn auf seine Schulter und ging festen Schrittes zum Feldrain. Ganz spontan, ohne ersichtlichen Grund.

Der Wind war in diesen Tagen behutsam still, als wollte er den Frieden des Hauses nicht stören.

Da knallte es hinter dem Stall. Kurz und dumpf.

Anna ging nachschauen. Wie ein Schatten folgte ihr der Alte Herr. Unbeeindruckt sah Anna auf die Reste des Betonrohres. Paul erstieg den Betontrümmerhaufen und blickte zum Schwiegersohn hin. Sein Gesicht nahm dabei so herbe, beherrschende Züge an, dass es Anna schauderte. Doch nicht ihr, sondern dem Schwiegersohn galt dieser Gesichtsausdruck. Martin aber sah es nicht. Er sah nicht einmal den Schwiegervater, obwohl dieser weder Gefahr noch Mut gescheut hatte, als er die Trümmer erstieg. Als erfahrener Mann erkannte der Alte Herr bereits nach dem dritten vernehmlichen Hüsteln, dass er noch lange unbeobachtet auf den Trümmern stehen könnte, sollte ihm nicht augenblicklich etwas einfallen. So nahm er allen Mut zusammen und sagte laut: „Endlich!" Doch die erhoffte Wirkung blieb aus. Nur für einen Augenblick sah Martin von seinen Berechnungen auf, nickte kaum merklich, wobei er schon wieder zusammenzählte, und murmelte dann: „Wir haben es geschafft."

Paul verschlug es die Sprache. Doch dann kauerte er sich neben dem Zahlen murmelnden Schwiegersohn hin. „Was heißt ‚wir'?", fragte er endlich.

Martin ließ die linke Hand nach oben gehen. Das hieß wohl so viel wie „Moment". Er schrieb sein Resultat unter die Zahlen und begann mit der Probe.

Paul wartete geduldig. Ohne Hast zog er die Tabakspfeife aus der Jacketttasche und begann, die Hosentaschen nach dem Tabaksbeutel abzuklopfen. – Ergebnislos. Daraufhin suchte er in den Innentaschen, wurde fündig und stopfte seine Pfeife.

Martin klappte das Experimentierheft zu. Er schien mit dem Ergebnis des Experimentes zufrieden. Seine Augen strahlten, und die Wangen bekamen ein zartes Rot, wie man es zuweilen bei Backfischen beobachten kann.

„Ich sage ‚wir'", nahm Martin das Gespräch danach auf, „weil der Mensch als einzelnes Individuum gleich null ist."

Der Schwiegervater nahm die Pfeife aus dem Mund und sah Martin ungläubig an. „Individuum", wiederholte er, wobei er das Wort in seine Bausteine aufzuteilen schien.

„Eben." Martin half dem Schwiegervater beim abermaligen Zünden der Pfeife und fuhr fort: „Eine Biene allein geht zugrunde. Ein ganzes Bienenvolk aber arbeitet und vermehrt sich."

„Was hat das hiermit zu tun?"

„Beruhige dich! – War ein schlechtes Beispiel." Martin erhob sich.

Paul spürte, dass er nach Worten suchte. Er massierte seine mit Rheumatismus belasteten Beine. Sein Stöhnen dabei klang mitleiderweckend. Zuallerletzt stemmte er die Hände in die Hüften und drückte den steifen Rücken gerade. „Oje, oje", keuchte er.
Martin sah nicht mal hin. „Musst besser ölen." Er schob das Experimentierheft hinter einen Dachsparren und sagte: „Wenn du dir einen Rennwagen kaufst, glaubst du im Ernst, dass das genügt, um an einem Rennen teilzunehmen?"
„Was soll das nun wieder?"
„Warte nur ab, ich lasse dich nicht lange zappeln. Der Wagen allein nutzt dir einen Dreck! Als Erstes brauchst du einen guten Mechaniker. Ohne ihn kannst du gleich zu Hause bleiben. Als Zweites brauchst du einen, der dich physisch und moralisch hochhält. – Das verstehst du doch?" Martin ruderte mit seinen dürren Armen in der Luft herum. Aber seine Beispiele zündeten nicht. Sie verwirrten nur. Zudem glaubte der Alte Herr jetzt an einen Spaß, den sich sein Schwiegersohn mit ihm erlaubte.
„Einen Mechaniker! – Einen für die Moral! – Und was noch?"
Der Alte Herr wackelte mit dem erhobenen Mittelfinger. „Na?"
Martin rang die Hände. Für Sekunden sah er hilfeflehend auf die Schwiegermutter, doch diese wich seinem Blick aus. Plötzlich warf er die Arme nach oben und rief: „Und was noch? Und was noch? – Woher soll ich das wissen?"
„Ach!"
„Kein Ach! Ich wollte mit dem ‚Wir' nur andeuten, dass Lotte, Muttel, die Kinder und du zu gleichen Teilen an dem kommenden Erfolg beteiligt seid. Allein auf weiter Flur wäre ich nie so weit gekommen."
Der Alte Herr riss die Augen wie ein durchgehender Gaul auf, schlug sich begeistert auf den Oberschenkel und rief: „Wir!" Und dann noch einmal: „Wir!" Er fuhr mit der Linken in die Hosentasche, holte ein sauber zusammengefaltetes Taschentuch

hervor und schnäuzte sich. „Der Herr Schwiegersohn", sagte er endlich, „wartet also auf einen Erfolg. – Liege ich richtig?"

„Du liegst!"

„Na ja ..."

„Versteht doch! – Die Staubexplosion in der Gärtnerei. Es ließ mir keine Ruhe. Vorgestern kam mir die Erleuchtung. Karbid in der Lampe macht nicht nur die Stube hell. Das kann auch einen ganz schönen Puff erzeugen, wie ihr seht!"

„Karbid", mischte sich Anna ein, „hast du also genommen. Deshalb roch es nach Teufelsdreck!"

Der Alte Herr packte Martin am Hemd. „Nun Klartext, wo willst du die Pufferei anwenden?"

Martin strahlte. „Jetzt liegen wir auf einer Welle! Ich dachte ans Kartoffelhacken. Rausgesprengt sind die Knollen ruck, zuck!"

Paul ließ vom Schwiegersohn ab. Kopfschüttelnd ging er zum Stall. „Wenn du an Baumstümpfe gedacht hättest – na gut, könnte ich mir noch vorstellen. Aber Kartoffeln ..."

„Dann eben Kohlrüben!"

Anna schlürfte Paul hinterher. „Fette mal dein Oberstübchen, Martin", sagte sie leichthin, „aber spare nicht mit Schmiere!"

„Und das verlangt die Schwiegermutter ..."

„Da kannst du mal sehen!"

„Trotz allem, in drei Wochen wird Doppelhochzeit gefeiert."

Was Alfreds Herz anfangs höher hatte schlagen lassen, Arbeit für alle versprach, Autobahnen und neue Industrien aus dem Boden stampfte, hatte bald seine Kehrseite. Wie Tausende andere zog er eine Uniform an, bestand im Schnellkurs den Führerschein und lenkte fortan einen Lastwagen auf Russlands Straßen.

Schwager Martin lernte zeitgleich ein Maschinengewehr zu bedienen und schiffte danach über Umwege nach Frankreich. Seine Pakete von dort kamen regelmäßig.

Sein bester Kamerad, Ritter Erhard, der Großbauernsohn aus dem Sächsischen, mit Beindurchschuss und zwei erfrorenen Zehen vom Ostkriegsschauplatz zum Erhalt des Deutschen Großbauerntums, eigentlich vom Fronteinsatz befreit, tat das Übrige. Teilte uneigennützig, was seine Eltern schickten. Vom Schinken bis zur Leberwurst.

Lotte, nun ebenfalls mit vier Kindern gesegnet, spürte keine Not. Zudem im Gewächshaus gesunde Schnittblumen heranwuchsen, die ihre Abnehmer fanden. Nur ihr Verlangen nach Liebe blieb unerfüllt. Willy, der Junge aus der Nachbarschaft, wollte sie nicht mehr. Wie auch? Seine Jetzige wachte mit Argusaugen über alle seine Schritte.

Jahre vergingen. Auf den Schultern der Frauen in der Hostenmühle lastete die Arbeit von Feld, Wald und Wiese. Vom Vieh und den Kindern.

Pauls Haar war seit dem Herbst schlohweiß. Den Stuhl am Ofen verließ er selten.

Lotte war ruhiger geworden. Nur ab und an trieben hitzige Wellen einen Spaß mit ihr. Dann bremste sie die Mutter durch Waschtage. „Rumple den Leinen, feste, feste! Das macht den Kopf frei."

Lotte fügte sich.

Die Kinder wuchsen heran. Lottes Älteste war acht, die Jungen fünf und vier, die Jüngste zwei Jahre alt.

Seit Tagen war der Alte Herr seltsam in sich gekehrt. Was kam über die Familie? Was nur? Oft sprach er verschlüsselt. Wählte Worte, die er bisher nie benutzt hatte. Es war Anfang März. Der Schnee lag, zu Bergen getürmt, bis an die Fenster.

Die niedersteigende Sonne kam kurz über die Wiesen und erhellte die Wand am Schornstein. Wie ein Heiligenschein, ging es Anna durch den Sinn, steht sie über dem Haus. War es ein Zeichen? Würde Paul abberufen? Sie band die Schürze ab und setzte sich neben ihn. Paul drehte sich herum, streckte den Arm aus und hielt sie fest. „Sieh den Sonnenstrahl, wie still er sich den Weg sucht ...“ Er nahm die Hand seiner lieben Frau. „Warst stets gut zu mir, Anna! Hatte es oft nicht verdient.“

„Was sind das für Worte! Glaubst du nicht auch, wir haben gut zusammen geschafft?“

„Bist zufrieden?“

„Was soll die Frage, Paul? – War schon recht.“ Anna spürte ganz Seltsames.

„Sprichst so eigenartig ... Fühlst du es?“

Paul nickte. „Man kann es sich nicht aussuchen. – Wird eine Plackerei für das halbe Dorf. So reichlich Schnee im März gab es lange nicht. – Dass ich es nicht vergesse: In der Scheune neben der Treppe zum Boden steht das Brett!“

Anna nickte: „Denke auch, es ist gerade richtig.“

„Wann sahst du es?“

„Gestern in der Frühe.“

Paul lächelte verschmitzt. „Dir entgeht rein gar nichts!“ Er wies zum Sofa. „Hilfst du mir?“

„Welche Frage ...“

„Und dann lässt du mich allein!“

Neben Lottes Teller beim Abendbrot stand ein Brief. Diesen hatte Martin in Frankreich abgesandt. Am Vormittag hatte ihn der Postbote gebracht. Auf dem Kuvert standen die Worte eines Liedes:

Wir schanzen und graben bei Tag und bei Nacht
und schlagen die Brücke und ebnen den Steg.
Wir sprengen und bau'n im verborgenen Schacht,

tief unter der Erde, wir bahnen den Weg,
zu öffnen die Tore der feindlichen Stadt.

Und wie jedes Mal, wenn Lotte die Zeilen mit den Lippen formte, fügte sie auch diesmal hinzu: „Aber es ist nicht Martins Schrift!"

Anna reichte Lottes Ältester den Korb. „Geh, Traudel, schneide noch zwei Schnitten vom Brot!"
Traudel erhob sich. „Da muss Helmut mitkommen! – Am toten Alten Herrn, auf seinem Brett in der Küche, geh ich alleine nicht vorüber!"
Anna winkte ab. „Setze dich wieder hin! Hatte es glatt vergessen. Mache es selber!"

Nach und nach füllte sich das Gasthaus. Anna kannte jeden und jede, machte die Familie mit allen bekannt. Ihr Mund stand nicht still.
„Es ist die Trauer, die Muttel zum Reden veranlasst", flüsterte Lotte den anderen zu. „Doch diese Gründlichkeit ..."
„Dafür habe ich nicht das geringste Verständnis!" Paul goss sich einen Schnaps nach, lehnte sich demonstrativ zurück und ließ mit den Daumen die Hosenträger schnippen. „Das Abfinden der Sargträger wäre wichtiger!"
Letztere Worte waren Anna nicht entgangen. „Alles der Reihe nach, Paulemann! Eins nach dem anderen." Sie sah sich um und winkte Schidlo heran. „Den üblichen Satz?"
„Weshalb fragst du?"
„Wegen der Schinderei!"
„Stimmt schon, so viel Schnee lag lange nicht! – Darum geht's dir doch?"
„Was anderes wäre gelogen!"

„Lass man! Alle aus dem Dorf haben mitgeschaufelt. Und Einigkeit gab es dabei wie lange nicht!"

Anna holte das Trägergeld aus ihrer Handtasche. „Muss man uns doch leiden können ... Hätte unsereins nicht gedacht!" Sie reichte Schidlo die Geldscheine. „Alle sagst du", wunderte sie sich noch immer.

„Glaub es nur!" Schidlo zählte das Geld kurz nach. „Niemand schloss sich aus." Sorgfältig steckte er die Geldscheine ins Portemonnaie.

„Denk mal an! Nicht mal die Neuen aus Pommern schlossen sich aus ..."

„Ich sagte alle, das bedeutet einhundert Prozent!"

„Schon gut, schon gut! Wundere mich halt nur. Vor Jahren, als mein seliger Gatte noch Kartenspielen ging, hätte es sicher anders ausgesehen."

„Das denkst nur du! – Auch damals, da bin ich mir sicher, wären alle vom Dorf für euch in einer Situation wie der jetzigen auf den Beinen gewesen!"

Schidlo wies den von Paul gereichten Schnaps zurück. „Heute ist Besinnung angesagt, nimm es nicht übel!"

„Wie sollt ich! Trinkt man den Spaßmacher halt selber!"

Emma packte den Mann am Arm. „Aber Paulemann, lass dich doch nicht so geh'n ..."

„Was du immer hast ..." In einem Zug schluckte Paul das hochprozentige Getränk hinunter.

„Glaubst du, Anna", fragte Schidlo kein bisschen beeindruckt, „man wusste nicht im Dorf, was ihr durchmacht? Sei gewiss, hier weiß jeder von jedem. Nichts bleibt im Verborgenen!"

Kurz darauf zerstreute sich die Trauergemeinde. Zu Hause las Anna in der „Oberlausitzer Tagespost". „Die Ruhländer bereden aber auch alles", sagt sie nach einer Weile verächtlich und las vor: „Im Schützenhaus versammelten sich zahlreiche Parteigenossen

186

und Mitarbeiter zu einer erweiterten Mitgliederversammlung. Nach einem Musikstück und einem Kampflied der Bewegung sprachen Parteigenossen Bouche und Wächter. Am Ende Ortsgruppenleiter Zilias. Alle drei Redner gaben anschauliche Rückblicke über die Geschehnisse im Reich und in unserer Ortsgruppe von der Gründung der Partei bis zur Machtergreifung durch den Führer." Sie überlegte kurz und fügte hinzu: „Die Ruhländer waren von jeher großspurig!"

Weil niemand das Thema aufgriff, las sie leise weiter.

Dann kam Martha. Sie war ganz durcheinander. „Beim Doktorvertreter hakt's aus!" Sie konnte sich kaum beruhigen. Endlich nahm sie auf der Ofenbank Platz. „Der Medizinmann ist durchgedreht. Eindeutig! – Klebt uns diesen Zettel hier ans Hoftor. Guckt!" Sie hielt das hellblaue Papier hoch. „‚Zaudert nicht! Ich, Arzt und Helfer in der Not, wende mich an euch.' – Wollt ihr's hören?"

Anna nickte. „Gibst sowieso keine Ruhe!"

Martha rückte die Brille zurecht. „Viele Frauen sagten mir, dass sie die Größe und Notwendigkeit der Zeit verstanden. Diese Frauen wollen nicht wissen, welche Beschäftigung ihnen das Gesetz zuschieben will. Nein, alle diese Frauen und Mädchen fragen, wo sie zupacken können und wann sie dran kommen. Seht, diese Frauen beweisen die Haltung, die Pflicht und das Gewissen, für die unsere Soldaten an der kämpfenden Front der Heimat ein leuchtendes Beispiel sind. Der Soldat hat alles Persönliche aufgegeben und es dem mahnenden Gesetz des Krieges untergeordnet. Er will nichts anderes sein als Kämpfer. Dieser Maßstab muss künftig in der Heimat alle Arbeit bestimmen. Dem Opfer der Front muss die Heimat würdig werden. Jede Lücke, die an der kämpfenden Front entsteht, muss zehnfach aufgefüllt werden. Von heute auf morgen. Der Feind lässt uns keine Zeit. Die Stunde fordert den Einsatz. Darum nicht lange gefragt, wo kann ich helfen, sondern fragen, wo ist mein Einsatz notwendig. Jede Stunde, die ungenützt vertan ist, verlängert den Krieg und fordert ihre Opfer. Dämmerschoppen und Kaffeekränzchen können nach dem Krieg nachgeholt werden. Der Soldat kann sich die Zeit des Ausruhens auch nicht genehmigen. Dem Gesetz des Krieges hat sich heute die ganze Heimat zu beugen. Denke jeder wie ein Soldat, so wie diese Frauen und Mädchen, die nicht fragen, ob sie schon jetzt zupacken sollen, sondern die fragen, wo sie zupacken können. Diese haben den Sinn des Krieges verstanden, den uns die Helden von Stalingrad in der leuchtendsten Größe vorgelebt haben.' – Was sagt ihr nun?"

Anna wiegte mit dem Kopf. „Der war schon immer meschugge. – Väterlicherseits."

„Na, na, na", rief Lotte. „Bist heuer flink mit Urteilen!"

„Meinst du?"

„Na aber!"

Anna blieb hart. „Alles abgekritzelt. Kein Wort eigen!"

Paul wechselte den Arbeitsplatz. Fort von der Glashütte, hin zum Aluminiumwerk. „Ein Mann aus Sachsen wird niemals ein richtiger Glasmacher", so begründete er die sieben Kilometer Radtour zur neuen Arbeitsstelle.

Anna wusste es bald besser. Die Schelken klärte sie auf. „Glaube es nur, ab jetzt geht es mit eurem Paulemann aufwärts. Eingestellt als Vorarbeiter. Da ist man wer!" Und sie hatte auch das erfahren: „Else aus der Schreibstube fand Gefallen am Neuen. – Euer Paulemann weiß, was einem Weibsbild unter die Haut geht."

„Da wird nicht mehr viel sein. Er hat es schwarz auf weiß: kriegsuntauglich!"

„Alles geht nicht auf einmal den Bach runter. Manches funktioniert sogar oftmals danach besser!"

„Fest steht, Paulemann ist Opfer seiner Futterei. Seit er mit Emma zusammen ist, frisst er alle Jahre den großen Birnbaum leer. – So wie es die Stare in die Kirschen zieht, zieht es ihn in die Birnen. Und trotzdem, armes Paulemännel. – Auf was muss er nicht alles verzichten, wegen seiner hohen Zuckerwerte. Dabei lacht er drüber. ‚Verzichten? Ich verzichte? Betrüge mich selber. Futtre heimlich.'"

An Triebens Brücke wurde ein Schlagbaum errichtet. Dahinter war ab sofort militärisches Gebiet. Auf Lastwagen wurde Munition hierher gebracht und von Kriegsgefangenen gestapelt. Der Zickzackgraben begann gegenüber dem Unterstand für die Posten und endete kurz vor dem Zaun des Wirtschaftsgartens in einem mit Bäumen verschlagenem Unterstand.
Für die Kinder von Lotte und Martha eine neue Erfahrung.
Einer der Postenstehenden kam nach Dienstschluss in die Hostenmühle. „Zum Antrittsbesuch!"
Anna bat den Mann ins Haus. Sie drehte die fleischige Hand des Militärs. „Die richtigen Pranken zum Heu-auf-den-Boden-Gabeln!"
Der Mann ihr gegenüber lächelte. „Bringen die Umstände so mit sich."
„Wo kommst du denn her?"
„Aus Görlitz. – Nun ja, nicht direkt. Ein Randgörlitzer."
Anna gab nicht locker. „Und beruflich?"
„Schlächter von Pferden."
„Pfui Deibel!"
„Was haben Sie gegen meinen Beruf?"
„Frage ich mich auch!" Lotte kam aus der Küche hinzu. Sie wischte sich schnell die Hände am Rock trocken. „Einen schönen Tag auch …"
Der Mann in der Uniform erhob sich. „Gefreiter Richter!"

„Ach nein!" Lotte hielt die Hand des Gefreiten länger als notwendig. Das Blut schoss ihr dabei ins Gesicht.

Anna sagte in die Stille hinein: „Schade um die Pferdchen ..."

Der Gefreite machte sich frei und setzte sich wieder hin. „Nun ja", sagte er dann verunsichert, „irgendwie ist alles vergänglich ..." Er fing den Blick von Lotte auf. „Man muss halt dem Dasein die guten Seiten abgewinnen."

Anna zwinkerte dem Gefreiten liebevoll zu. „Aber den Pferden ins blanke Auge gucken, das kannst du nicht! Oder?"

Der Gefreite stotterte: „Fällt manchmal schwer."

„Hat alles seine guten und seine schlechten Seiten", meldete sich Lotte. „Ist halt mal so."

„Kannst sogar Hochdeutsch, wenn es drauf ankommt", stellte die Mutter trocken fest. „Fast perfekt!"

Lotte verzog das Gesicht. „Musste kommen. – Kannst nicht anders."

Nur wenige Kilometer von der Hostenmühle entfernt wagte ein junger Amerikaner ein gefährliches Unternehmen. „Nur Lebensmüde trauen sich die Flucht." Die Worte des Pritschennachbarn hatte David Bush im Ohr. Er überquerte die Schienenstränge und lief im Schatten eines Kohlenzuges dem Bahnhof entgegen. Dabei bewegte ihn nur ein Gedanke: so schnell als möglich von der Unterkunft wegzukommen.

Ein Hustenanfall hinderte ihn für einen Augenblick am Weiterlaufen. Besorgt blickte er sich um. Endlich konnte er wieder frei atmen. Also weiter.

David Bush bemühte sich, nicht die Orientierung zu verlieren. Dabei spürte er, wie seine Kräfte schwanden. Und das nach so kurzer Strecke. Doch bis zum schützenden Wald musste er durchhalten.

Endlich ein schmaler Steg neben den Gleisen, der in der Ferne in einen ausgefahrenen Weg überging. War es so weit? Ein Mast, leicht verbogen, musste am Übergang stehen ... Na also. David Bush wurde ruhiger. Er verließ das Bahngelände und folgte dem Weg. Zur Linken Kiefernwald. Zur Rechten karge Wiesen. Um seine Spuren zu verwischen, umlief er wiederholt die hin und wieder seitlich stehenden Brombeersträucher.

Plötzlich bog der Weg scharf nach links ab. Geradeaus führte ein Trampelpfad. David Bush lief geradeaus weiter. Vorsicht war geboten. Jeden Augenblick mussten Gehöfte vor ihm auftauchen. David Bush verließ irgendwann den Pfad und folgte einem Wildwechsel, der, wie er glaubte, zum Dorf führte. Hier ging der Kiefernwald unmerklich in eine dichte Birkenschonung über. Die weiß-schwarzen Stämme der Bäume gaukelten ihm Trugbilder vor. Führte nicht genau der gleiche Pfad nach Citronelle? Musste nicht gleich der Zaun für die Koppeln kommen? David Bush spähte nach allen Seiten. Nein, die Krippe entdeckte er nicht. Er besann sich. Die kannst du gar nicht entdecken, Citronelle ist hier nicht. Du befindest dich in Deutschland. Weit weg von zu Hause. Bist auf der Flucht.

Ihm war, als höre er Stimmen. Er blieb stehen. Horchte in den Wald hinein. Weil alles ruhig blieb, lief er weiter.

Durch die Birken leuchtete etwas Dunkles. Ein Zaun. Der Wildwechsel verlor sich hier. David Bush schlich näher. Zu seiner Beruhigung konnte man weiter am Zaun entlang laufen, bis zur befestigten Straße.

Er dachte an Nikolaus, seinen Freund und Pritschennachbarn. Zugegeben, der Flucht aus dem Lager stand dieser skeptisch gegenüber. Trotzdem hatte er geholfen.

Die Straße wurde breiter, durchschnitt ein Stück freies Feld. Dann, etwas abseits, ein einzelnes Gehöft. David Bush wunderte sich, dass kein Hund anschlug.

Wiesen folgten. In einer Vertiefung stand Wasser.

Auf der rechten Straßenseite nun Einfamilienhäuser. Wie weit mochte es noch sein? Zweifel kamen auf. Möglich, man bewacht die Schranke. Vielleicht das ganze Gelände. Fort mit diesen Gedanken. Hast sowieso keine andere Wahl. Musst hinüber.

Er kam zur Hauptstraße. Auf der linken Seite ein offenes Tor. Im Hof standen Fahrräder, Nähmaschinengestelle, Handwagenteile. Sicher eine Werkstatt.

Der Geruch frischen Brotes schlug ihm entgegen. Unwillkürlich musste er schlucken.

David Bush ging bis an das Ende der Hausfront und sah um die Ecke. Vor ihm eine kurze Treppe. Darüber ein Pferd aus Metall. Ein Gasthaus. Hier kam er nicht weiter. Deshalb zurück, die Gasse hinunter.

Nach dreihundert Metern stieß er abermals auf die Hauptstraße. Vor den Häusern hier hohe Hecken. Mehr als günstig. Ohne jemandem zu begegnen, überquerte er die Hauptstraße und lief auf einem Seitenweg bis zum Bahnkörper. Vorsichtig balancierte er über den scharfkantigen Schotter. Nur keinen Lärm verursachen.

Hinter dem Bahnkörper lagen Wiesen.

Wind kam auf. David Bush fröstelte. Endlich vereinzelte Kiefern. Um Geräusche zu vermeiden, umging er Stellen mit Unterwuchs. Dabei zählte er die starken Kiefern, nur so, ohne Grund.

Bald stieß er auf eine Asphaltstraße. Hier war Vorsicht geboten. Er schlich bis zum Straßenrand. Täuschte er sich oder war dort vorn eine Kreuzung?

Im Straßengraben kroch er näher. Sein Herz pochte. War er auf dem richtigen Weg?

David Bush richtete sich auf. Sah nach oben. – Da, die Fahrleitung der Grubenbahn, zum Greifen nahe. Er überlegte, den Schienen folgen oder quer durch das Munitionslager ... In dem Munitionsdepot kennst du dich aus. Zu gefährlich, entschied er dann. Der Weg auf den Schienen wird weiter sein, doch du näherst dich den Gehöften von Osten her.

Die Schienen der Werksbahn waren schmal und unregelmäßig, doch er kam gut voran. Nach fast einem Kilometer die Sandgrube.

Er sah einen Holzschuppen. Dahinter fein säuberlich aufgestapelt frisch zugeschnittene Schwellen.

Durch die Bäume leuchteten die Umrisse mehrerer Hunte. Kurz dahinter bog der Schienenstrang scharf nach rechts ab. Ohne zu zögern, folgte David Bush den Schienen.

Er war jetzt hellwach. Jeden Augenblick musste die Zufahrtsstraße zum Munitionslager kommen.

Zur Linken plötzlich eine Schneise in der Schonung. Es roch nach frisch ausgebrachtem Mist. David Bush atmete den ihm so vertrauten Geruch ein. Erinnerungen an zu Hause wurden wach. Er sah sich durch die Empfangshalle des Wohnhauses laufen. Hörte das gleichmäßige Schlagen der Standuhr. Spürte das Vibrieren des Fußbodens, wenn die Eisenbahn vorüberfuhr. Am Schrank für die Schuhe sah er sich verweilen. Überlegte, welche Schuhe wohl die passendsten für das Wetter wären.

Er hörte die Küchentür gehen. Der Schlüssel drehte sich im Schloss, und schon stand die Mutter vor ihm. Die langen, blonden Haare trug sie, wie so oft, zum Dutt gerafft. Sie fielen sich in die Arme.

Plötzlich zwängte sich Frances, die Yorkshireterrier-Hündin, dazwischen, bettelte, bis sie hochgenommen wurde. Schwerer kam sie David vor. Wie alt war sie eigentlich? Sieben Monate? Quatsch, kann doch nicht mehr sein. Wann war der Abschuss? Dass du da noch überlegen musst! Vierzehnter April. Sie wird bald zweieinhalb Jahre alt! Wie in Zeitlupe ließ er die Hündin in

Gedanken hinuntergleiten, und trotzdem hatte sie schnell festen Boden unter den Füßen. Bist du gewachsen!

Sein Interesse galt übergangslos der Farm. Wo standen sie? Wie hoch war momentan der Viehbestand? War der Kauf des Traktors problemlos über die Bühne gegangen?

Doch dann fand David Bush in die Wirklichkeit zurück. Vor ihm jetzt eine kleine Werkstatt und an deren Ende eine aufgebockte elektrische Lok. Er fühlte sich bestätigt. Von hier kamen also jene Geräusche, die sie beim Stapeln der Granaten gehört hatten.

Da sah er ein Rohr, so dick, dass ein mittleres Zicklein bequem hindurchkam. Einer inneren Eingebung gehorchend, lief er am Rohr entlang bis an dessen Ende. Der wegführende Graben war sicher jener, der am hinteren Schlagbaum vorbeiführte.

Behutsam stieg David Bush in das kalte Wasser. Der Untergrund leuchtete hell. – Feiner weißer Sand, rein wie Puderzucker. Zu seiner Verwunderung war der Sand dabei fest, als hätte ihn jemand gestampft. Der Graben schlängelte sich durch eine Wiese. David Bush konzentrierte sich. Keine hundert Meter waren es jetzt bis zur Straße.

Gebückt schlich er näher, das Strauchwerk am rechten Grabenrand als Deckung nutzend. Zum Greifen nahe von hier der Unterstand. Dahinter der erste Munitionsstapel. Hoch und mächtig wie ein Einfamilienhaus. Und der Posten? Dort stützte er sich auf das Ende des Schlagbaumes und sah gelangweilt zum Wald hin. David Bush schlich weiter, den Posten nicht aus den Augen lassend.

Doch weshalb plötzlich der Griff des Mannes zum Karabiner? Ein hochrädriger Kübelwagen näherte sich. Kam schaukelnd vom Berg herunter, passierte die Gabelung und hielt am Schlagbaum. Nach kurzem Halt wendete das kleine Fahrzeug und fuhr wohl dorthin zurück, wo es hergekommen war. Für Sekunden sah David Bush das Gesicht des älteren Mannes am Steuer. Genau wie der Vater, schoss es ihm durch den Kopf. Augenblicklich ist er in Gedanken wieder zu Hause. Sieht sich im Büro. „Wurde längst besprochen", hört er sich sagen, „tauge nicht für die Farmerlaufbahn." – „Bist zu weich, Junge. Ohne Mumm", hatte der Vater behauptet. „Etwas Leichtes muss her. Rechtsanwalt oder Lehrer. Das würdest du schaffen. Und vergiss die Flausen mit der Fliegerei! Deinem Patenonkel nacheifern. Durchstarten. Überschläge. Abwärtstrudeln. Nirgends Grenzen! Schon möglich, dass man in anderen Ländern dabei sogar noch weiter geht." – „Führend sollen da, wie ich hörte, die Japaner sein." – „Glaube es dir, ungesehen, dass wir Amerikaner den Anschluss verpassten. Aber weshalb muss es gerade die komplette Bushverwandtschaft sein, die hier einsteigt? Als Farmer sieht man alles mit anderen Augen. Kalkuliert eiskalt. Woher weißt du das mit den Japanern?" – „Aus der Zeitung", hatte David geantwortet und in Gedanken das Land auf der Karte gesucht. Das ist keine Entfernung, hatte er sich dann gesagt, und in diesem Augenblick stand für ihn fest, nun gerade, jetzt setzt du einen drauf, wirst Kampfpilot.

David Bush schlich zur Straße. Vor ihm nun Brombeergestrüpp. Mehr als günstig, ging es ihm durch den Sinn. Deshalb aufgerichtet, ein letzter vergewissernder Blick und schnell auf die andere Seite der Straße ... „Geschafft!"
Vor ihm jetzt eine Senke. Hier kannte er sich aus. Zur Rechten befand sich der Unterstand. Bei Alarm mussten sie dort hinein. Geradeaus ein Kiefernwald. Dahinter Gärten. Stallungen, zwei Häuser.
David Bush sah zu den Gehöften hinüber. Sie waren nicht sein Ziel. Er wollte noch drei-, vierhundert Meter weiter. Dort stand das Bauernhaus mit dem Stall, der Scheune und dem Wagenschuppen.

Er lief am Teich vorbei, zur kleinen Wirtschaft. Das Tor der Scheune stand offen. Er schlüpfte hinein. Zur Rechten, fein säuberlich aufgehängt, Rechen, Hacken, Spaten. Davor gehacktes Holz. Daneben mehrere Kisten für Munition.

Ganz links eine roh gezimmerte Vorrichtung zum Strohschneiden und an die Leiter zum Boden gelehnt drei Dreschflegel.

David Bush stieg nach oben. Hier überall Heu, nichts anderes. Ein ihm genehmer Platz war bald gefunden. Er streifte die Schuhe von den Füßen und danach die durchweichten Socken. Aber wohin damit? Vielleicht in die Ritzen zwischen den Betonziegeln? „Na also", hauchte er danach und kroch erschöpft ins betörende Heu.

Im letzten Brief schrieb Martin von „planmäßigem Rückzug". Lotte gefiel das. Der Mann kam der Heimat näher. Sie erinnerte sich jetzt öfter an gemeinsam Erlebtes. War redselig. Es gab für die Kinder „Märchenstunden". In diesen Stunden fuhr sie mit dem Nachwuchs zum Onkel nach Löbau, oder sie gingen am herrschaftlichen Teich spazieren. Vergaßen Zeit und Raum.

Da pochte es laut und fordernd.

Wer kam so früh? Anna sah nach dem Wecker. „Gerade sieben ..." Sie rieb sich den Schlaf aus den Augen. „Habe ich es geträumt?"

„Nein, nein, es klopfte jemand", sagte Traudel, „und Schritte hörte ich auch."

Abermals pochte jemand. Lotte erhob sich. „Da muss man wohl ..." Sie trat ans Fenster und schob die Gardine zur Seite. Ein trüber, unfreundlicher Tag. Sie wischte über das beschlagene Fensterglas und sah zur Haustür. „Eine schmucke Uniform ..." Verunsichert griff sie nach dem Morgenrock. Bald kam Hoffnung auf. „Martin?" Sie schlüpfte in die Hausschuhe. Fand kaum Zeit, den Morgenrock zu schließen. Flink war sie an der Haustür. Weshalb will sich der Schlüssel nicht drehen lassen? Es ging doch sonst ... Was stimmt hier nicht? Alles noch einmal. Endlich. Lotte reißt die Tür auf, erkennt augenblicklich die Uniformierten. Prallt zurück und lehnt sich enttäuscht gegen den Türrahmen. Kaum hörbar kommt von ihren Lippen: „Ach, Sie sind's bloß ...“

Postenführer Spangenschuh nahm Haltung an. „Man erwartete jemand anderen?“

„Die Uniform“, erwiderte Lotte und nickte.

„Verstehe! – Glaubten Gefreiter, will sagen Gemahl ...“

Lotte nickte abermals.

Spangenschuh trat näher und fragte unvermittelt: „Gestern, am Abend und in der vergangenen Nacht, fiel Ihnen da etwas auf? Hörten Sie Verdächtiges?“

„Aufgefallen? Verdächtiges? Nein. – Sie suchen jemand?“

Postenführer Spangenschuh ging auf die Frage nicht ein, sondern stellte lauernd eine Gegenfrage: „Hatten Gnädigste vergangene Nacht Besuch?“

Lotte fragte naiv zurück: „Wer soll uns besuchen?“

Spangenschuh fühlte, die Frau weiß von nichts. Kameradschaftlich sagte er deshalb: „Nichts von Bedeutung. Fluchtversuch! Ein Ami-Pilot aus dem Lager.“

„Ach so!“

Für einen Augenblick war Postenführer Spangenschuh unschlüssig, doch dann erinnerte er sich des Befehls. „Alles durchsuchen! Keine Ausnahmen!“ Er sah an Lotte vorbei zur Küche.

Lotte beobachtete es. „Lassen Sie sich nur nicht aufhalten“, sagte sie deshalb zuvorkommend, „erfüllen sie nur Ihre Pflicht!“

Sichtlich erleichtert trat der Postenführer über die Schwelle. „Haben unsere Order“, sagte er entschuldigend und fügte hinzu: „Reine Formsache!“ Er drückte die Tür zur Küche auf und gab seinen Kameraden den Weg frei. Dann wurde er mutig und öffnete die Tür, über deren Rahmen zwei gewebte Engel hingen.

„Weißt du", rief Anna da aus dem Kissen, „so was gehört sich nicht!"

Postenführer Spangenschuh duckte sich. „Pardon", murmelte er leise, „man handelt dienstlich!" Schnell zog er die Tür heran.

Seine Männer kamen die Treppe hinunter. „Alles in Ordnung!" Spangenschuh fügte hinzu: „Konnte auch gar nicht anders sein!"

Die Militärs verließen das Haus und gingen über den Hof zur Scheune. Lotte sah ihnen vom Küchenfenster aus nach. „Ist's die Möglichkeit", rief sie plötzlich verärgert, „der Feldwebel hat sich den Schlüssel einfach genommen!"

Als Erster verschwand Postenführer Spangenschuh in der Scheune, um gleich darauf wieder herauszustürmen. Er sah zur Haustür hin und rief laut: „Heereseigentum! – Zweckentfremdet!"

Lotte wusste augenblicklich, um was es ging. Sie öffnete das Küchenfenster und fragte belanglos: „Heereseigentum?"

Spangenschuh war mit schnellen Schritten am Fenster. „Kisten für Munition!"

Lotte lächelte und erwiderte leicht ironisch: „Freilich, ausrangierte! – Auf Befehl von Major Jung zum Verfeuern auf unseren Hof gekippt."

Das Lächeln des Postenführers erlosch. „Major Jung ... Dann nichts für ungut!" Er drehte sich auf dem Absatz um. „Weiter, Männer!"

Lotte ging in die Schlafstube. Sie wendete sich an Traudel. „Zieh dich an, Große, und hole den Onkel! Gewöhnlich weiß der mehr."

Anna richtet sich im Bett auf. „Paulemann? Dass ich nicht lache!"

Der Schwiegersohn war schnell zur Stelle. „Man sucht wen", rief er statt einer Begrüßung. „Nur keine Aufregung! Feldwebel Spangenschuh und seine Leute gehen von Haus zu Haus."

Anna wunderte sich. „So, so. Spangenschuh heißt der Militär ..."

Paul schien informiert. „Einer der Kriegsgefangenen aus dem Lager ist abgehauen. – Doch was soll das? Der Mann hat keine Chance!"

„Warum bloß auf und davon?", fragte Anna und suchte in den Gesichtern der anderen die Antwort.

„Möglicherweise war ihm die Plackerei mit den Granaten schwergefallen", überlegte Lotte.

„Hört sich ja an, als hättest du Mitleid mit dem Kerl", fiel ihr der Schwager ins Wort. „Ohne Grund war er nicht hier zum Munitionstapeln!" Paul schoss das Blut ins Gesicht. „Habe ich euch nicht erzählt, dass man auch im Alu-Werk staatsfeindliche Elemente aushob?"

Anna bestätigte: „Du sagtest es. – Alles Reichsdeutsche?"

Der Schwiegersohn nickte. „Ist das Traurige daran ..." Er besann sich. „Einen von denen kennst du, Lotte! – Kugel Egon."

„Was? – Sag, dass es nicht wahr ist!"

„Es stimmt, leider!"

Lotte wunderte sich. „Egon war nie kriminell ..."

„Willst du wissen", fragte Paul, „was Kugel bei der Vernehmung gesagt haben soll? – Er wollte mit seiner ‚Arbeit' den Krieg verkürzen. Wollte Menschenleben retten. So primitiv kann man gar nicht denken. Das müsst ihr euch vorstellen, er schmolz bewusst minderwertiges Aluminium. Der Mann gehört in Gewahrsam. Der ist verrückt!"

Lotte sagte nach langem Abwägen: „So verrückt finde ich's gar nicht."

Paul sprang auf. „Dein Mann, Lotte, steht an der Front. Überlege dir, was du sagst!"

199

Lotte entging die Erregung des Schwagers nicht, und so lenkte sie ein: „Wer redet sonst über derartige Dinge mit uns? Man hat sich halt nie richtig mit der großen Politik befasst."

Paul beruhigte sich. „Weiß ich. – Bloß Mitleid, Lotte, ist hier fehl am Platz. Ein Beispiel, kaum ein Tag her. Gestern in der Frühstückspause. Da sehe ich vom Büro aus, wie einer der Franzosen hinter Wanne zwei verschwindet. Na, denke ich, dort stimmt etwas nicht. Der Kerl führt etwas im Schilde. Also hinterher. Und bei was, glaubt ihr, erwische ich das Bürschchen? Beim Fressen von dick belegten Stullen!"

„Woher hatte er die Stullen?" Anna war ehrlich interessiert. „Geklaut?"

„Wo sollte er sie klauen?" Paul war sich sicher. „Zugesteckt bekam er sie! Von unseren Leuten. Traurig, aber wahr!"

Da faltete Anna die Hände. „Und werden hervorgehen, die da Gutes getan haben, zur Auferstehung des Lebens, die aber Übles getan haben, zur Auferstehung des Gerichts."

Der Schwiegersohn schlug mit der Faust auf den Tisch. „Euch ist nicht zu helfen!" Er sah keinen Grund, den Besuch auszudehnen. Schnell war er an der Tür. In Gedanken sah er den Geflohenen. Vor seinen Augen taten sich Gruben auf und spannten sich Netze. „Den kriegen wir, verlasst euch drauf!" Verklärten Blickes verließ er die Verwandtschaft.

Anna richtete das Essen. Bald zog der Duft von Karpfen und Gewürzen von der Küche her durch das Haus.

Lotte versorgte das Vieh. Dabei kamen ihr die gemeinsamen Tage mit Martin in den Sinn, und sie dachte mit Bitternis, wie unendlich lange schon kein Lebenszeichen mehr von ihm kam. Dabei hatte es Zeiten gegeben, da waren Briefe und Päckchen regelmäßig eingetroffen, so, als vertraue sie Martin der Bahn nach einem Plan an. Doch seit Wochen blieb alles aus.

Lotte ging zum Sack mit dem Roggenmehl. Die Albert-Paatz-Rechnung steckte hinter dem Pfosten. Sieben Reichsmark und neunundneunzig Reichspfennige hatte der Sack gekostet. Noch war er halb voll. Noch brauchte sie nicht zu sparen. „Komisch ..." Lotte wunderte sich. Wann war die Mutter am Sack gewesen? So fest band sie doch sonst nicht die Schleife. „Komm mal her, Muttel! – Bist mir wieder mal zuvorgekommen ..."
„Wie kommst du denn darauf?"
„Weil der Sack verschnürt ist, als wolltest du ihn verschicken!"
„Nicht mein Werk!" Anna strich über den Leinen: „Vielleicht ging eins von deinen Kindern hier fummeln!"
Lotte gab sich zufrieden. „Ich frage sie!" Sie band den Sack auf. „Ein Spaßmacher", sagte sie dabei, „ist mein Martin schon. Wie er uns von dem Unfall mit der Schleifmaschine erzählte ..."
„Bin mir nicht sicher, ob's die Wahrheit war!"
„Aber Muttel! – Mein Martin denkt sich so was nicht einfach aus ..." Sie sah zur Mutter hin. „Wie kommen wir eigentlich auf das Thema?"
„Weiß nicht", erwiderte Anna. „Ich glaube, die Sorge, den Martin nicht mehr lebend zu sehen, ist es, die uns reden lässt."

Am folgenden Wochenende kam Feldwebel Spangenschuh wieder in das abgelegene Haus. „Rein privat", behauptete er.
Lotte wurde ganz nervös. Schweiß lief ihr den Nacken herunter.
Muttel betrachtete sich die breiten Schultern des Militärs. „Weißt du, gar nicht passend für einen Offizier!"
„Nur Feldwebel", erklärte Spangenschuh und reichte ihr die Hand. „Wenn Sie gestatten: Felix Spangenschuh. Gebürtiger Kölner!"
„Angenehm. – Und weiter?"
„Sie meinen beruflich? – Bäcker!"
„Herrje, alle Tage um drei in der Frühe aus den Federn."

„Gewohnheitssache!" Spangenschuh fing den Blick von Lotte auf. „Man muss im Leben eben das Beste aus jeder Situation machen."

„Richtig, schon morgen kann es zu spät sein", sagte Lotte darauf und merkte augenblicklich, dass die Worte nicht passten.

„Und den Fremdling, habt ihr ihn gefangen?" Anna spürte, wie froh Lotte wegen des Themenwechsels war.

„Leider nicht! Zu wenig verwertbare Spuren. – Doch nebenbei Sabotage aufgedeckt! Angesägte Eimerkette. Kleiner Schaden, große Wirkung."

Anna zeigte zur Bank hin. „Musst nicht stehen ..."

Der Feldwebel nahm die Einladung dankend an. „Wäre die Eimerkette gerissen, hätte sich drei Tage kein Rad in der Sandschacht gedreht", sagte er und setzte sich. „Ohne Sand keine Produktion im Glaswerk. Vier fehlerfreie Linsen presst ein Glasmacher pro Schicht!"

„Jo, jo, jo!" Anna griff die Zeitung von der Bank, strich sie glatt und setzte sich zum Besucher.

„Wer sich an so was vergeht ..." Lotte wollte es nicht wahrhaben.

„Wart ihr auch auf der Kippe?"

„Wir suchten überall", behauptete Spangenschuh. Der feine Sand dort ... Fast kein Vorwärtskommen!"

„Dabei hattet ihr noch Glück!", klärte Anna ihn auf. „Wehe, es wäre Wind aufgekommen. Weißt du, dann gute Lust! – Ihr hättet geglaubt, der Sand hat Beine."

„An der Hauptstraße stand ein Gespann ..."

„Was du nicht sagst!" Anna schüttelte sich.

„Verdächtig, verdächtig!" Lotte sann vor sich hin.

Die Mutter spielte die Feststellung herunter. „Ein Furz ist auch verdächtig."

Lotte überspielte die Worte der Mutter, indem sie fragte: „Welche Order gaben Herr Feldwebel? – Angriff?"

„Im Gegenteil! – Abwarten."

„Gute Idee!"

„Nicht lange, und die beschlagenen Räder rollten wieder. – Sie rollten schwer!"

„Da haben wir's", rief Anna aufgebracht, „eine Schinderei für den Gaul."

„Woher willst du wissen, dass es nur ein Gaul war?", fragte Lotte. „Herr Feldwebel sagten diesbezüglich nichts."

„Ist trotzdem korrekt", fiel ihr Spangenschuh ins Wort. „Leider Fehlanzeige. Ein Kohlefahrer. Ganz harmlos."

Lotte sah man die Enttäuschung an. „Trotzdem, man weiß nie!" Der Feldwebel kam ins Schwärmen. „Dichter Wald hinter dem Dorf bis hin zum Aluminiumwerk. In Sichtweite des Tors Halt. Wieder die Frage: Wie handelte der Sträfling? Keine Zeit, um Klarheit zu schaffen. – Aber mir war klar, hier gab es kein Durchkommen."

Lotte rief aufgeregt: „Blieb nur der Zaun!"

Der Feldwebel nickte. „Man dachte daran ..." Er machte sich breit. „Vielleicht unten hindurch."

„Bestimmt!" Lotte war ganz bei der Sache. Sie wischte mit dem Handrücken mehrmals über die Tischplatte.

Die Mutter widersprach. „Zu eng für einen erwachsenen Mann!"

„Nicht ganz", widersprach der Feldwebel, „ein schlanker Mensch kann es vielleicht schaffen."

Für Lotte war der Fall klar. „Ausländer sind schlank. – Und dann?"

„Hinter dem Tanklager ein Fetteimer. Und darin ... Ein bunter Papagei auf einer Schaukel. Fein säuberlich aus Aluminium gebastelt. Das Produkt eines Zwangsarbeiters!"

Lotte wollte es nicht wahrhaben. „Sauerei!"

Der Feldwebel beruhigte sie. „Hat Folgen!"

Anna sah von einem zum anderen. „Wisst ihr, man springt doch nicht ins Feuer. Wozu rein ins Werk?"

Feldwebel Spangenschuh erklärte: „Sie kennen diese Halunken nicht! Die halten zusammen wie Pech und Schwefel. – Und im Werk wimmelt es von Zwangsarbeitern."

„Der Kerl ist doch nicht blöd! – Richtung Heimat rennt er!" Für Anna war der Fall klar. „Gut zu Fuß, steht er bereits vor Lübbenau!"

„Sie glauben?"

„Gerade wie eine Ackerfurche!", bekräftigte Anna, „Richtung Nordsee." Sie vertiefte sich in der Zeitung. „Muss unsereins wissen: Rassenmerkmale der Bronzeputen!" Sie hielt die Zeitung der Tochter hin. „Lies vor, Lotte! Geht alle an!"

Verunsichert nahm Lotte die Zeitung entgegen. Sie las: „Die Bronzepute muss groß, schwer und ziemlich lang sein."

„Weißt du?", fragte die Mutter, „dass wir solche auch schon fütterten?"

Lotte sah verstohlen zum Feldwebel. Der Mann rang sich ein Lächeln ab, wobei sein Mund unnatürlich breit wurde. „Interessant", sagte er endlich.

Lotte las weiter. „Die Brust soll voll und rund sein."

„Sozusagen griffig", ergänzte die Mutter.

„Bringst mich ganz durcheinander!" Lotte tat beleidigt, wobei sie den Feldwebel nicht aus den Augen ließ. Endlich fuhr sie fort: „Und wird beim Hahn von einem borstigen Haarbüschel geschmückt."

„Wer?", unterbrach sie hier die Mutter.

„Habe es doch vorgelesen, die Brust! – Der Rücken ist breit und deutlich gewölbt. Die Schenkel sind reichlich von Federn eingedeckt. Der Schwanz ist lang, etwas gesenkt und besteht aus breiten Federn. Die Läufe sind bei jungen Tieren tiefschwarz, mit zunehmendem Alter verblassen sie und werden schließlich fleischfarben. Charakteristisch ist der Kopf, der keinerlei Federn trägt. Dafür ist er reich mit Fleischwarzen besetzt, die sich bis zum Unterhals herunterziehen. – Genug?"

„Das meiste stimmt! Ist gelaufen." Anna verlangte die Zeitung zurück, wobei sie hinzufügte: „Schon gewichtig, die Puten." Sie sah eine weitere Neuigkeit auf dem Papier. „Überwinterung von Obst in Erdmieten." Sie lachte verächtlich. „Da können sie bei unsereins noch lernen." Sie fand wieder Neues. „Hier, die Herbstdüngung von Raps und Wintergetreide!" Sie wurde traurig. „Wisst ihr, jedes Jahr dasselbige!"

Lotte erhob sich. Ihr war der Ballon mit dem Wein in den Sinn gekommen. Sie sah Spangenschuh an. „Ein Schlückchen in Ehren?" Ohne die Antwort abzuwarten, ging sie in die Scheune und nahm den Weinschlauch vom Haken. Von Weitem rief sie: „Wenn der Herr Feldwebel halten würde ..."

Spangenschuh schnellte hoch. „Selbstverständlich!" Er blieb neben Lotte stehen und erwartete weitere Befehle.

Anna fand wiederholt Neues in der Zeitung. „‚Am Donnerstag verschied nach langem, schwerem Leiden in der Irrenanstalt zu Sorau mein lieber Gatte, unser guter Vater, der Klempnermeister Gustav Lobsch aus Särchen, im Alter von neunundsiebzig Jahren und vier Monaten. Dies zeigt, um stille Teilnahme bittend, tief betrübt an, Bertha Lobsch nebst Kindern und Angehörigen. Die Beerdigung findet am Sonnabend, nachmittags drei Uhr statt.' – Schade, schon durch!"

„Kanntest du Lobsch?"

„Weitläufig." Anna knirschte mit ihren Zähnen, als knacke sie Haselnüsse. Ein Karton voll dieser possierlichen Früchte lag auf dem Kornboden. Gefiel es Anna, stieg sie hinauf und stopfte sich die Schürzentaschen voll. „Schmiere für die Gelenke." Hatte sie einen guten Tag, wurden alle Familienmitglieder abgeschmiert.

Lotte hatte sich am Weinschlauch festgebissen. Der Feldwebel sah es mit Achtung. „Zug für Zug, so fällt der Pegel!"

Anna sah kurz hin. „Ein Schöpflöffel muss her!"

Lotte tat verärgert. „Willst die Menge kontrollieren ..." Trotz dieser Worte eilte sie über den Hof.

„Wenn wir Glück haben", weissagte Anna dem Feldwebel, „macht das Gesöff uns keine Rebellion im Leib!"

„Viele trinken es eher", rief Lotte beim Wiederkommen und rechtfertigte so den frühen Abzug. „Paulemann zum Beispiel!" Sie hielt den Tontopf hoch. „Zwei Liter zur Probe."

Beim Probieren verzog sie kein bisschen das Gesicht. Nur die Mutter stellte trocken fest: „Der reinste Essig!"

Die Tochter winkte ab. „Naturherb! – Nachzuckern geht immer."

Der Feldwebel schlürfte gierig die saure Gärung.

„Höre mal", sagte Anna und sah dabei Spangenschuh an, „als angehende Köchin im Schützenhaus machte ich aus solcher Brühe feinste Soße!"

Lotte schüttelte den Kopf. „Nun weiß es jeder, dass du Köchin warst!"

„Was heißt hier jeder? – Ist keiner groß da!"

Der Feldwebel glaubte, einlenken zu müssen. „Köchin waren Sie also ... Ein schöner Beruf." In Gedanken war er bei dem Fliehenden. Wenn die Großmutter hier recht haben sollte ... Gerade wie eine Ackerfurche ... Möglich wäre es. Dann ist der Mann tatsächlich schon weit weg von hier. Wäre eigentlich günstig für mich, dann müssten andere ran.

Spangenschuh sah durch das Fenster zu Lottes Kindern hin, die einen Kreisel auf dem Ackerwagen drehen ließen.

Nur einen Augenblick zögerte der Mann, dann hatte er sich entschieden. „Die Pflicht", sagte er und erhob sich.

Anna sah es ähnlich. „Die Russen sollen schon an der Oder stehen. – Wirfst du auch ein Auge auf die Ballons über der Braback? – Ja. Dann ist es gut!" Mit kurzen, schnellen Schritten ging sie zur Scheune. Die Kartoffeln für die Hühner waren abgezählt. Ohne Eile zog sie eine Kiste vom Stapel. „Wie für die Ewigkeit gemacht ..." Sie ließ sich nieder. „Zwei, vier, sechs ... Dachte es mir." Sie faltete die Hände. „Da ging Pilatus wieder hinaus und sprach zu ihnen: Sehet, ich führe ihn hinaus zu euch, damit ihr erkennt, dass ich keine Schuld an ihm finde.' – Ein Mensch in der Not!"

Es war früher Nachmittag. Ein feiner Wind zog vom Westen her über den Acker und wirbelte die letzten Blätter des vergangenen Herbstes dem Haus entgegen. Da stieg die Schelken vom Rad. In ihrer Rechten hielt sie ein Zeitungsblatt. Ohne Umschweife rief sie: „Wo begeben sich Ausgebombte hin?"

„Wie meinst du das?" Lotte lehnte sich über den Zaun.

„Die Frage steht! Hier ... ,Alle Ausgebombten begeben sich mit ihrer geretteten Habe an die Dorfgrenze. Dorthin kommen von außerhalb Lastkraftwagen und Fuhrwerke aller Art und transportieren die Volksgenossen in die Auffanggebiete.'"

„Und wo sollen die sein?"

„Die Lehmann sagte, wir zieh'n alle Richtung Reichshauptstadt!"

„Man wird sich bedanken." Lotte hatte den Riegel zurückgezogen. „Willst du nicht hereinkommen?"

„Höchstens auf einen Sprung!" Die Schelken ging mit ihrem Fahrrad zur Hauswand.

Anna folgte. „Kommt Zeit, kommt Rat!" Sie reichte der Schelken die Hand. „Hier passt das Lied ,Kein schöner Tod ist in der Welt, als wär vorm Feind erschlagen, auf grüner Heid im freien Feld, darf nicht hör'n groß Wehklagen.'"

Die Schelken schüttelte sich. „Dass du noch Witze machen kannst. Guck mal hier: ‚Schärfe gegen Saboteure.'"

„Lies vor!"

„Interessiert's dich also doch? – ‚Der Feind hat im Schadengebiet Flugblätter abgeworfen und versucht damit, in den Stunden, wo die Seele eines jeden schon aufs Äußerste belastet ist, Haltung und Moral zu untergraben. Wer diese Flugblätter liest, schadet sich selbst, weil die Lügen dieser Nachrichten ihn verwirren und schwächen.'– Die Lehmann wusste: Gerüchtemacher werden erschossen. Und in einigen Fällen geschah das bereits."

„Die Lehmann! Die weiß immer alles."

„Ist auch normal. In ihren Laden kommen halt viele Leute!"

„Man spricht vom Einsatz der Wunderwaffe ..." Lotte war sich sicher. „Diese wird den schuldigen Winter ausbügeln!"

„Alles Gelaber!" Für die Mutter war der Fall klar. „Auch der Frühling wird militärisch gesehen ein Reinfall. Meine Prophezeiung, dass unsere Soldaten zurück zu ihren Wurzeln wollen, nur eben mit den Russen im Schlepptau, erfüllt sich, kurz oder lang! – Wir müssen auf alles gefasst sein."

„Kannst einem richtig Angst machen ..." Lotte schüttelte sich.

Beim ersten Hahnenschrei war Lottes Jüngste aus dem Bett gesprungen und auf den Hof gelaufen. Nein, nichts hatte sich verändert. Die Luft war rein und klar, wie nach einer großen Wäsche. Wie stets ging die Sonne hinter dem Hochwald auf, und ihre wärmenden Strahlen kamen zu Erika auf den Hof. Ob Muttel nur geflunkert hatte? Erika wurde kalt, und so kroch sie abermals ins warme Bett. Morgen, so entschied sie, morgen fragst du Muttel. Man kann ja heimlich mit ihr sprechen. Ohne Zeugen wird sie schon die Wahrheit sagen.

Doch zu dieser Frage brauchte es nicht mehr kommen. Erika hörte plötzlich eine fremde Männerstimme in der Küche. Die Stimme war laut und herrisch. Die Mutter antwortete nur: „Ja" und: „Ja."

Wem mochte die Stimme gehören? Erika schlüpfte aus dem warmen Bett und trat an die nur angelehnte Tür. Sie sah nicht viel, nur ein Paar Stiefel. Dann ging alles schnell. Lotte holte den Handwagen aus dem Schuppen, warf Decken, Geschirr und einige Gläser voll Gemüse hinein, und schon zogen sie los. Nicht weit, nur etwas tiefer ins versteckte Grün des Waldes. – Hin zum Bunker. Dieser war ein ehemaliger Eiskeller. Jedes Jahr im Winter schnitt der Pächter der Teiche die Eisdecke der Fischteiche in handliche Quadrate und stapelte diese zwischen Haupt- und Umlaufgraben. War die Senke bis zur Dammhöhe mit Eisquadraten gefüllt, wurde mit Stroh und Mutterboden abgedeckt. So hielt sich das Eis bis in den Sommer hinein.

Man hatte zur Herstellung des Bunkers nicht allzu viel Arbeit aufgewandt. Bei Untergang der Frühlingssonne hatte Anna die Eisschollen einfach in den Umlaufgraben rutschen lassen und danach mit Schwiegersohn Paul die Wände des Eiskellers mit ungeschälten Kieferstämmen ausgekleidet. Tage zuvor waren diese von Kavalleristen für eine Stellung zurechtgeschnitten worden. Die Decke entstand genauso schnell. Bereitliegende Teile zum Bau einer Überdachung für den Kahn des Hasenteiches mussten dafür herhalten.

Als die Familie in den Bunker einzog, empfing sie Kälte und Dunkelheit. Aber man hatte Angst, ein Feuer zu entfachen. „Rauch kann uns verraten!"

Es wurde Mittag, und der Hunger schlich sich ein. „Bloß immer Stullen ..." Anna schob das Gereichte beiseite.

„Sei still", zischte Lotte. „Sicherheit geht vor!"

Es wurde Nachmittag. Lotte gab die getrockneten Lindenblüten ins kalte Grabenwasser.

„Soll wohl krank werden ...“, zischte die Mutter.

Lotte rührte unbeirrt weiter. „Meckerst ja immer!“

Die Mutter leckte am Rand der Tasse. „Mach Feuer und koch richtigen Tee, oder ich verlass euch!“

Die Drohung nahm man ernst.

Lotte griff nach den Streichhölzern und versuchte, ein Feuer zu entfachen. Plötzlich schossen schwere Geschütze.

„Das ist Musik!“ Anna wollte wohl alle beruhigen. Da schlug eine Granate ganz in der Nähe ein.

„Schöne Musik!“ Lotte nahm die Kinder an sich.

„Und wird sich heute etwas tun, Muttel?“, fragte Erika in die Stille hinein, „du hast doch eine große Veränderung angekündigt!“

Die Großmutter war sich sicher. „Die kommt, noch heute!“

„Wirklich?“

„Wenn ich es sage! – Setze dich auf den Ständer und beobachte die Viehkoppeln und den Teich!“

„Wohl närrisch“, schimpfte Lotte. „Schickst das Mädel ins Kalte raus.“

Anna blieb gelassen. „Was du immer gleich denkst ...“

„Habe doch recht!“

„Sehe es halt nicht so streng ...“ Annas Ruhe übertrug sich auf die anderen. Nur die von ihr vorausgesagte große Veränderung wollte sich nicht einstellen.

Da fuhr Emma mit ihrem Paul hinter dem Handwagen vor. Nein, Neues konnten auch sie nicht berichten.

Erika setzte sich, wie geheißen, auf den Ständer des Hasenteiches und stierte in die Ferne, bis ihr die Augen tränten. Ob Muttel nur geflunkert hat, fragte sie sich später. Bestimmt nicht, entschied sie dann. So etwas macht Muttel nicht.

Sie drehte sich um und sah die alte Frau jetzt am Haselnussstrauch sitzen. Muttel musste etwas Besonderes haben, denn sie kroch langsam hinter eine starke Kiefer, wobei sie kein Auge vom Haselnussstrauch ließ. Bei Erika stieg die Neugier auf. Was mochte Muttel entdeckt haben? Zum anderen wollte sie die angekündigte große Veränderung nicht verpassen. Es war nicht einfach zu entscheiden. Doch die Neugier auf Muttels Entdeckung war dann doch stärker. Sie ließ Erika Zentimeter auf Zentimeter zurückrutschen, bis sie neben der Großmutter war. Sie suchte in der gewiesenen Richtung, sah aber nichts weiter als Haselstrauchblätter. So blickte sie die Großmutter an und zuckte mit den schmalen Schultern.

Anna winkte sie noch näher heran und zeigte abermals zum Strauch. Jetzt sah Erika es. – Zwischen den dichten Zweigen kletterte ein wohlgenährtes Eichhörnchen herum. „Es sucht sicher die von ihm hier irgendwo versteckten Haselnüsse oder Eicheln", raunte ihr die Großmutter ins Ohr.

„Und weshalb findet es die Sachen nicht?"

„Bestimmt weil es vergesslich ist!"

„Ob es Hunger hat?"

„Ich denke schon. – Sonst würde es nicht so intensiv suchen."

„Stimmt!"

Die Zeit ging dahin. Wie lange mochte Erika nun schon neben der Großmutter sitzen? Eine Viertelstunde oder mehr? Sie sprang auf und lief zum Bunker.

„Konntest du nicht vorsichtiger aufstehen?", schimpfte die Großmutter. „Nun hast du das Eichhörnchen verschreckt!"

„Wart ein Weilchen, es kommt sicher zurück!"

„Na, na!"

„Was meinst du, Muttel, werde ich noch lange auf deine große Veränderung warten müssen?"

„Schwer zu sagen." Anna blinzelte mit den Augen und fuhr fort: „Die Ruhe gefällt mir nicht. – Pass auf, es liegt was in der Luft!" Erika stierte deshalb weiter auf die ausholend weite Natur und dachte: Bei Muttel soll sich einer auskennen. Vielleicht will sie nur, dass ich hier still sitze ...

Es wurde kühl.

Erika sah unverdrossen auf das junge Grün und das sanft schimmernde Wasser. Verfolgte mit den Augen die sich in der Ferne verlierenden Pfähle des Zauns. Und ... nein, da war nichts. Oder doch? – Für Sekunden glaubte sie, am gegenüberliegenden Waldrand etwas Graues gesehen zu haben. War es so weit? Kam die von Muttel prophezeite Veränderung?

Erika sprang auf, um besser sehen zu können, und rief nach der Großmutter, ohne sich umzudrehen.

„Was willst du?"

„Wie sieht die große Veränderung aus, Muttel?"

Die alte Frau nahm die Hände vor die Augen und beugte sich vor. Plötzlich verharrte sie.

Erika suchte an deren Augen die Richtung und atmete auf. Genau dort, wo Muttel hinsah, glaubte auch sie, etwas gesehen zu haben. Da kam auch schon deren Befehl: „Alle raus aus dem Bunker und die Hände hoch! – Das macht Eindruck!"

Was bedeutete das? Verunsichert blickte Erika in Muttels Gesicht, doch es verriet ihr nichts. Sie wunderte sich nur, als diese aus der Schürzentasche ein Taschentuch zog und es hochhielt.

Erst das dumpfe Stampfen erhitzter Pferde ließ Erika aufblicken. Und dann mischten sich für sie neue Laute in das wilde Schnaufen der schäumenden Pferdemäuler. Waffen klirrten, und fremdartige Gesichter verwegener Männer blickten auf Erika und die anderen.

Ein Mann, mit blinkenden Schulterstücken und einem Orden an
der Brust, sprang von seinem Pferd und trat neben Anna. Er faltete eine Landkarte auseinander, und die Frau sollte ihm darauf
deutsche Stellungen zeigen.

Da trat Paul, Annas Schwiegersohn, vor. Er hielt einen Zettel
hoch. „Ich Genosse", erklärte er untertänig.

Anna sah auf das Papier. Sie schien überfordert. Endlich sagte sie
fast beiläufig: „Der dir das gekritzelt hat, ist plemplem! Nicht mal
saubere Schrift!"

„Plemplem", wiederholte der Kriegsmann. Und weil er den wohl-
klingenden Ort auf seiner Karte nicht fand, schrieb er ihn mit
einem Bleistiftstummel auf deren Rand. Danach musterte er Paul
und fragte streng: „Genosse?"

Anna wollte helfen. „Ist mir auch Neues!"

„Neues?" Der Offizier überlegte, dann winkte er resignierend ab.
Es hieß wohl: Verstehe, wer will. Kurz entschlossen holte er einen
Riegel Blockschokolade aus seiner Manteltasche und reichte ihn
Erika.

Die Großmutter bestärkte das Kind. „Nimm sie ruhig! – Nicht
mal Beutegut."

„Sind das Russen, Muttel?", fragte Erika und wickelte die
Schokolade aus.

„Russen? – Höchstens der dort mit dem Lametta! Die anderen,
das sind Mongolen. Gewissermaßen Knechte im Dienstzwang."

„Versteh ich nicht!"

„Glaube ich dir. – Klär'n wir später!"

„Und die große Veränderung?"

„Aber Kind! – Vor uns, das ist ihr Anfang!"

Es wurde Abend. Nur noch vereinzelt flogen pfeifend Granaten
über die Koppeln, da ließ Anna packen. „Bett ist Bett. – Und am
schönsten zu Hause!"

Nur Paul sträubte sich. „Die Nachhut soll das Schlimmste sein! Ich rühre mich nicht vom Fleck!"

Anna wunderte sich. „War es neulich nicht umgedreht? Die Vorhut, die unerbittliche Todesschwadron?"

Paul war nicht umzustimmen. „Meine Familie bleibt!"

„Macht, was ihr für richtig haltet!" Anna spannte sich vor den Handwagen. „Los denn! Erst mal bis zum Ständer."

Am Hasenteich machten sie Pause. Ein Reh war auf dem Damm, es erschrak, sprang über den Graben und suchte Schutz im Dickicht. Gleich darauf prallte es zurück, wendete und floh den Haltern entgegen.

„Da stimmt was nicht!" Lotte presste vor Angst die Kinder an sich. Doch dann sah sie Richter, den Gefreiten, der mit seinen Füßen hinter der Senke das Laub breitscharrte. Statt seiner Uniform trug der Mann Zivil. – Einen schwarzen Anzug mit passenden Schuhen. Nur das blau-weiß gestreifte Arbeitshemd mit dem kleinen Stehkragen passte nicht so recht.

„Den Anzug kenne ich", murmelte Anna, „er gehörte dem Alten Herrn!" Sie wollte vorpreschen, besann sich aber. War es nicht Richter gewesen, der ihr seinen Dienstplan an den Küchenschrank heftete? Und so nebenbei hatte er verlauten lassen, dass das Mittagsmahl ohne Salz den Kriegsgefangenen allmählich die Kräfte nahm. Grund genug für sie, die Enkel mit einer Schüssel Kartoffeln und einer Schale Salz an den Schlagbaum zu dirigieren. Zufällig gab es dann jedes Mal Fliegeralarm. Die Männer mussten das Stapeln der Kisten voller Munition unterbrechen und zum Zickzackgraben mit dem Unterstand rennen. – Vorbei an den Kartoffel- und Salzbringern.

Und was war das für eine beleuchtete Stadt gewesen, von der ihr die Kinder erzählt hatten, welche sie allen Ernstes im Tannenwald gleich hinter dem Haus in einer Senke gesehen haben wollten? Ein Funkgerät, wie Lotte glaubte? Sie hatte es Richter erzählt, und er wollte sich um den Hinweis kümmern. Doch es passierte nichts, außer, dass das leuchtende Städtchen im Klappkoffer seitdem wie vom Erdboden verschluckt war.

Und heute, in der Frühe, wer kam und drängte auf Eile? „Wenn kein Wunder geschieht, fliegt hier alles in die Luft. Das Munitionslager ist verkabelt. Die Zünder scharf. – Den Russen darf nichts Brauchbares in die Hände fallen." Doch es war ruhig geblieben. Die Sprengungen hätten sie sicher gehört.

Da fragte Lotte: „Herr Gefreiter suchen Bestimmtes?"

Richter fuhr hoch, raffte sein Bündel und verschwand in den Rabatten. Anna spannte sich abermals vor den Handwagen, wobei sie verlangte: „Merkt euch die Stelle, wo der Pferdemörder scharrte! Vielleicht finden wir hier mal mehr als nur seine Klamotten!"

„Sehen wir gleich mal nach!"

Anna winkte ab. „Hat keine Eile nicht!"

Ein gutes Stück ging der Weg am Teich entlang, dann bog er verschlungen zum Hochwald ab. Ab hier fühlten sich alle sicher. Nur einmal, aber da sahen sie schon die Scheune der Hostenmühle, fragte Anna in die gespannte Erwartung hinein: „Den Wievielten haben wir eigentlich?"

„Aber Mama", wunderte sich Lotte, „dass du mal nicht auf dem Laufenden bist. Heute ist der sechzehnte April!"

Annas erster Gang führte in die Scheune. Ein Blick in die Schüssel dort ließ Böses ahnen. Das Brot war unberührt.

Sie horchte zum Boden hoch. – Alles ruhig. Sie bekam Angst. Was war geschehen? Sie drehte sich um und winkte Lotte herbei. „Hältst du mal die Leiter ..."

Verwundert sah Lotte auf die Mutter. „Fühlst dich nicht wohl?"

„Geht schon noch ... Nur so eine Unruhe ist in mir ..." Anna griff nach der Leiter, sah zur Luke und stieg nach oben. Sacht, mit wachsamen Augen.

„Hast du einen Verdacht?", fragte Lotte. Weil die Antwort ausblieb, fügte sie hinzu: „Weihe mich ein!"

Die Mutter war derweil am Ende der Leiter angekommen. Sie verharrte dort und sah in den Boden hinein. Lange, fast zu lange, für Lottes Empfinden.

Endlich sagte sie leise: „Komm hoch, Lotte. Gibt Arbeit!" Gleich danach vernahmen die Frauen ein unterdrücktes Husten. „Haste gehört?", fragte die Mutter.

„Ja freilich! Ein Russe?"

„Wo denkst du hin! – Suchte man nicht einen Ami?"

„Ich werde verrückt, du wusstest es!"

„Unsereins entgeht nichts. – Kommst du? – Merk dir, wer hustet, ist noch Gast dieser Welt!"

„Aber Muttel! – Machst mir richtig Angst ..."

Helmuts Versuch, ein Gedicht loszuwerden, ließ Mutter und Tochter aufhorchen.

„An der Wolga steht die Olga ..." Niemand reagierte. Doch dann hörten die Frauen das Echo der Jüngsten. „An der Wolga steht die Olga ..."

Gleich danach die erregte Stimme des älteren Siegfried. „Und weiter?"

„An der Wolga steht die Olga", hörten die Frauen Helmuts Zugabe, „und zeigt so schön ihre ..."

„Wage, es auszusprechen! Und überhaupt, dir werde ich mal!"

„Du weißt, wie es weitergeht?"

„Und nicht nur das! – Warte, ich treibe dir deine Olga aus!"

Die Großmutter schmunzelte: „Jetzt heißt es für Helmut laufen!"

„Die Karte, die Karte", kam es laut aus dem Heu. Und: „Geld regiert die Welt!" Dann, etwas später: „Seien Sie nicht zimperlich! Nicht mal an den Zahltagen nutzten Sie die Gelegenheit. – Was soll man dazu sagen? Man kann ihr nichts nachsagen. Akkurat

und sauber. – Was soll das? Schließen Sie die Tür! – Das über-
windet niemand! – Keine deutschen Namen. – Was wünschen
Herr Feldwebel? Genügt der Auszug aus dem Kirchenregister?
Natürlich alles auswendig gelernt. Wo zuletzt? – Dass ich das ver-
gaß. Fliegerhorst ... Kein Wort mehr. – Kleiner Spaß."
Eine Weile war Ruhe.
„Der redet im Fieber", flüsterte Lotte.
„Nur keine Widerrede", kam es aus dem Heu. „Soldaten sind im-
mer Soldaten. Vorsicht! Sie stehen im Leben zum Sterben bereit.
– Melde, Schadenfreude schlägt gewöhnlich ins Gegenteil um.
– Weshalb setzt er sich falsch herum auf den Stuhl? Achtung,
sechs Mann beim Stapeln von Leuchtspurmunition! Ja, verstehe
etwas Deutsch!"
„So hohes Fieber", stöhnte die Mutter.
„Noch keine Ruhe? Verdammter Regen!", fluchte es aus dem
Heu. „Welche Frage. – War schon mal im Deutschen Reich!"
Anna hielt es nicht mehr auf der Leiter. „Wir müssen was tun.
Sofort!"
„Denkst an eine Gewaltkur?"
„Was bleibt uns übrig? Hole Tücher für die Wickel und
Heidelbeeren. – Und koche Tee!"
Aus dem Heu kam müdes Stöhnen, dann fast geschrien: „Eine
Falle! Name Bush." Und leise, fast geflüstert: „Wie befohlen.
Baracke eins. Belegt mit sechsundzwanzig Mann. –Volltreffer!
Abschuss durch deutsche Jäger."
Anna schob das Heu zur Seite und legte ihre Hand auf die Stirn
des Fiebernden. „Geh uns nicht davon!" Sie kauerte sich hin und
wartete, bis Lotte kam. Der Sud war schwarz wie Malzkaffee.
Anna nahm einen kleinen Schluck. „Gallebitter, Teufel noch
mal! Und Zucker gehört nicht rein. – Das Geheimrezept vom
alten Tschech? Gut, dass Lotte daran dachte. – Komm, mein
Junge. Trink dich gesund!"

Für einen Augenblick war David Bush klar im Kopf. „Wer seid ihr?“

„Bist bei guten Leuten“, beruhigte ihn Anna. „Und nun trink!“

David Bush ließ sich den Tee einflößen. „Kennen wir uns?“

Anna schüttelte den Kopf.

„Von der Bahn? Nein.– Von der Gefangenschaft? Auch nicht. –Siebenundzwanzig – drei holte sich den Verband herunter. Wer hatte Bettwache? Antworten Sie! – Was ich flog? B-17 Bomber! US Air Force.“

Lotte hielt den Kopf des Fiebernden. Die Mutter flößte ihm weiterhin Tee ein. Der Mann konnte nicht anders, er musste schlucken.

„Ist recht“, lobte Anna und ließ ihn Luft holen.

„Hinter der Bäckerei, eine gute Straße!“

„Glauben wir gerne!“ Anna setzte die Tasse abermals an. Der Fiebernde wehrte sich. „Schmeckt miserabel!“ Er schluckte. Machte sich frei. „Miserabler Schienenstrang!“

Anna tat, als wundere sie sich. „Dass da niemand was unternimmt ...“ David Bush befreite sich abermals. „Da kann man nichts machen, Schwester!“ Er versucht, sich zu erinnern. „Wo waren Sie her, Alabama?“

Anna lächelte, schüttelte den Kopf und erklärte: „Meine Wiege stand hier!“

„Hier? Konnte es mir fast denken.“ David Bush verließ die Kraft.

Lotte legte ihn auf das Heu zurück. „Machen wir Pause!“

Der Fiebernde hielt die Augen geschlossen. Sein Atem ging kurz. Willenlos ließ er sich die Brustwickel anlegen.

„Nun haben wir ein Weilchen Zeit“, sagte Anna und ging zur Leiter.

„Kommt er durch?“

„Ich denke ja!" Anna hatte es plötzlich eilig. „Es lässt mir keine Ruhe. Alabama ... Der Atlas liegt in der Kammer?"

„Sicher! Außer die Kinder haben ihn sich geholt."

„Wir werden ja sehen. – Wird Zeit, dass die Kinder was zu essen bekommen."

„Das mach ich schon."

Die Mutter sang, und es stimmte Lotte zuversichtlich. „Alle Leute sollen leben, alle Leute sollen leben, alle Leute sollen leben, die uns was zu essen, zu essen geben!"

Annas Glaube war für die Tochter spürbar. Er kam aus ihrem Inneren. Belebte irgendwie aller Körper und Geist.

Der folgende Mittag brachte eine Überraschung. „David Bush", stellte der Mann im Heu sich den Frauen unvermittelt vor. Die Worte klangen erschreckend sauber. Keine Spur mehr von wirren Sätzen.

Anna nahm seine Hand. „Hast es geschafft! Bist über dem Berg."

„Für alles danke! – Mach Ihnen keine Scherereien mehr. Halte mich nicht länger auf."

„Wo willst du denn hin?" Anna lächelte weise. „Dass die Russen hier sind, ist dir bekannt?"

„Die Russen?"

„Ihre kleinen Pferde gefallen mir. Besser als mit den Kühen ackern kann man mit denen allemal."

„Die Russen ... Sie dürfen nichts Falsches denken", sagte David Bush, „die Papiere ..." Er zog die Jacke heran und holte die Brieftasche hervor. „David Bush steht hier. – Lesen Sie selbst! Amerikanischer Staatsbürger."

„Glaube es dir!"

„Einen David rufen", wunderte sich Lotte.

Anna gefiel der Name. „Hört sich richtig schön an, dieses ‚David'!"

„Geht gerade so!"

„Paulemann ist wohl besser!"

„Das auch nicht gerade ..."

„Habt ihr, wie wir, Land hinterm Haus? Bin eigentlich nicht neugierig, aber interessieren tut's mich ..."

David Bush nickte und sagte: „Eine mittlere Farm eben. – Diese Größenordnungen gibt es hier, denk ich mal, kaum."

„Gibt's dafür Zahlen? Fünf Stücke Großvieh oder mehr?"

„Drei Nullen dran kommt hin!"

„Ich werde verrückt! – Wer brachte dir eigentlich Deutsch bei?"

„Zu Hause sprachen wir viel deutsch. Und beim Studium natürlich!"

„Na dann ..." Anna besann sich. „Unsereins hat Pflichten", sagte sie und fügte hinzu: „Bleib man erst mal im Heu! Einen Grund, um hier zu suchen, haben die Russen nicht. Kommt Zeit, kommt Rat!" Sie füllte schnell noch die Tasse mit Sud nach tschechischer Art. „‚Schippenhüpfer' heißt die Brühe", sagte sie dabei, „die dir auf die Beine half! – Falls deine Leute danach fragen."

„Was ist es, was einen vorwärtstreibt?" Anna war ganz gegen ihre Gewohnheit zum Wagenschuppen gegangen, wo David Bush an den Ackerwagen gelehnt einen Zeitungsrand mit Dankesworten zierte. Er fühlte sich ertappt. „Man unterliegt einem inneren Zwang", sagte er entschuldigend.

„Denke mir, die Heimat ruft."

„Da ist was dran. – Und noch etwas, ich bringe Ihnen hier nur Scherereien! Gestern kamen zwei Russen, die aus dem Stall alle Gänse holten. Morgen sind es vielleicht schon vier, die Brauchbares für zu Hause suchen. Mein Entdecktwerden – nur eine Sache der Zeit. Dann heißt es Fragen beantworten. Das will ich nicht!"

„Fragen? Ich sage, mein Sohn bist du. Glauben alle! Sprichst das Deutsche perfekt. Wie unsereins."

„Sie übertreiben ..."

„Kein bisschen!"

„Übrigens, mein Schwiegervater stammt aus Deutschland!"

„Hat nichts mit dir zu tun!"

„Das nicht! – Wollte es auch nur erwähnt haben."

„Schon gut."

„Man muss den Hut ziehen vor dessen Leistung. – In zehn Jahren aus dem Nichts zum Farmer!"

„Ein Deutscher hat's drauf! – Reich vertan?"

„Vertan?"

„Geheiratet!"

„Auch! Aber vorher Hilfsmatrose. Bohrgehilfe. Viehtreiber."

„Kartenklitschen?"

„Sie meinen Kartenspielen. – Wäre das Letzte!"

„War nur so ein Gedanke ..."

„Schwiegervaters Aussprache ähnelt der Ihren sehr ..."

„War er aus hiesiger Gegend?"

„Da bin ich überfragt."

„War es ein Meier? – Die gibt's wie Sand am Meer."

„Meier ..."

„Oder Schulze!"

„Nichts von allem! Mein Schwiegervater ist ein geborener Teichert."

„Ich werde verrückt, sag jetzt bloß noch Otto!"

„Sie kennen ...? Will sagen, der Name ist Ihnen ein Begriff?"

„Mein Bruder! –Lebt er noch?"

„Ihr Bruder! – Er lebt leider nicht mehr. Im Sommer dreiundvierzig verstarb er an Lungenentzündung."

„Hätte ruhig mal schreiben können, ich meine, wo's noch ging!"

„Da kam wohl vieles zusammen ..."

„Wird sein. – Brauchst eigentlich keine Angst haben, gehörst zu den Siegern. – Du denkst, auf der Straße besser aufgehoben zu sein?"

„Will so schnell als möglich über den großen Teich. Schlage mich zur Elbe durch. Dann stromabwärts bis ich Seeluft rieche."

Anna war von der Entschlossenheit des Mannes angetan. „Der Wille versetzt Berge", sagte sie mütterlich, griff in die Schürzentasche und brachte eine zierliche Tonflasche hervor. „Was zum Abschied!"

Ihr konnte ich also nichts vormachen, ging es David Bush durch den Sinn. Laut aber sagte er: „Das lässt man sich gefallen!" Er ließ den Metallbügel zurückschnappen, setzte den Flaschenhals an die Lippen und nahm einen kleinen Schluck. „Wein", stellte er verwundert fest, „und was für ein edler Tropfen!"

„Selber gemacht", erklärte Anna nicht ohne Stolz.

Der Streuhaufen hatte es Martin angetan. Wie ein Kater, der sich überfressen hat, war er auf diesen gekrochen. „Bin der Größte!" Der weite Mantel und die gestreifte Hose ließen ihn kleiner wirken. „Freunde", rief er dann, „seid mir zugetan. Einen Heimkehrer gibt es nicht alle Tage im Dorf!"

„Martin, lebe hoch!", lallte Mattusch. Bei „hoch" griff er beherzt nach Martins Mantelgürtel. Den Abgang aber konnte er nicht aufhalten.

„Immer rein in den Dreck", kommentierte Martin die Szene.

Mattusch drohte. „War fast zu stark! – Nehme aber Rücksicht wegen der Wichtigkeit des Tages."

„Vergesse ich dir nie! – Und jetzt wollen wir was erleben."

„Schwarze Kunst!"

„Schwarze Kunst ist immer gut."

Martin war vom Streuhaufen gerutscht. „Hoffentlich kann ich heute praktizieren. – Vorhin, drei Selbstgebrannte ..."

Noack Reinhard war zuversichtlich. „Du schaffst das trotzdem."

„Na, na ..."

„Reinhard hat recht. Bist ein Genie, ein ganz Großes!"

„Mag sein ..."

„Deshalb zier dich nicht!"

„Also gut. – Bist du bereit, Reinhard?", fragte Martin, „in einen entspannenden Schlaf, mithilfe geheimer Kräfte, zu fallen?"

„Heute bin ich zu allem bereit", behauptete Reinhard, „nicht jeder Familie ist eine glückliche Heimkehr des Ernährers aus der Kriegsgefangenschaft vergönnt. – Beginne mit dem Einschläfern!"

„Gut, ich beginne!"

„Und keine faulen Tricks! Du weißt, ich falle nicht auf jeden Schwindel herein!"

„Was heißt hier Schwindel?"

„Bleib ruhig. – Was hast du vor Jahren in einem Herbst meinen Kindern erzählt, als sie fragten: ‚Was bedeutet es, wenn die Wildgänse suchend über das Dorf fliegen. Oft ?'– ‚Was wohl ! Sie suchen den Schnee. Wir werden im kommenden Winter viel Feuerung sparen.' – Und was kam?"

„Hart war der folgende Winter nicht. Das musst du zugeben. Aber eben verflucht lang!"

„Und ich Blödian war auf deine Prophezeiung hereingefallen! Hatte das Schnittholz im Wald liegen lassen."

„Passiert halt ..."

„So ziehst du dich immer aus der Affäre. – Unser Dorf war früher verrufen. Sogar die Zigeuner mieden es. Und musste ein Fremder tatsächlich einmal unsere Dorfstraße benutzen, und er führte eine Schubkarre bei sich, dann schob er diese stets vor sich her.

Hätte er die Schubkarre gezogen, wäre ihm unweigerlich das Rad gestohlen worden!"

„Das hast du dir gemerkt? Meine Güte, Reinhard. Die Geschichte gab ich mal zum Besten, da war die Kleine unterwegs … Nun wird sie sechs. – Aber jetzt beginnen wir!" Martin war dicht an Reinhard herangetreten, hatte ihm in die Augen gesehen und gesagt: „Du wirst müde. Sehr müde. Du wirst immer müder!"

Reinhard verkniff sich das Lachen und tat, was man verlangte. Er schloss die Augen, ließ den Kopf auf die Brust sinken und atmete tief und ruhig. Martin schien mit dem Fortgang des Experimentes zufrieden. „Nun denkst du an nichts weiter als an den Schlaf …" Er berührte Reinhards Stirn. „Du liegst auf einer Wiese. Auf einer saftigen, grünen Wiese. Ein Storch sucht am Wiesenrand nach Futter. Ein schöner, stattlicher Storch. – Es ist ganz ruhig. Die Sonne kommt hinter den Wolken hervor. Du spürst ihre Wärme … Dir wird warm … Du knöpfst dir das Hemd auf …"

Reinhard rührte sich nicht.

„Du knöpfst dir das Hemd auf", befahl Martin.

Reinhard war nicht bereit, den Befehl auszuführen.

„Geht es schief?", fragte Mattusch.

„Hat immer geklappt!"

„Dann frag nach den Weibern im Puff! Er war doch in Hamburg."

„Das könnte euch so passen", meldete sich plötzlich Reinhard. Er stand auf und schickte sich an davonzugehen.

„Nun muss ich noch einmal von vorn beginnen, auf halbem Weg darf man nicht stehen bleiben", jammerte Martin, „wäre ohne Weiteres möglich, du nimmst dadurch gesundheitlichen Schaden …"

„Man weigert sich!"

„Sei nicht störrisch! Mattusch hat Spaß gemacht. Glaubst du im Ernst, wir sahen nicht, dass du nur tatest, als ob du schliefest?"

„Das sah man?“

„Na klar. – Richtiger Schlaf sieht anders aus. Intensiver!“

„Ach?“

„Also los! – Komm wieder zurück!“

„Einmal reicht. Und überhaupt, die Familie wartet!“

„Vielleicht hat er recht. Auch ich bin in Verzug, einen ganzen Tag schon.“

„Weshalb?“

„Weil ich einen Zwischenstopp machte. War ich der Familie meines Kriegskameraden schuldig. Doch dann die freudige Überraschung, als ich Erhards Stimme vernahm.“

„Also hat er den Krieg überlebt.“

„So ist es. – Am schönsten war als ich den Hof dort betrat. ‚Ilse‘, hörte ich Erhards Schwiegermutter fragen, ‚bist du vielleicht schwanger? Du siehst blass aus. Habt ihr gepfriemelt?‘ – ‚Aber Mutter!‘ – ‚Mir macht ihr nichts vor! Übrigens, das Tuch, das du als Unterlage im Bett hattest, habe ich im Waschkessel. War höchste Zeit, dass es gewaschen wurde.‘ – Und Ilse darauf: ‚Im Intimsten sucht man nicht!‘ – Da kam Erhard hinzu. ‚Am Pfriemeltuch vergreifst du dich nicht noch einmal! Haben wir uns verstanden? Das wäscht Ilse und sonst niemand!‘“

Fast fünf Monate waren vergangen. Das Gemüse stand gut im Garten, und im neuen Gewächshaus sprossen die Blumen.

Ein Jahr noch, sagte sich Martin, und der Selbständigkeit steht nichts mehr im Wege.

„Soll ich im Gemüsegarten weitergraben oder ist anderes wichtiger?“, fragte Erika und riss den Vater dadurch aus seinen Träumen.

„Zieh zuerst die Kohlrüben!“

„Mach ich. – Und du?“

„Muss auf die Wiese!"

„Könnte ich mit?"

Martin entschied sich schnell. „Wäre nicht verkehrt! Kann dich wirklich gebrauchen."

Er holte ein starkes Eisenrohr und das Beil.

Augenblicklich wusste Erika, was der Vater vorhatte. – Die alte Drainage suchen.

Aber dieses Mal gingen sie nicht über die Brücke des Grabens, sondern zu den Eichen hinter dem Ständer. Erika verstand nun überhaupt nichts mehr. Statt wie an anderen Tagen auf den Graben zuzugehen, entfernten sie sich von ihm.

Endlich blieb der Vater stehen. Er drückte das Eisenrohr in die weiche Erde und trat zwei Schritte zurück.

Erika sah, wie der Vater das rechte Auge zukniff und mit dem linken Auge einen Punkt in der Ferne suchte.

„Zieh das Rohr noch einmal heraus!"

Erika tat, wie ihr geheißen.

„Und nun nach rechts!"

Langsam ging das Kind in die verlangte Richtung.

„Halt!" Martin kniff wieder das rechte Auge zu und sah mit dem linken Auge über das Rohr. „Gut so!" Er zog den Plan aus der Tasche und suchte irgendwelche Punkte darauf. „Sieben Schritt nach rechts!" Der Befehl war unmissverständlich.

Erika tat, wie ihr befohlen.

„Nicht rühren!", verlangte der Vater. Und nach abermaliger Kontrolle: „Jetzt oder nie!" Schon verschwand der altersschwache Plan zusammengefaltet in seinen unergründlichen Taschen. Martin visierte einen Punkt in der Ferne an und marschierte los. Alles war wie vor Tagen, nur dass sie sich dieses Mal auf der anderen Seite des Anwesens befanden.

„Komm her und bring das Handwerkszeug mit!"

Erika griff nach Beil und Eisenrohr.

„Zuerst das Rohr!" Martin war ganz bei der Sache. Seine großen, dunkelgrauen Hände drückten das Eisen in die weiche Wiesenerde. Nichts.

„Vielleicht ein wenig nach links?" Diesmal ließ sich das Rohr noch leichter ins Erdreich schieben. Aufgeregt griff Martin nach dem Beil. Die behutsam geführten Schläge waren wie das Klopfen eines müden Spechts. Zentimeter um Zentimeter wanderte das Rohr in die Tiefe. Hatte sich der metallene Ton verändert?

Martins Schläge wurden vorsichtiger. Plötzlich zitterte das Eisenrohr, rutschte keinen Millimeter tiefer.

Martin ließ das Beil sinken. War die Mühe doch nicht umsonst gewesen? So nebenbei fragte er: „Wohin ging vorhin eigentlich deine Mama?"

Erika brauchte nicht erst zu überlegen: „Muttel sagt, die ‚erste Liebe', der Papa von unserer Traudel, schleicht ums Haus. – An Triebens Brücke wird geküsst."

Martin sah nicht mal auf, als er sagte: „Wenn sie's braucht ..."

Zuerst hatte es sich leicht gegraben. Dann war das Erdreich fett und schwer geworden. Es fiel Martin zusehends schwerer, den vollen Spaten anzuheben. „Wie viel fehlt?"

Erika hielt das Rohr in das stetig tiefer werdende Loch. „Ein guter Spatenstich!"

„Das schaffen wir!" Martin grub jetzt vorsichtiger, fast ängstlich. Auf einmal etwas Hartes. Er warf den Spaten weg, um, auf dem Bauch liegend, mit bloßen Händen zu wühlen. Doch nur ein faustgroßer Feldstein kam ans Tageslicht. Trotzdem behauptete der Mann: „Warte, gleich ist es so weit ..."

Wieder fühlte er etwas. – Seine Finger kratzten das Erdreich zur Seite. „Na bitte!" Ein winziges Stück Drainage war frei.

„Wie bist du auf die Idee gekommen, hier zu suchen?", wunderte sich Erika.

Der Vater erwiderte: „Wie wohl? Habe nachgedacht! Beim Suchen waren wir immer vom Graben ausgegangen."

„Ja, und?"

„Den Graben zur Mühle aber haben die Vorfahren deiner Mutter noch vor dem Ersten Weltkrieg umgeleitet. Erfuhr es gestern so nebenbei von Muttel."

„Deshalb heute auf dieser Seite ..."

Martin schien vom Suchfieber befallen. „Ran ans Loch, wie klein Bello an die Gänse!"

Das Gespann hatte die feste Straße verlassen und holperte nun über ausgefahrene Waldwege.

„Fahren wir noch lange?", fragte Erika nach einer ihr ewig währenden Zeit.

Reinhard, der Mann an den Zügeln, wurde aus seinen Träumen gerissen. „Keine fünf Minuten mehr!"

„Hoffentlich fuhren wir nicht umsonst ..."

„Nur keine Bange !" Martin war zuversichtlich.

Reinhard brachte das Gespann zum Stehen.

„Wir sind da?" In Erikas Stimme war Erwartung und Sorge zugleich.

„Glaube nicht!" Hans, der vorletzte Spross der Noacks, hatte nach vorn gesehen und den russischen Posten entdeckt.

Reinhard sprang vom Wagen und schlang die Zügel um die Sitzbank. „Melde uns an!" Sein Tun zeigte Entschlossenheit.

„Zurück!", forderte gleich darauf der Mann in Uniform.

„Nix zurück! – Du telefonieren, Kommandant. Klar? – Nicht verstehen? Kommandant uns erlaubt, Gras!"

„Gras", wiederholte der Posten unsicher und sah auf Reinhard. Dann kam ihm die Erleuchtung. Er spreizte die Finger und hob die Hand. „Bum! – Bum!"

Reinhard trat näher. „Nix, bum! – Du sprechen mit Vorgesetzten.“ Er deutete Kurbeln an und hielt dabei seine Tabakspfeife wie einen Telefonhörer ans Ohr. „Nun fix! Kommandant sprechen. Er versprochen. – Gras!“

„Gras …“ Der Mann in der Uniform schien überfordert. Das Wort ‚Gras‘ hatte er wohl noch nie gehört.

„Auf denn, du sprechen mit Chef!“

„Gut, gut!“ Zu aller Verwunderung gab der Uniformierte den Weg frei. Reinhard ließ erleichtert die Atemluft durch die Zähne entweichen. „Du Karascho“, behauptete er und klopfte dem Posten anerkennend auf die Schulter. Im Eilschritt lief er zum Gespann. „Und nun hurtig, manchmal überlegt es sich der Kerl noch einmal anders!“

Das Gespann rumpelte geräuschvoll, am Posten vorbei, auf den Truppenübungsplatz.

Allmählich wurde der Weg breiter. Schwere Panzerketten hatten hier tiefe Furchen gezogen. Der Ackerwagen kippte von einer Seite auf die andere.

In der Ferne leuchtete eine zinnfarbene Hausruine. Reinhard war bemüht, die Richtung einzuhalten. „Hier wollen wir Gras zum Füttern finden …“

„Wären wir nicht durch das Haupttor besser gefahren?“ Lottes Bedenken verunsicherten den Mann an den Zügeln. Zudem schien hinter jeder zweiten Kiefer Leben zu stecken. Sie bogen wie im Sturm, bis schwere Panzer sich freiwühlten und hervorbrachen. Einer nach dem anderen überquerten sie den Weg und schwenkten zur Senke ein.

„Runter vom Gespann“, schrie Lotte in panischer Angst, „und rein in die dichten Kuscheln!“

„Bist wohl durchgedreht!“ Reinhard brachte das Gespann ruckartig zum Stehen. „Niemand verlässt den Wagen! Die Fuhre hier wird jeder Panzerfahrer sehen, aber in den Kiefern sieht uns kein

Mensch!" Er richtete sich auf und fügte hinzu: „Oder ist jemand anderer Meinung?"

Lotte seufzte: „Wirst recht haben!"

Hans, nur wenig älter als die Erika, ließ es keine Ruhe. „Und wenn die Russen scharf ballern?"

„Darauf brauchst du nicht mehr lange warten!" Für den Vater war das eine klare Sache.

„Wäre es da nicht besser, wir dreh'n um?"

„Wie kannst du so etwas auch nur denken! Hat deine Mutter dir nicht plausibel gemacht, weshalb wir hierher fahren? Futter wollen wir machen, damit unsere Kühe, die Ziegen und das Pferd über den Winter kommen! – Hier, das ist verbotenes Terrain! Jedenfalls für die gewöhnlichen Sterblichen. Wir sind eine Ausnahme. Wir fielen wegen Nichtbesitz bei der Plünderung auf!"

Lotte widersprach. „Nun übertreibst du aber! Ein Wort gab das andere. Der Kommandant vom Truppenübungsplatz hier versteht was von Landwirtschaft."

„Wird wohl so sein."

Hans ließ nicht locker. „Ein Panzerangriff war nicht eingeplant!"

Der Vater lenkte ein. „Der Spuk ist gleich vorüber, sei unbesorgt! – Die schießwütigen Panzerfahrer haben ihr Ziel irgendwo in der Ferne. Uns nehmen sie gar nicht gewahr."

„Ein Ziel, das kann ein Feind sein", überlegte Erika. „Und wenn der einen Gegenangriff macht?"

„Mal den Teufel nicht an die Wand!"

Lotte war stolz auf ihre Jüngste. „Wart's ab", sagte sie deshalb an Reinhard gewandt, und wie zur Bestätigung flogen in diesem Moment die ersten Granaten über sie hinweg.

„Runter mit den Köpfen", verlangte Reinhard, „manchmal tanzt so ein Brummer aus der Reihe!" Vorsichtig sah er über die Bordwand. „Weshalb antworten die Panzer nicht?"

230

„Weil sie Boden gewinnen wollen!" Für Helmut war der Fall klar. „Passt auf, gleich werden sie vorn bei der Ruine auftauchen!"

„Junge, woher kennst du das alles nur? Hast so was nie mitgemacht!"

„Aber Mama, das ist doch logisch!"

Noack Reinhard wies nach hinten. „Verflucht, ein Jeep!"

„Na bitte", freute sich Helmut. „Das wird der Kommandant sein. Wir haben ihm wahrscheinlich sein schön ausgetüfteltes Spielchen verdorben. – Das Gras können wir abschreiben!"

Der Junge hat recht, überlegte Reinhard. Riskieren wegen einer halben Stunde Fahrt Hals und Kragen. Und der Posten? Nur weil er nichts verstand, ließ er uns durch.

Der Jeep war heran. Neben dem schlanken, ein wenig verwegen dreinschauenden Fahrer saß ein Offizier und auf dem Rücksitz der Posten vom Schlagbaum.

Nun brülle schon los, Kommandant, dachte Reinhard und spielte nervös an den Leinen. Joch uns vom Platz wie zugelaufenes Vieh. Aber mache es kurz. Nur den Posten lass in Ruhe. Der arme Kerl ist auf unsere gutmütigen Gesichter hereingefallen.

Doch der Offizier schwieg. Erwartete er eine Erklärung?

„Wir dachten ..." Reinhard wusste nicht weiter.

„Was wir haben, haben wir", beendete der Offizier in gutem Deutsch ruhig den Satz.

„So ungefähr ..."

Der russische Offizier wies nach vorn. „Vor dem Dunkelwerden alles raus!"

Reinhard nickte. Er kam sich klein vor. Nicht mal Lottes ehrliche Worte: „Hast dich gut gehalten", änderten etwas an diesem Zustand.

„Nie wieder mit dem Kopf durch die Wand", behauptete Lotte am Abend und gab die letzten vollen Gabeln Gras auf den Wagen. „So was geht einem zu sehr in die Knochen!"

Martin nahm den „Tabakschneider" von der Ofenbank und begann, die sperrigen Tabakrippen kleinzuschneiden, derweil die
Frauen das Essen richteten.

In der Stube spielten die Kinder „Dame". Doch Erika war in
Gedanken woanders. „Brennt das Drahtlicht?" Sie stand auf und
ging zum Schalter.

„Das brennt jetzt immer!"

„Von dort kommt der Strom ..."

Helmut sah nicht mal auf. „Ja, von dort!"

Die Schwester wies auf den schwarzen Schalter. „Hier muss er
warten, bis wir ihn weiterlassen ..."

„Ja, dort wartet er!"

„Wenn ich hier drehe?"

Helmut sprang auf. „Lass den Schalter in Ruhe! Hast doch von
Muttel gehört, Strom kostet Geld!"

Erschrocken zog Erika die Hand zurück. Aber dann erwachte
auch im Bruder die Neugier auf das technische Wunder. Wie
viele Abende hatten sie bei Karbid- oder Petroleumlampenlicht
gesessen. „Kinder, lest, bevor es dunkel wird!"

Helmut erinnerte sich jenes Abends, als der Bürgermeister sie
besuchte. „Die Lichtmasten müsst ihr natürlich selbst herrichten!" – „Wenn es weiter nichts ist!"

Schon am nächsten Tag in der Frühe hatte Martin nach Axt und
Säge gegriffen und war im Wald verschwunden.

Dann war es so weit. „Nur noch imprägnieren." – „Gut", hatte der
Bürgermeister beim abermaligen Besuch gesagt, „jetzt konzen-
trieren wir uns voll auf den künftigen Verlauf der Lichtleitung."
– „Muss da nicht jemand von der Energie?" – „Schon angescho-
ben ! Hier die Skizze." – Und dann: „Die größte Sorge berei-
tet der leidige Draht. Weißt du keinen?" – Martin hatte auf den
dürren Amtmann gesehen und den Kopf geschüttelt. „Keinen
Meter." Lotte war auf den Bürgermeister zugegangen und hatte

gefragt: „Die alte Sandgrube bleibt geschlossen?" – „Sie muss!"
Der Amtmann war in Gedanken versunken. „Woher Maschinen
nehmen?" – Lotte sann weiter: „Wenn wir … ich meine, manche
Drähte hängen noch an den Masten in der Grube."
Zwei Wochen nach dieser Unterhaltung brannte in der
Hostenmühle das elektrische Licht.
Helmut tat vor der Schwester weltmännisch. „Man braucht nur
den Schalter dreh'n, und es wird hell …"
„Lass mich mal … Und es wurde finster!"
Der Bruder kam sich wie ein Zauberer vor. „Ein Griff. Eine kurze
Drehung. Und es ist hell!"

Was erst wie eine flüchtige Verfehlung aussah, wuchs Stück für
Stück zusammen. Bald pfiffen es die Spatzen von den Dächern:
Lotte treibt es wiederholt mit dem Vater ihrer Ältesten. Selbst
die Mahnung der Mutter: „Dein Erster gibt damit vor seinen
Freunden an: ‚Lottes Ehe bring ich auseinander, und dann kann
sie mir mal!'", schlug die resolute Tochter in den Wind.
Es waren die Tage vor Weihnachten. Lottes Blut war in Wallung.
Vergessen der Traum einer künftigen Gärtnerei. „Nur die Liebe
zählt", trillerte sie und packte Martins Habseligkeiten in Kisten,
die ehemals für Munition gezimmert worden waren.

Erika sollte ein Gedicht für die Schule machen. „Was half uns
über die schweren Wochen nach dem Krieg?", hieß das Thema.
Ihr ging das Dichten schnell von der Hand. Beim Abendbrot las
sie es allen vor:

„Kurze Zeit nach fünfundvierzig, da war bei uns was los,
da lebten wir von Brennnessel,
und wenn es hochkam, trocken Brot.
Das wirkte auf uns alle ein,

und ich glaubte schon,
einer nach dem anderen,
wir gehen ein.
Doch dann gab Feld, Baum und Stall das her,
was mühsam wir ihnen abgerungen.
Bewacht bei Tag und Nacht,
von Groß und Klein –
sodass das Böse keinen Zugriff fand."

„Will man nicht was anderes hör'n?", fragte Helmut die
Schwester.
„Doch, ja, von den ‚Befreiern' soll das Gute gekommen sein!"
„Eben."
„Lass man", beruhigte die Großmutter das Kind, „ehrlich währt
am längsten. Mir gefällt es!"
Sie hatte die Zeitung so gelegt, dass sie die Annoncen während
des Essens lesen konnte. „Kinderwagen", las sie laut, „gegen gut
erhaltenen Kleiderschrank. – Haben wir keinen. Von wo ist der?
Aus Meuro Härge." Einen Moment las sie leise. Dann wieder
laut: „Gut erhaltene Mistkarre gegen Puppenwagen mit Puppe.
– Schau an! Die Lauschken aus Guteborn."
Lotte sagte ärgerlich: „Bist den Kindern kein gutes Vorbild,
Muttel. Wenn gegessen wird, wird gegessen! Die Zeitung kannst
du allemal noch lesen."
Die alte Frau ging darauf ein. „Manchmal soll man auf die Jugend
hör'n!"

Würzige Luft empfing Anna. Es roch nach Kalk und frischem Holz.
Am Tisch neben dem Tresen saßen vier betagte Stammkunden.
Sie erzählten, und die Jungen am Nebentisch konnten nur
staunen. Das Wort führte Kugel Gustav. Das Getreide wuchs

früher schneller. Die Ähren waren gut einhalbmal länger und die Körner nicht mal viel kleiner als die vom jetzigen Mais. Die Russenwalzen, wie Gustav die Traktoren der sowjetischen Nachkriegsproduktion nannte, waren seiner Meinung nach im Moment eine Arbeitserleichterung. Aber nur im Moment. Dass diese fahrenden Eisenpferde die Felder festwalzten, sodass kommende Generationen statt krümelnder Erde harte Pisten erben würden, so weit dachten die Verantwortlichen nicht. Oder durften sie es nicht? Dabei hatten sie Glück. Als Gustav Kind war, stand noch dickes Moos in den Wäldern, und das Farnkraut verschluckte den Pilzsucher. Und erst die Wiesen! Wie weit musste man derzeit fahren, um eine richtige Wiese zu finden? Früher konnte es die Sonne schon mal gut meinen, da fiel nicht, wie jetzt, das Gras nach drei warmen Sonnentagen um und verwelkte. So etwas hatte es nicht gegeben! Damals steckte Kraft in der Erde! Aber heute? Natürlich, die Kohle wurde gebraucht. Das lernten schon die Kinder in der Schule. Sie lernten auch, dass das Ausbuddeln des „schwarzen Goldes" nicht so ohne Weiteres ging. – Als Allererstes musste entwässert werden. Wo aber das Wasser absichtlich weggepumpt wurde, ging der ansässige Landwirt zugrunde. Da half auch kein Kunstdünger. Und überhaupt, wie schmeckten denn die Kartoffeln, welche mit Kunstdünger getrieben wurden? Fahl und wässrig. Mit Kunstdünger getriebene Kartoffeln fraßen nicht einmal die Schweine gern. Tatsache. Man brauchte nur „echte" Kartoffeln mit „Kunstkartoffeln" mischen und sie den Schweinen in den Trog tun. Die „Echten" wurden stets als Erste gefressen. Gab es einen besseren Beweis? Und ganz nebenbei, wie sich der Kunstdünger mal auf die Tiere auswirken würde ... – abwarten! – Fest stand, Naturprodukt blieb Naturprodukt. Selbst auf die Gefahr hin, dass der Ertrag nicht ganz so ausfiel.

Nach dieser den Kumpanen einleuchtenden Erklärung wurde es still im Schankraum. In diese Stille hinein gab Anna ihre Bestellung kund: „Ein Helles!" Dann wandte sie sich an Kugel: „Warst zum Aufmöbeln?"

„Habe mich informiert!" Gustav lächelte überlegen. „Musst dir auch so einen starken Kasten kaufen, wie wir ihn besitzen!" Sein „starker Kasten" war ein Nachtschränkchen großes Radio mit magischem Auge.

Anna winkte ab. „Ohne ‚starken Kasten' geht's auch! – Man informiert uns auf andere Weise!"

Der starke Kasten von Gustav war schon sein Geld wert. Er brachte alte, deutsche Lieder in die verräucherte Stube und so manches offene Wort.

Gustav hatte den „Bericht für die Landwirte hinter dem Eisernen Vorhang" gehört und handelte danach. „Bringt eure selbst produzierten Eier in den freien Teil Deutschlands", verlangte einmal der Sprecher, und Gustav hatte sich daraufhin mit einem Korb Eier der Bahn anvertraut. „Untergrabt das russische Regime", forderte der Sprecher, „bringt eure selbst gezogenen Enten in den freien Teil Deutschlands." Gustav war abermals auf Tour gegangen.

Ohne den Mann aus Gustavs starkem Kasten war auch Anna seit geraumer Zeit mit so manchem versorgt worden. Und auch Lottes Kinder genossen ab und an „echte Vollmilchschokolade". Klammheimlich streifte Anna die Schuhe von den Füßen und sah aus dem Fenster. „Lohnt das Warten?"

„Heute?" Gustav zog mit dem rechten Zeigefinger einen Strich durch die Luft. „Darfst du vergessen!"

Sein Gegenüber sprach es aus. „Ein Verräter hat sich eingenistet!"

Anna war hellwach. „Was willst du damit sagen? – Vielleicht jemand aus dem Bekanntenkreis?"

„Wer sonst?", fragte Gustav zurück.

Das Gespräch verebbte. Anna trank ihr Bier und schüttelte nur hin und wieder verneinend den Kopf.

„Habe geschworen, die Augen offen zu halten", erklärte Gustav endlich, „es müsste mit dem Teufel zugehen, wenn nicht Licht ins Dunkel käme!"

„Wird allerdings mit viel Arbeit verbunden sein ..." Sein Gegenüber sah hilfeflehend von einem zum anderen.

„Und wenn!", erwiderte Gustav. „So groß ist der Verwandten- und Bekanntenkreis auch wieder nicht." Er hielt plötzlich inne, und alle sahen, dass seine Finger sich am Tisch verkrampften.

Anna fand als Erste Worte: „Hast jemand in Verdacht?"

Die Spannung bei Gustav löste sich. „Nicht direkt!"

„Musst einen Köder auswerfen ..."

„Kein schlechter Gedanke!"

Anna trank ihr Glas leer, legte die abgezählten Groschen auf den Tisch und schlüpfte in die Schuhe. Und im Gehen: „Käme auf einen Versuch an!"

Der als „Heiliger Mann" bekannte Nerlich prophezeite bei jeder passenden Gelegenheit den Weltuntergang. „Die letzte Stunde ist nah!" Mit seiner beschwörenden Stimme holte er die Schelken vom Fahrrad. „Vernachlässige Haus und Garten! Tue Buße! Setz dich unter einen Apfelbaum und warte der Dinge, die da kommen werden. – Glaub mir, Furchtbares wird geschehen!"

Die Schelken war verunsichert. Ohne Gruß hatte sie Nerlich verlassen, war den Buckschen Berg hinuntergefahren, hin zur Freundschaft. Außer Atem erreichte sie die Hostenmühle. „Befragungen sollen ergeben haben, dass jeder Zweite im Land seine, Nerlichs, Anweisungen, befolgt!"

Selbst Lotte zweifelte.

„Das ist natürlich Übertreibung", klärte Anna die zwei Frauen auf. „Aber das versteht ihr nicht. – So was nennt man Politik!" Für sie war der Fall klar.

Und auch Lotte wusste nun, was Politik hieß: Übertreibung. „Wenn ich mal bei dir bin, Schelken, und dein Drei-Wellen-Empfänger läuft, und der Ansager sagt: ‚Sie hören jetzt einen politischen Kommentar', weiß ich, ein Übertreiber ergreift gleich das Wort!"

Die Mutter war zufrieden. „Nun hast's geschnappt!"

Lotte war danach still. Doch die Furcht vor dem Wort „Politik" schien wie weggeblasen. Erst als jemand forsch ans Fenster klopfte, war sie wieder ansprechbar. Sie stand auf, schob die Gardine zur Seite und sagte: „Ach, du bist es, Alwine." Sie öffnete den Fensterflügel und fuhr fort: „Wir sind Nachbarn, aber zueinander findet man nur alle paar Jahre ..."

„Geh gleich wieder! Tag auch. – Habt ihr Besuch ? – Sehe schon, Tag auch, Schelken! – Habe nur eine Frage: Eure Kleinste, die Erika, kann ich sie mitnehmen? Wisst schon, geh morgen auf Tour! Unser Junge ist erkältet. Und ohne ein Kind läuft es nicht rund. Ist doch schulfrei. Müsste klappen."

„Ja, aber ..."

„Lass man, Lotte, die Fahrkarte bezahle ich! Wäre ja noch schöner!"

„Na dann ..."

„Wusste, dass ich mich auf dich verlassen kann! – Bringe das Mädel zu uns hoch, Lotte. Und vergiss den Ranzen nicht. Um sieben geht's los!"

Der Zug war pünktlich, und kurz nach dem Mittag waren sie am Ziel. Das Ziel hieß Berlin-Spandau.

Sicher steuerte Alwine den kleinen Strumpfladen an. Die Eier aus ihren drei Taschen und die zerlegten Gänse aus Erikas

Schulranzen gingen über den Ladentisch. Statt ihrer fuhr eine weinrote Machesterjacke und manch anderes mit in die sogenannte „Zone".

Alwine war zufrieden. Sie hatte gute Geschäfte gemacht.

Am Bahnhof erstand sie für eine Speckseite noch schnell eine Büchse echten Bohnenkaffee. „Der wird nicht verkauft", erklärte sie Erika. „Den trinken wir selber!"

Nach nicht einmal drei Stunden gingen sie zu den Bahnsteigen hoch, und nach weiteren zwanzig Minuten fuhr der Zug in Richtung Heimat.

„So dicke Strümpfe ..." Die ältere Frau am gegenüberliegenden Fenster schüttelte den Kopf.

„Muss sein! – Der Kreislauf. Sie versteh'n? Fahre jede Woche zum Facharzt", hörte Erika die Nachbarin sagen.

„Oje, oje!"

„Keinem soll es zu gut geh'n." Alwine massierte die Knöchel. Wenn du wüstest, schmunzelte sie. Welch feines Versteck für das Magermilchpulver.

Ein Signal stand auf „Halt". Der Lokomotivführer brachte den Zug mit einer halben Notbremsung zum Stehen.

Das Einkaufsnetz mit der Manchesterjacke fiel auf den Gang. Alwine sprang flink hinterher. Doch niemand störte sich darum. Endlich fuhr der Zug weiter.

Je näher sie dem heimatlichen Bahnhof kamen, umso nervöser wurde Alwine. Es konnten nun schon Bekannte im Abteil sein. Vorsichtig sah sie die Bankreihen entlang ... Nein, alles in Ordnung.

Sie versuchte an Gutes zu denken. Vor allen an die gelungene Einkaufsfahrt.

Der Zug stand gerade mal, da gab es schon Gedränge. Die ältere Frau war flink an der Tür. Sie drückte die Klinke herunter, öffnete gekonnt die Tür und war als eine der Erster auf dem Bahnsteig.

Alwine und Erika erreichten mit den anderen vom Zug die Bahnhofstreppe. Wieselflink lief Alwine nach oben. Erika hatte Mühe, der Frau zu folgen.

Plötzlich blieb Alwine stehen. „Stichkontrolle", hauchte sie, „direkt vor der Güterabfertigung!"

Die meisten Gespräche im Ort begannen seitdem mit den Worten: „Hast du schon gehört?"

Und der Nachbar sagte, angeblich bestens informiert: „Allein fünfzehn Tafeln Schokolade!"

„Bist du dir sicher? Du verwechselst das! Ich hörte von zehn Tafeln. Die fünfzehn steht für Kakaopulver!"

„Wirklich? – Donnerwetter!"

„Komm mir, die Weiber! Glaubst du, was man erzählt, der eigene Mann wusste von nichts?"

„Gerede! Jeden Monat soll sie gefahren sein. Und das will der Ehemann nicht bemerkt haben? Lächerlich!"

„Meine Rede ! Trotzdem, die Behörden werden es schwer haben. Schließlich zählt der Beweis."

„An den Tag kommt alles. Verlass dich drauf!"

„Und was wird es Alwine einbringen?"

„Abwarten! War kein Kavaliersdelikt!"

„Drei fette Hühner, frisch geschlachtet, stimmen jeden Richter um!"

„Wenn du es sagst ..."

Erika war mit dem Fahrrad auf der Rücktour. Sie hatte Mehl und Zucker eingekauft. Die Mutter wollte backen. Schnell wechselte Erika die Straßenseite, wenn ihr jemand Bekanntes entgegenkam. Sie fühlte sich mitschuldig und ging auf diese Weise direkten Fragen aus dem Weg.

Nikolaus Böhm traf mit dem Abendzug ein. An der Güterabfertigung tuckerte der Traktor von Karl Menk. Der einzige Traktor im Dorf.
Neben dem Traktor, auf einem kantigen Begrenzungsstein, saß Menk. Auf Böhms Frage, ob für seinen Koffer Platz auf dem Anhänger wäre, antwortete der Mann mit einem zweideutigen: „Vielleicht!"
„Muss nicht umsonst sein ..."
„Und wohin genau?"
„Der Name? – Ist mir entfallen. Vorhin wusste ich ihn noch. Das Gehöft liegt ein wenig außerhalb. – Hostenmühle!"
„Zur Lotte also ..." Menk erhob sich. „Verfluchter Hämorridenförderer", beschimpfte er die gerade aufgegebene Sitzgelegenheit, streckte sich und stieg gemächlich auf den Sitz seines Traktors. Mit einer kurzen Kopfbewegung wies er Böhm den Notsitz an. „Habe Kalk geladen. Der Lotte gehören vier Sack. Mach die Tour eben andersherum!" Er legte den Gang ein. Langsam setzte sich der Traktor in Bewegung. „Bist du mit Lotte verwandt?"
„Nein!" Nikolaus Böhm fühlte, der Mann am Steuer wollte mehr hören, doch ihm fiel nichts Plausibles ein. Seine Gedanken eilten voraus. Wie würden die Frauen im abgelegenen Haus sein Kommen deuten? Was wusste er schon von ihnen? Zwei Mahlzeiten nach Kriegsende in der Tenne. Von Mutter und Tochter gleichermaßen umsorgt und das Versprechen, es irgendwann wiedergutzumachen. Trotzdem war er aufgebrochen. Wenn aber der Verdiener am Tisch saß ...
„Nur bedanken", wollte er sagen. Wird man's glauben? Sein Koffer wog schwer. Essen in Hülle und Fülle. Die Krankenschwester war ein Glücksfall gewesen. Sie hatte ihn verstanden.

Sie fuhren an einem Gasthaus vorüber. „Sandquelle", buchstabierte Nikolaus Böhm am Giebel.

Sie überquerten einen Schienenstrang. Vor ihnen nun eine geräumige Villa, primitiv dagegen die flachen Fabrikgebäude. „Gips", las Nikolaus Böhm auf den geplatzten Tüten im Hof.

Nach einigen Einfamilienhäusern der verwinkelte Waldweg.

An der Gabelung kam Nikolaus Böhm die Erinnerung. Hier lang war er hin zum Bahnhof gegangen. Er überlegte: Waren die Lichtmasten dem Weg gefolgt? Ganz bestimmt nicht. Die waren neu.

Im Wald nun abgesteckte Quadrate. Die Gräben knietief. Was hatten sie sich hier geschunden! Die Stapel mit der schweren Munition waren weggeräumt, doch in seiner Fantasie waren sie noch da. Mit allem, was dazugehörte. Ja, er fühlte regelrecht die scharfkantigen Kistenbretter und die kalten Eisengriffe.

Auch der Schlagbaum war verschwunden. Vom Unterstand für die Posten zeugten nur noch ein paar geschälte Stämme.

Für einen Augenblick leuchtete das trübe Wasser des Grabens durch die dichte Schonung. Im einstigen Teich wuchs spärliches Korn.

An mehreren Stellen fehlte der Damm des Teiches, und im vorderen Eiskeller war gähnende Leere.

Menk steuerte den Traktor bis zum Wagenschuppen der kleinen Wirtschaft. Wortlos zog er dort die Säcke mit dem Kalk von der Ladefläche und stapelte sie am Dachpfosten.

Seine Verabschiedung war Routine. – Ein Finger ging zur Stirn, und seine Lippen formten Worte, die Nikolaus Böhm nicht verstand.

Da trat Anna aus dem Haus. Sie erkannte Nikolaus Böhm sofort. Es war, als kehre der Sohn heim.

Mit dem Versprechen, die Teiche an der Hostenmühle zur Bewirtschaftung zugeteilt zu bekommen, war Lotte Mitglied der

Landwirtschaftlichen Produktionsgenossenschaft, kurz LPG, geworden. Doch es war ein leeres Versprechen. Niemand wollte sich später daran erinnern.

Willy, die Jugendliebe, hatte es wahr gemacht. Nach Martins Auszug mied er die Hostenmühle.

Nikolaus Böhm war bald nicht mehr von Haus und Hof wegzudenken. Mit seinen geschickten Händen brachte er so manches in Ordnung. Es war eine stille Vereinbarung, die ihn dazugehörig wähnte, sodass er es wagte, nach fester Arbeit Ausschau zu halten. Im Sandwerk wurde er fündig. Fortan belud er Schmalspurwagen mit feinem, weißem Sand. Der kleine elektrisch betriebene Bagger ächzte unter der Last, doch er tat seine Pflicht. Tag für Tag.

„Zog ein Weibsbild dich zurück?", fragte ihn eines Tages Anna.

Nikolaus war der Offenheit wegen verwundert. „Mehr ein innerer Zwang!"

„Verstehe, kommst mit dir nicht ins Reine! Denkst, vier Kinder von zwei Mannsbildern, das ist unmoralisch. – Kann dich beruhigen. Das Verlangen hat uns Gott gegeben. Dem einen mehr, dem anderen weniger. Und jene, die die Finger heben und sich als Apostel aufspielen, sind in Wirklichkeit arme Schlucker. Lies mal die Heilige Schrift! – Schon auf den ersten drei Seiten findest du die Lösung. Gott schuf ein Weib und schwängerte es, genau wie seine Söhne. Wenn Gottes Tun nicht verwerflich war, wie kann das Menschliche es dann sein? Liebe kann man nicht in Worte fassen. Liebe muss man erleben. Und jene, die sie verpassen, sind mies dran."

Die alte Frau sagt, was sie denkt, überlegte Nikolaus. Gestehe dir ruhig ein, dass es nicht das Wiedergutmachen war, das dich zurückkehren ließ. „Kann es nur wiederholen", sagte er deshalb, „ich folgte einer Eingebung!"

Anna lächelte weise. „Vertrautest dem Allmächtigen. – War schon richtig!"

Eine bescheidene Redlichkeit ging fortan vom Anwesen aus. Die Spuren des Krieges waren verheilt. Wald und Acker in gutem Zustand. Nur das große Gewächshaus, einst ganzer Stolz von Lotte, zerfiel. Mit falscher Wut auf Martin hatte sie die Kinder zur Zerstörung angehalten. Nun, wo es fast zu spät war, den Verfall aufzuhalten, kam die Besinnung. „Macht nicht mehr Zielschießen, übt stattdessen Scheiben einkitten!"

„Das soll Freude bringen?" Helmut ging da lieber hinter der Glaswand eine selbst gedrehte Zigarette paffen. „Arbeit schränkt ein. Erika soll es lieber machen", rief er frech der Mutter nach.

„Aber, Helmut, bist mir aber auch einer!"

Nikolaus stand dabei, hörte hin und hielt sich raus. Sein Koffer lag seit Kurzem auf dem Schrank in der Schlafstube.

Er ging zum Keller, holte den Tonkrug mit dem Kirschwein und füllte die Gläser. „Lass die Kinder", sagte er dabei an Lotte gewandt, „die paar Scheiben kitte ich mal!"

„Du machst mir Spaß! Paar Scheiben ... Das halbe Dach ist hinüber!"

Nikolaus reichte Lotte ein Glas. „Musst ruhiger werden!"

Anna kam aus dem Stall. „Die Rüben brauchen wir nicht alle selber. – Hängen wir deshalb einen Zettel an den Baum: ‚Rüben gegen Milchziege oder kräftiges Lamm.' Jemand wird schon anspringen!"

„Setzen wir es lieber in die Zeitung!"

„Mädel, das kostet!"

Nikolaus nahm einen kräftigen Schluck. „Das mit dem Baum finde ich gut", sagte er anschließend und wischte mit der Hand den Wein von den Lippen.

Anna war zufrieden. „Mache das Zettelchen gleich fertig!" Sie wollte schon gehen, da kam ihr Hinweis: „Sieh dich vor, Nikolaus, das Gesöff hat es in sich! Sonst geht es dir wie dem Mond. – Nach vier Vierteln bist du voll!"

Es war ein gespenstischer Anblick, den LPG-Stall brennen zu sehen. Es roch nach schwelendem Stroh und versengtem Haar. Dicker Qualm wälzte sich die Straße entlang.

Lotte rannte, so schnell sie konnte. Männer kamen hinzu, mit Hacken, Spaten und Eimern.

Sie konnten nun schon die Umrisse der Scheunen im Schein des Feuers wahrnehmen. Für einen Augenblick verschnürte panische Angst die Kehlen.

Doch sie liefen weiter. Nur noch ein einziger Hof ... Da bebte die Erde. Ein Pulk Tierleiber kam herangestürmt. „Die Schweine", rief jemand.

Wie auf Kommando sprangen alle zur Seite, suchten Schutz an der Scheunenwand.

Schon stürmten die Tiere an ihnen vorüber.

„Hat jemand die Feuerwehr alarmiert?", fragte eine kindliche Stimme aus sicherem Versteck.

„Man wird gleich hier sein!"

Lotte ging zur Durchfahrt und stand augenblicklich im Schein des berstenden Dachstuhls.

In das Lodern hinein befahl jemand: „Nachbargebäude sichern! – Holt Wasser!"

Die Männer lösten sich aus ihrer Erstarrung. Wortlos nahm ein jeder seinen Posten ein.

Im Wagenschuppen wurde der Traktor in Gang gesetzt. „Hinter dem Stall stehen mehrere Hänger, beladen mit Futter! Vielleicht kommt man ran ..."

Ein untersetzter Mittvierziger mit kahlem Schädel näherte sich dem Feuer von den Gärten her. „Seid ja richtig fleißig! Schleppt Eimer voll Wasser, wo alle Mühe vergebens!" Er stellte sein Fahrrad gegen einen Zaunpfosten.

Lotte kannte den Mann. Ein Presser aus der Brikettfabrik mit zwei Morgen Acker hinter dem Haus. „Immer hurtig", lobte der kahlköpfige Mann, „macht, als wäre es für euch selber!"
Schellnock wollte vor, doch Lotte hielt ihn auf. „Der ist besoffen!"
„Besoffen", wiederholte der Mann, „das richtige Wort!" Er wurde schwermütig. „Habe im Moment andere Sorgen. Doch das versteht ihr sowieso nicht!"
Lotte wollte einlenken. „Wir wissen", beteuerte sie, „hast auch eine Wirtschaft! Das Soll ..."
Der Kahlkopf winkte ab. „Wenn's das nur wäre ... Das Soll brachte ich stets. – Ein Weinrich ist nicht auf den Kopf gefallen. Ein Weinrich kann rechnen!" Er drehte sich herum, griff sein Fahrrad und stolperte zum Tor hin. „Seid nur weiter schön fleißig, alle, wie ihr seid! Spielt Staatslöschmäuse. Aber lasst es euch gesagt sein, es kommt auch wieder mal anders. Die Gesellschaftsordnungen auf dieser Welt, ein Kommen und Gehen!"

Den Jahren der Aufbaulieder folgten die Jahre des Druckes über vorgegebene Normen. Lottes Kinder wurden flügge und verließen eines nach dem anderen das Haus. Wie viele ging auch Helmut nach der Lehre über die Grenze. Die erhoffte gute Mark im westlichen Teil Deutschlands zerstreute alle Bedenken.
„Will sagen dürfen, was Fakt ist, und nicht nur Parolen nachschreien!" Niemand vermochte ihn umzustimmen.
Alwine, die Nachbarsfrau, war eine geläuterte Kleinbäuerin geworden. Vorbei die Zeit der Touren zum schwarzen Markt. Abgehakt die Bestechungen. Das funktionierte jetzt nicht mehr. Und auch Richard, der nie wieder eine Schaufel anpacken wollte, musste sich eines Besseren belehren lassen. Er saß in

einem winzigen Wächterhäuschen und verschreckte mit seiner Anwesenheit die allgegenwärtigen Diebe.

Der niedergebrannte Gemeinschaftsstall beschäftigte lange die Leute im Dorf. Zum einen wegen des materiellen Verlustes, zum anderen wegen der Nichtaufklärung des Feuers. Denn dass das Feuer absichtlich gelegt worden war, stand für die Leute fest. Aber wie bei so vielem wuchs auch hier Gras über die Sache.

Ohne große Veränderungen verlief auch das Leben in der Hostenmühle. Es war Anfang Dezember, als Anna den Vorletzten von Alfreds Kindern bat, von ihr ein Foto zu machen. Sie drängelte. „Am liebsten gleich!"

Noch am selben Tag wurde ihr die Bitte erfüllt. Die Großmutter war zufrieden. Etwas früher als gewöhnlich richtete sie sich für die Nacht. „Einen Apfel zum Einschlafen ..."

Lotte erfüllte der Mutter den Wunsch, ging danach in die Küche und wusch das Geschirr. Da hörte sie ein tiefes Ausatmen in der Stube und wusste sofort, dass sich soeben ein Leben vollendet hatte.

Jetzt war Lotte die Herrin der Hostenmühle. Eine schwere Bürde für die Frau. Sie beinhaltete das ganze Ausmaß der vielen, kleinen Handreichungen, die stets von der Mutter getan, wie Kochen und nach dem Rechten sehen sowie ihre eigenen bisherigen Aufgaben. So brauchte es lange, bis Lotte am Abend, wie einst die Mutter, sagen konnte: „Es ist gelaufen!"

Mit „Besprechen", bei Großmutter Pauline gesehen und von der Mutter übernommen, besserte Lotte ein wenig die Haushaltskasse auf.

„Was sein muss, muss sein!" Die Frau von Pastor Hahn hatte am rechten Daumen eine tiefe Schnittwunde.

„Halb so wild", erklärte Lotte, „ich lege nur drei Finger der rechten Hand auf die Wunde und sage ein paar Worte. – Das mach ich dreimal, und nach und nach hört es auf mit Bluten." Sie setzte sich gerade, tat wie erklärt und murmelte:

„Wie selig ist der Tag!
Wie selig ist die Stunde!
Wie selig ist die Wunde!
Wie selig ist, was ich sag!
Du sollst nicht bluten noch schweren.
Nicht wehetun, noch zehren.
Im Namen der Dreifaltigkeit:
Gott Vater, Sohn und Heiliger Geist!"

Und tatsächlich, Frau Hahn war geholfen. Und weil sie nun einmal da war, wollte sie für ein weiteres Übel Hilfe erbitten. – Ein böser Albtraum, der immer wieder kam. „Schlafe auf einem Fell von einem Lamm mit dem Herzenswunsche ein, lege dich aber nicht mit dem Gesicht nach dem hellen Fenster!"

„Man dankt! – Das heimliche „Du" wollen wir aber überhört haben ..."

„Heimliches Du? Ach so, mit dem „Euer" und „Mein" klappt es bei mir nicht immer."

„Schon verstanden. Nochmals, Dank!" Frau Hahn griff in die mitgeführte Kirchgangtasche. „Fünf Mark sind recht?"

„Aber feste!"

Beim Handschlag sah Lotte den gelben Kragen der Kundin. „Hier hilft sauer gewordene Buttermilch!"

„Was Sie nicht sagen ..."

„Klappt, seien Sie unbesorgt! Gelb gewordene Wäsche, wie gesagt, in Buttermilch einweichen, danach selbige in lauwarmes Wasser tun, mit kaltem nachspülen und trocknen. Fertig!"

Frau Hahn ging beseelt auf die Rücktour. „Danke, vielen Dank", hauchte sie immer wieder.

Ansonsten war Lotte nicht die Frau, die es verstand, den Besitz zu mehren. So blieb trotz all ihrer Bemühungen gerade mal das Geerbte.

Ihre Kinder heirateten und gingen aus dem Haus. Da starb Nikolaus und in wundersamer Weise ihre Nachkommen, bis auf Erika, die Jüngste.
Der Schöpfer aber hatte Erika von alldem gegeben, was den Geschlechtern der Pohles und Seilers zur Ehre verhalf. – Verstand, Kraft, Geschicklichkeit und die Liebe zur Natur.
In steter Regelmäßigkeit suchte Erika die Mutter auf, sorgte für deren Mahlzeiten und Feuerung, orderte, wenn sie es für notwendig hielt, die Ärztin ins Haus oder war ganz einfach die verständige Tochter. Lauschte oft stundenlang alten Geschichten, erlernte die Heilkraft der Kräuter oder das Begreifen des Wachsens und Gedeihens auf Feld und Flur.

„Unser jüngster Spross hat Milchschorf. Nichts will helfen!" – „Lege eine benutzte Windel unten in das Badewasser!" – „Das hilft?" – „Mach's und wundere dich!"
Wie von Großmutter und Mutter gesehen, las Erika allabendlich das Neueste in der Zeitung. Bei den Annoncen hielt sie sich gewöhnlich nur kurz auf, doch diesmal war sie fasziniert von den alten Bilderrahmen mit beschädigtem Stuck, den eine Familie aus Sachsen für sechzig Mark anbot. Ein innerer Zwang ließ sie reiselustig werden. Den Rahmen musst du sehen, zu reparieren geht fast alles, dachte sie während der Fahrt im engen Trabant des Ältesten.
Der Besitzer des Bilderrahmens, ein Frührentner, wohnte zwei Treppen hoch in einem Kasernenbau. „Beim Freiräumen des elterlichen Dreiseitenhofs", er zeigte bei diesen Worten nach

Süden, „sollte auch der Bilderrahmen durch das Feuerloch des Schwagers gehen. – Wäre es nicht einer Sünde gleich gewesen?" Der Mann griff nach Mütze und Jacke. „In der neuen Garage liegt das gute Stück der Begierde!"

Der Bilderrahmen war alt und verstaubt, doch eine geheimnisvolle Faszination ging für Erika von ihm aus. „Den kauf ich!" Sie hatte das Geld parat.

„Malen Sie?", fragte der Verkäufer.

„Leider nicht!"

„Schade, die alte Leinwand liegt auch noch hier. Wollen Sie sie mitnehmen? Kostet nichts. Nur, dass wir sie los sind!"

„Wenn es so ist ..." Erika nahm das verstaubte Etwas mit zwei Fingern hoch. „Putzen werde ich alles zu Hause ..."

Die Leinwand hatte ein Loch, als wäre sie vor langer Zeit mit einem spitzen Gegenstand durchstochen worden. Durch die Staubschicht sahen Erika dunkle, freundliche Augen an. Das Mädchen, mit Ölfarbe auf die Leinwand gebracht, war jung. In ihren Haaren und am braunen Kleid leuchteten mit roten Steinen besetzte Broschen. Die Puffärmel ihres Kleides ließen sie fülliger scheinen, und der streng gezogene Scheitel ihres Haarschopfes verlieh ihr eine feine Würde.

Erika war fix beim Verstauen der verstaubten Ware. Dabei kam es ihr vor, als packe sie etwas Vertrautes in den Kofferraum. Als führe sie etwas Eigenes heim. „Das Anwesen der Eltern, war man einst begütert?" Erika stellte die Frage mehr aus Höflichkeit.

„Könnte man bejahen!" Der Mann ihr gegenüber steckte die drei Zwanzigmarkscheine in die Brieftasche. „Ein Mühlenbetrieb, direkt am Wasser!"

Erika überlief ein Schauer. „Eine Müllerin! – Wer sonst konnte sich einst auf Leinwand verewigen lassen ..."

„Ohne Moneten blieb auch früher alles ein Traum!"

Erika trieb den Sohn an. „Wollen wir uns ranhalten. Das Vieh will auch noch versorgt sein!"
Sie konnte es kaum erwarten, daheim Rahmen und Leinwand genauer zu untersuchen.
„Ist ja interessant", erklärte sie, kaum dass alles ausgeladen war, und drehte den wuchtigen Rahmen seitlich. „Hier steckte mal ein anderes Bild drin. Die Löcher vom Haken auf der Breitseite verraten's mir!" Sie traute ihren Augen nicht. „Siebzehnhund ertsechsundfünfzig. Donnerwetter!" Vorsichtig stellte sie den Rahmen an die Wand. „Nun die Leinwand ..." Mit einem Tischtuch wischte sie die Leisten ab. „Hier steht was ... Achtze hnhundertsiebenundzwanzig. Anna Maria Sophia Pohle. Da war das Mädchen auf der Leinwand hier ... Moment. Der Reihe nach ... Mama, Muttel. Davor Pauline Seiler. Muttels Mutter. Und vor ihr Johanna Pohle. Und deren Mutter war die Wilhelmine Ernestine Pohle, geborene Noas. Und deren Mutter ... Anna Maria Sophia Pohle. Ist es die Möglichkeit ... Gestorben achtzehnhundertsiebzig, im Alter von siebenundsechzig Jahren und zwei Monaten. Da war das Mädchen hier gerade fünfundzwanzig Jahre alt, als sie sich malen ließ ... – Und nun ist sie heimgekehrt. Zur siebenten Generation. Fehlt bloß noch auf den Tag!"

Zur gleichen Stunde hielt vor Schulzens Fleischerei eine große Limousine. Mark Reid kurbelte das Seitenfenster herunter. „Die Hostenmühle ... More German isn't possible ... Der Weg?"
Die angesprochene Passantin zog die Schultern hoch. „Sind auch erst vor Kurzem hergezogen. – Wohin wollten Sie?"
„Hostenmühle!"
„Nie gehört! Kann wirklich nicht helfen."
„Warte mal", rief in diesem Moment eine Frau und trat aus dem nächstliegenden Hoftor. „Hab ich richtig gehört, die Hasenmühle wird gesucht?"

„Hosten. – Yes!"

„Glaube es ruhig! Hasen oder Hosten, alles eins." Die Frau schnipste ein Krümel von der Bluse und fuhr fort: „Nimm den Ratschlag von Heinrichs Martha an und gehe dort drüben in die Fleischerei. Ein Abkömmling aus besagter Mühle arbeitet dort!"

„Abkömmling?"

„Verwandter!"

„Versteh", behauptete Reid und spielte am Zündschloss.

„Nichts wurde verstanden! Komm raus aus deiner Blechkiste und folge mir!"

Das forsche Auftreten der Frau zeigte Wirkung. Mark Reid stellte den Motor ab und stieg aus dem Wagen.

„Mach schon!"

Die Fleischerei war voller Kunden. Die Ladentür ging nur einen Spaltbreit auf.

„Elsbeth", rief die Heinrichen mit ihrer lauten Stimme, „hier ist jemand, der möchte den Arthur sprechen!"

„Schick ihn rein, Martha!"

„Gehört, dort vorn spielt die Musik!" Die Geste der Frau war eindeutig. Und weil die Kunden eine Gasse bildeten, befolgte Mark Reid die Aufforderung.

Die Tür hinter dem Ladentisch führte in einen schmalen, dunklen Flur. Von ihm ging es links ab in die Küche.

Bevor Reid klopfen konnte, öffnete ein junges Mädchen die Küchentür und trat zur Seite, sodass er eintreten konnte.

Verwundert, der vielen Leute wegen, verharrte er auf der Schwelle. Sechs, acht, zehn, zählte er. Hier waren mehr Beschäftigte, als er vermutet hätte. Und wie es aussah, wollten sie gemeinsam essen.

„Ich suche ... Anders, man schickte mich ..." Weiter kam Mark Reid nicht. Ein weiterer Fleischer zwängte sich an ihm vorbei in die Küche. Er ging auf Socken, die Stiefel hatte er wohl im Flur von den Füßen gezogen.

Ohne Eile trat er an die Leiste mit den Kleiderhaken. Das Gesicht zur Wand, öffnete er die Schürzenschleife. Regelrecht majestätisch stülpte er den Halsriemen über den vorletzten Haken.

„Beeile dich, wir haben Hunger!"

„In der Ruhe liegt die Kraft ..." Langsam drehte sich der Fleischergeselle auf seinen Schafwollsocken herum. Guckt mal!"

Dem Lehrmädchen fiel der Löffel fast aus der Hand. „So ein Ferkel ..." Die schwarzhaarige Verkäuferin hielt sich, rot anlaufend, die Hände vor das Gesicht.

Nun sah es auch Mark Reid. – Des Fleischergesellen Hose stand weit offen. Ein schlapper Penis hing ihm bis kurz vor die Knie.

Keineswegs verlegen griff der Geselle nach dem bereitliegenden Messer auf der Tischecke, hob das baumelnde Etwas hoch, zog es lang und sagte: „Dir werde ich helfen, bei jeder bestmöglichen Gelegenheit den Stall verlassen! Dass du dich nicht schämst!"

Ein sauberer Schnitt und zwanzig Zentimeter Penis flogen in die Kohlenkiste.

Die Frauen kreischten.

Das Lehrmädchen musste sich übergeben.

Der Geselle knöpfte sich seelenruhig die Hose zu, wobei er sagte: „Nun wird endlich Friede einkehren! Wollen wir froh sein, dass es scharfe Messer gibt!"

Eine der Verkäuferinnen fand den Mut und ging zur Kohlenkiste.

„Na", fragte der Meister, „dämmert es?"

„Vom jungen Bullen?"

„Von wem sonst!"

Die Verkäuferin schüttelte sich. „Der Kerl wird nie vernünftig!"

Der Meister pflichtete ihr bei: „Liegt im Blut!"

Mark Reid wandte sich siegessicher an den Gesellen. „Der Junge aus der Hostenmühle ...“

„Nicht direkt! – Woher ...“

„Mein Großvater hätte es kaum anders gemacht. – Ein Teichert! Alles gesagt?“

„Teichert Otto? Der einst über den großen Teich?“

„Bin der Enkel!“

„Dann sind wir ja verwandt!“

„Will ich meinen.“

„Schade, kann jetzt nicht weg ...“

„Wer sagt das?“ Der Meister hatte ungewollt mitgehört und entschied spontan: „Hängst Freitag die paar Stunden dran. Hau schon ab!“

Erikas Ehe war gescheitert und die beiden Söhne aus dem Haus. So war es ihr ein Leichtes, als der betagten Mutter das Versorgen des Haushaltes schwerfiel, zurückzukehren und übergangslos den Besitz von vielen fleißigen Generationen weiterzuführen. Wo aber beginnen? Alles, Haus, Stall, Wald und Acker, war von den Jahren gezeichnet. Dazu hatte das uralte Gesetz, nichts zu verändern, solange die vorherige Generation lebte, für sie Bestand.

So tat sich erst etwas an der Hostenmühle, als Erikas Mutter im gesegneten Alter sechs Sommer vor der Jahrtausendwende starb.

Doch dann drehte der Betonmischer, und die Wände des Wohnhauses erstrahlten in neuem Glanz. Der Dachstuhl fiel und wurde durch einen neuen ersetzt. Die morsche Diele im Wohnzimmer kam heraus. – Und mit ihr Pauls Schuldbekenntnisse, vor Jahren zur ewigen Mahnung unter den Brettern versteckt.

Ohne Unterbrechung schaffte Erika fortan Ordnung auf dem Anwesen. Unzählige Streuhaufen und Reisigberge zeugten vom

Eifer ihres Tuns. Manchmal aber, wenn der Wecker am Waldrand klingelte, um Frühstücks- oder Mittagszeit anzukündigen, ging auch Daniel, der Urenkel von Alfred, mit ihr zur Rast. Denn genau wie in ihr pulsierte in ihm jenes Blut der Ahnen, was über Generationen gestärkt und mit dem Hauch des Wundersamens gezeichnet die Sippe erhält.

Die Maschine landete pünktlich.
Zielsicher lief Mark Reid zum Taxistand. „Bitte zum Bahnhof!"
„Wie verlangt!" Der Taxifahrer, ein Mittdreißiger, legte den Gang ein. „Eilig?"
Reid sah auf die kleine Uhr im Armaturenbrett. „Eine knappe Stunde ..."
„Abgehakt!" Der Fahrer ging hörbar vom Gas.
An der Ampel ein kurzer Halt. Der einsetzende feine Sprühregen zauberte unzählige Wasserpunkte auf die Frontscheibe.
„Sauwetter", schimpfte der Mann am Steuer, „schon den zweiten Tag!"
„Kann man so sehen, und so sehen ..."
„Ist wahr!" Der Wagen setzte sich in Bewegung. „Wollen Sie dann noch weit?"
„Was heißt weit? – Etwa achtzig Meilen!"
„Oh, da gibt's in circa zwei Stunden Händeschütteln!"
„Kommt hin."
„Sie kamen mit der Achtzehn-Uhr-Maschine?"
Mark Reid nickte.
„Noch alles in Ordnung bei Ihnen drüben in der neuen Welt?"
Sieh an, durchzuckte es Reid, seine Herkunft geht wohl schlecht zu verleugnen. „Ja, doch", erwiderte er endlich.
„Kommen Sie geschäftlich nach Deutschland?"

„Das auch! – Familiär und ... Wissen Sie, von den Vorfahren her gehöre ich in die Rubrik ‚Windbenutzer'! – Müller nannte man diese Leute früher. Und irgendwie ...“

„Jetzt, nach der Wende, holen Sie sich etwas zurück. Sie melden Ansprüche an!“

„Überhaupt nicht! Im Gegenteil. Meinen Beitrag will ich leisten. Die Vorfahren nutzten die Windkraft überwiegend zum Mahlen von Getreide. Ich denke mehr an umweltfreundliche Stromerzeugung!“

„Verstehe. – Etwa so ein großes Windrad wie es eine schwedische Firma kaum auf den Markt brachte?“

„Drei davon! – Drei Mühlen will ich hier in Deutschland bald mein Eigen nennen, genau wie einst die Vorfahren!“